Welcome
極品の
黑暗料理
女神
vol.1

Character introduction

慕錦歌（靖哥哥）

侯彥霖（霖妹妹）

燒酒（美食系統）

Contents

Ultimate Darkness food

1. 春潮濃湯

蘇媛媛一進廚房，就聞到一股難以言喻的氣味。

完全稱不上是香味，但也不能說是臭：濃郁的紫薯味混著幾分淡淡的腥甜，再仔細一聞，能在其中找到一絲絲若有若無的薄荷味與青草味，而等人回過神來時，卻又驚覺有股揮之不去的辣味殘留在鼻尖，讓人回味。

儘管這些彼此迥異的味道出人意料的巧妙融合在一起，疊加出令人費解的層次感，但還是不得不說，這個氣味實在是——

非常詭異、非常違和，讓人腦海裡自動跳出畫著骷髏頭寫著「危險物品」的標誌。

蘇媛媛下意識的後退一步。

「早。」

這股怪味的製造者顯然早到了很久，此時正背對著蘇媛媛清理灶檯。應是聽到了身後的動靜，她淡淡的打了個招呼，沒有轉頭，聲音有點悶，還沒有摘下口罩。她的背影高䠷清瘦，白底紅邊的廚師服穿在她身上顯得十分幹練；雖然現在還不是上班時間，但她已經把頭髮盤進白帽裡，露出一截纖長白皙的脖頸。

蘇媛媛盯著她的背影，眼底閃過厭惡與嫉恨。然而很快，陰暗的神色就被她用笑容掩藏起來，雙頰的酒窩甜美可愛。

她眨了眨眼，笑吟吟道：「早啊，慕師姐，今天這麼早到，是又試驗了新料理嗎？」

「嗯。」女子一邊收拾廚具，一邊回道：「做了道濃湯，等師父來了後給建議。」

聽了這話，蘇媛媛走近桌子，低頭端詳瓷盤中散著熱氣的料理。

不出她所料，這道濃湯的外表比它的味道還要古怪可怕，深色濃稠的湯汁猶如巫婆鍋爐裡烹煮的毒藥，說不清究竟是深紫還是墨綠，更奇異的是表面上還灑了一些沾了胡椒粉的薄荷葉！

毫無疑問，這絕對又是一道黑暗料理！

縱使在這一年裡，蘇媛媛已經看多了出自這名女子之手的各種黑暗料理，對此見怪不怪，但她還是做不到能泰然接受。

不過今天她卻難得違心的主動道：「哇，看起來很好吃呢！慕師姐，我可以嚐一嚐嗎？」

聞言，女子終於轉過頭來，半張臉都被口罩擋住，只留一雙黑白分明的杏眼。她狐疑似的看了蘇媛媛一眼，卻也沒有拒絕，只是冷淡道：「可以。」然後又轉過去顧自己手上的事情了。

蘇媛媛心裡暗自叫好，臉上笑得眉眼彎彎，「多謝慕師姐！」

說罷，她用湯匙舀了一匙濃湯，猶豫了幾秒，終是下定決心皺著眉將其餵進了嘴裡。

在湯汁入口的一瞬間，蘇媛媛猛地瞪圓了眼睛！

——多麼奇特的口感與味道！

如同春潮帶雨晚來急，勢不可擋的襲漫舌岸，強勢的包裹覆蓋每一個味蕾，滲下極致的香甜；然而就在這股甜味快臨峰值、即將轉膩的時候，潮水緩緩退去，留下薄荷的氣息與蔬菜粒的口感，巧妙的調和了

初嚐時的味道；最後，風平浪靜，曾被海水侵襲的沙灘吐著細細的水泡，證明方才潮水的存在，舌尖殘留著輕微的辣意，留人遐想回味，意猶未盡，只想再嚐一口。

真是一道令人欲罷不能的濃湯！

更重要的是，這份美味是獨一無二的，他人從未創造過的。

蘇媛媛放下湯匙，另一隻垂在身側的手悄然握緊了拳頭。

在一次又一次被這名女子的黑暗料理征服味覺後，她曾經也動過仿照對方的念頭，大膽嘗試了一回，把各種看上去八竿子打不著一撇的食材組合在一起，做成一道菜。喜人的是，做出來的菜品顏值極高，氣味也很是不錯；氣人的是，一口吃下去，美豔外表下暴露出來的味道讓她兩天都吃不下飯。

最後憋著不服氣，她咬著牙掛著笑意去問對方，結果那人說出來的話差點把她氣死。

那人看了她一眼，說：「妳挑選的那些食材，不願意在一起。」

還是那樣面無表情，還是那樣語氣冷淡，用著稀鬆平常的態度，跟她開這種黑人問號的冷笑話。

瞧不起誰呢！

蘇媛媛很想大爆粗口，但臉上還是不得不保持微笑。她心裡暗暗立誓：總有一天，我要讓妳滾出鶴熙食園！

她看了看時間，然後隱約聽到有腳步聲朝這間廚房靠近。

——今天，就是一個很好的機會。

蘇媛媛抬頭看了眼對方的背影，臉上浮現一絲冷笑。這一年裡，她在這裡做的，可不僅僅只是學習料理那麼簡單……

「早安。」

就在廚房門被再次推開的那一瞬間，只見蘇媛媛如同被觸碰到了某個開關，頓時失去力氣，像斷線風箏似的無力的側摔在地上，倒得既優雅又逼真。

而後她兩眼一閉，裝暈過去。

「——媛媛！」

「您的意思是，要我離開食園？」

慕錦歌難以置信的看向坐在桌前穿著黑紅色主廚服的中年男人——程安，鶴熙食園的主廚之一，同時也是教導了她三年的恩師。

她十五歲國中畢業後，就被母親送到鶴熙學習廚藝，打了兩年雜，在一次廚房危機中嶄露頭角，用自配的佐料救了燃眉之急，因此也被程安看中，收作了學徒。

現在同為程安門下的，還有大師兄江軒和剛來食園一年的小師妹蘇媛媛。

程安在菸灰缸中撚滅了一根菸，板著臉道：「廚房不需要把人送進醫院的料理。」

慕錦歌一字一頓道：「我做的料理絕對沒有問題。」

程安看著她，「那媛媛是怎麼回事？難道她不是吃了妳做的東西後才暈倒休克的？」

休克？慕錦歌只覺得荒唐極了，「那份濃湯我比她先嚐過，身體並沒有出現什麼不適，如果師父不信的話，湯現在還在原位，大可以去試一試。」

程安冷笑：「怎麼？妳想把我也毒進醫院？」

慕錦歌道：「廚房內設有監視器，師父調出來看一看，就知道我的湯沒有任何問題，既不存在食材相剋，也沒有加害人的東西。」

「夠了！」程安喝了一聲，「整天鑽研歪門邪道，我鶴熙食園留不得妳這種禍害！」

聽到這裡，慕錦歌的心徹底冷了下來。她知道，無論自己再怎麼辯解都沒有用了，因為程安根本不信任她。

慕錦歌握緊了拳頭，深吸一口氣，才緩緩道：「什麼是正道，什麼又是邪道？難道與正統美食圈不一樣的食材搭配與作法，就注定是不可取的嗎？雖然我做的菜劍走偏鋒，但味道還是很好的，關於這一點，師父不是也曾承認過嗎？」

程安盛怒：「妳才進廚房幾年！有什麼資格來跟我爭論！我之前這樣說，是為了鼓勵妳、讓妳走回正軌！可妳呢！簡直是我們鶴熙的恥辱！」

說實話，他早就想把這個不知天高地厚的臭丫頭趕出食園了。

三年前的那場廚房危機，連他都一時想不出辦法，可是最後卻被一個未成年少女輕巧的化解了，實在是令他顏面盡失。之後收她為徒，也是為了給自己找個臺階下而不得不咬牙做出的無奈之舉。

他本想就這樣讓她一直洗菜切菜打雜一輩子，給她點顏色看看，卻沒想到慕錦歌經常來得比誰都早，然後試做一些聞所未聞、見所未見的料理，讓他給出建議。他作為一個主廚、身為一個老師，在廚房裡眾目睽睽之下，哪好一而再、再而三的拒絕品嘗自己學生做出來的料理？

況且慕錦歌每次做出的東西都看起來糟糕透頂，完全是一個廚房殺手，之前那次嶄露頭角想必不過是踩了狗屎運，他想著正好可以藉此狠狠教訓慕錦歌一次，挫挫她的銳氣，長回自己的威風，所以還是答應品嘗慕錦歌端上來的作品。

然而他萬萬沒有想到，堅決捍衛正統料理界權威的他，最後竟屈服於黑暗料理的淫威之下——太好吃了！

怎麼會好吃到讓他根本停不下來！

即使內心在抗拒，但為什麼還是不由自主的想要接連動筷？

為什麼在午夜夢回的時候，他還會忍不住的回味，然後吞嚥口水？

絕對有毒！

區區一個小丫頭，竟讓他狼狽至此！

——這個人，絕對不能放任她繼續留在料理界了！

那碗濃湯究竟能不能喝，他根本不在意。因為即使沒有蘇媛媛今天這件事，他也早就在等著抓慕錦歌的漏子，好把她掃地出門了。

「錦歌……」程安也不想把臉皮撕破得太難看，於是緩和了下語氣，「妳要知道，今天這件事非同小可。媛媛是我們食園老闆的外甥女，還好老闆現在人在外地，要是他知道了這件事，就不只是把妳趕出食園這麼簡單了。我已經在盡力為妳攬下這件事了，媛媛也一直在為妳說話，不僅沒要賠償，連醫藥費都沒讓妳出。」

慕錦歌冷聲道：「本就是她自己的問題，我為什麼要賠償？」

程安頓時黑下臉來，「慕錦歌，妳不要不識相。妳該慶幸媛媛暈倒時廚房裡只有江軒在，不然這事情傳出去了，妳還想不想在這行混了？」

「可是我什麼都沒做錯。」

程安怒道：「身為一個廚師，妳做黑暗料理，就是大錯！」

慕錦歌望向他，久久都未言語。

程安被她看得有點心虛，不自然的別過了視線，心想乾脆找保全來趕人算了。

半晌，慕錦歌終於開口：「這幾年，多謝師父教誨。」她朝程安深深的鞠躬，「告辭了，程先生。」

離開鶴熙食園，慕錦歌逕自去了醫院。聽說蘇媛媛已經醒了，在附近的某家醫院留院觀察，估計會住院兩天，她要當面找蘇媛媛問清楚。

換作其他人，遇到這種事情多半已大受打擊、自我懷疑，說不定會從此一蹶不振，不敢再進廚房了。

但是慕錦歌事到如今仍然十分相信自己做出來的料理。

這不是自信，也不是傲慢，只是因為沒有人會比她更清楚，那些以奇怪的組合方式搭配起來的食材絕對不含惡意。她從小就有感知食材意願的能力，成年後更為明顯——簡而言之，就是對食材之間的聯繫有一種不可思議的驚人直覺。

只要是互相吸引的食材，哪怕是怪異少見的搭配，做出來的菜也會十分驚豔；同理，若食材之間沒有一起被烹飪的意願，即使做出來的東西色香俱全，也不見得美味，輕則要靠調味品撐場，重則難以下嚥。

傳統經典的美食她會做，但與之相比，她更喜歡做別人口中的「黑暗料理」。

做菜本就應該是一個不斷探尋可能性的過程，嘗試前人從未試過的組合，創新以往未曾出現的作法，只要最後出來的料理是美味且無害的，那就是值得品嘗與承認的。況且她與生俱來的這份對食材的直覺，就注定了她不會在創新搭配上走彎路，如若不好好開發利用，又怎麼對得起自己的天賦？

記得之前有一次蘇媛媛跑過來問她，為什麼像她一樣亂燉了一鍋東西出來，味道卻差得要命。她想了想，斟酌著用詞回覆說：「妳挑選的那些食材，不願意在一起。」

這並不是一句玩笑話，而是事實。

只是幾乎沒有人會選擇相信而已。

因為不是交通的尖峰時刻，所以慕錦歌僅用了十五分鐘就到了醫院住院部，從護士那裡問得了蘇媛媛的病房資訊。

這是一家私立醫院，病患沒有公立醫院來得多，病房多是四人間，環境已相當不錯，然而蘇媛媛還是單獨要了一間單人房。慕錦歌留了個心眼，問了一下蘇媛媛的主治醫生是哪位。護士為了保護病人隱私，沒有說全名，只答道是蘇醫生。

這就很難不讓人多想了。

慕錦歌上了電梯，來到蘇媛媛的病房門前，發現門是虛掩著的，從裡面傳來一男一女的談話聲。女聲嬌軟甜美，沒了平時的精神，現下透著幾分虛弱與無力，正是蘇媛媛無誤；而那另外一個……

聽到那再熟悉不過的聲音，慕錦歌欲要敲門的手頓住了。

「……妳之前不是吵著要看巢聞的新電影《陰暗陷阱》嗎？」男人的聲音低沉溫柔，帶著毫不掩飾的寵溺意味，「妳趕快好起來，身體好了我就陪妳去看。」

蘇媛媛笑了笑：「真的嗎？你不是說你對巢聞的電影無感嗎？」

「是啊，但誰叫我對妳有感呢。」

「真討厭……」蘇媛媛笑嗔他一句，聲音發嗲，「這部片要下個月十五號才上映噢，到時候你可別說你忘了！」

「我答應妳的事情，什麼時候沒做到？」

「知道你最好了，師兄。」

此時在病房裡與蘇媛媛甜言蜜語的不是別人，正是目前程安門下的大弟子江軒——同時，也是同慕錦歌交往了兩年的男朋友。

只聽病房內蘇媛媛又道：「師兄，那你和我出去看電影，會不會被慕師姐發現？」

江軒哼了一聲：「知道就知道，早就想跟她攤牌了，只是一直找不到機會。」

蘇媛媛柔柔弱弱道：「我真的沒想跟師姐搶你，可我實在是……」

江軒打斷她：「媛媛，不是妳的錯。這次要不是我及時把妳送來醫院，恐怕妳會被她做的菜毒死了。我聽師父的意思，是要把她趕出食園，以後我們就能正大光明在一起了。」

「啊，怎麼這樣！師姐也不是故意的，你知道的，她就喜歡研究黑暗料理……」

「媛媛妳不要再為她說話了。」江軒語氣帶著厭煩，「她根本是精神有問題，該去檢查檢查腦袋。」

「為什麼這樣說？」

江軒哼笑一聲：「有次我閒來沒事，問她怎麼會想出那些奇奇怪怪的菜式，沒想到她竟然一本正經的跟我說，其實她能聽到那些食材說話還是什麼鬼的……妳說可不可笑？她真是腦子病得不輕。」

「沒想到慕師姐那樣的人也會說這種胡話呢。」

「哎，當初要不是看她可憐，長得漂亮，我才不會跟這種怪人在一起呢……說到底，她除了那張臉，也沒別的優點了。」

之後兩人又說了些什麼，慕錦歌都聽不進去了。

她怎麼都沒想到，江軒不僅早已出軌，還會這樣在她背後捅上一刀。

關於她能感知食材意願的事情，二十年來她只告訴過兩個人，一個是她那位嚴厲的母親，一個就是在她母親過世時一直陪伴安慰她的江軒。然而，前者以為這不過是女兒為了博取大人注意力而要的小把戲，

後者更是覺得她是腦袋出了問題，跟瘋子似的。

沒有人願意相信她，更不要說理解她和支持她了。

慕錦歌把手收了回來，最終還是沒有去敲門，只是沉默著站在門口，久違的感到了迷茫。

慕錦歌的人生方向，似乎從還沒有出生的時候就已經被規劃好了。

母親慕芸是一位優秀的廚師，年紀輕輕就開了一家私房菜館，手藝精湛又相貌美豔，追求者無數，最後卻偏偏看上一個名不見經傳的美食評論家。兩人在一起之後，慕芸想讓生活安定下來，與美食評論家結婚，奈何相處一段時間後，評論家終究是為了事業離開她，而在評論家離開後，慕芸才發現自己懷孕了。

多麼老套又狗血的劇情，那個孩子自然就是慕錦歌了。

之所以取這個名字，只是因為兩人初次相見的時候，評論家吃了慕芸做的一道新菜式，讚不絕口，送上了「錦歌」一名。

可以說，這個名字是一切的開始，也是一切的結束。

程安和江軒他們只注意到慕錦歌料理的格格不入，卻選擇性忽視了她出色的基本功。無論是刀工還是火候的掌握，她都絕對領先大多同齡人，其做菜手法也涉獵廣泛，炒、爆、溜、炸、烹、煎……樣樣都不遜色。

這些都和慕芸對慕錦歌從小嚴厲的教育離不開關係。

慕芸立志將女兒培養成一位出色的廚師，因此很早就跟慕錦歌說清楚了，只讓她唸書唸到國中，畢業

後就送她去更大的平臺學習鍛鍊。

好在慕錦歌對料理也是有得天獨厚的天分與熱愛的，所以對這種安排並沒有什麼不滿。她清楚，母親還是在賭一口氣——只有她成長為一名能夠獨當一面的優秀廚師，才能有機會遇見父親。畢竟曾經那個默默無聞的美食評論家，如今已經站在了料理界的金字塔尖。

——要是母親還在世，知道我被鶴熙食園趕了出來，估計會氣暈過去吧。

慕錦歌一想到這裡，就後悔剛過去的清明節沒多燒幾倍紙錢給母親，提前討好安撫一下。

她離開食園已快半個月了，這段時間一直在忙著找工作。在鶴熙食園的時候，她既是學徒又是員工，領著一份薪水，在B市租一間十五坪左右的老房子，省吃儉用。現在沒了薪水，她只有動用存款，但坐吃山空不是辦法，重要的還是趕快找到願意接收她的餐廳。

但是不知怎的，收到的回應都是拒絕，別說動鍋鏟了，連洗菜都不讓她做。後來聽到了一些消息，慕錦歌才知道，原來是程安憑藉著他的影響力，在B市的中高檔餐廳放了話出來。

明明趕她走時說得那麼漂亮體面，背地裡卻又在搞些上不了檯面的東西。

知道這些後，慕錦歌一點都不後悔離開鶴熙食園，只後悔沒有更早主動離開。

一天又即將過去，吃過晚飯，慕錦歌打包好垃圾，穿著一身簡約的便服下樓扔垃圾。就在她扔完準備走的時候，發現綠色的垃圾桶旁有什麼東西動了一下。

她還以為是老鼠，愣了一下，沒想到隨後聽到的卻是一聲微弱的貓叫。

「喵……」

慕錦歌蹲下身來，藉著社區的路燈，終於看清了躲在垃圾桶旁的生物的真面目——是一隻異國短毛貓，灰藍色帶條紋的皮毛，有點髒兮兮的，此時正四腳攤開趴在地上，十分虛弱可憐的樣子，一張大臉奇

扁無比，天生一副分外苦大仇深的表情。

似乎感受到了來自慕錦歌的注視，加菲貓也費力的抬起渾圓的小腦袋與她對視，一雙茶色的眼眸閃動著渴求，像是快要哭出來的樣子。

慕錦歌被這小眼神看得怔了怔，有些動容了。

她想了想，然後伸手拍了拍加菲貓的腦袋，說道：「你等我一下。」

加菲貓：「喵嗚……」

二十分鐘後，慕錦歌回來了。

「喏。」她一手端著一個小瓷盤，一手從瓷盤中拿了一條特製小魚乾，在加菲貓面前半跪下來，將小魚乾遞到貓咪面前，「吃吧。」

加菲貓嗅了嗅小魚乾的氣味，卻沒有伸出舌頭，而是皺了皺鼻子，迅速將頭縮了回去。

慕錦歌：「你不是餓了嗎？怎麼不吃？」

加菲貓：「喵！」

——**妳的小魚乾聞起來跟正常的小魚乾不一樣！**

就這樣一貓一人對峙了將近一分鐘，慕錦歌突然放下盤子，自嘲道：「算了，看來連貓都不願意吃我做的東西。」

「喵？」

「我就放這裡，隨你吃不吃。」

說罷，慕錦歌站了起來，沒再理那隻扁臉貓，逕自上樓回家了。

「喵……」

慕錦歌走後，加菲貓面對一盤散發著謎之氣味的小魚乾，陷入了人生……哦不，貓生中最糾結的一次思考。

是生存，還是毀滅？

是餓著死，還是飽著死？

糾結了十來分鐘，加菲貓終於做出了牠的抉擇。牠用盡全身力氣，奮力的往前一湊——

卻因為臉太過扁平，目標又太小，所以一時咬不住小魚乾的尾巴。

——**喵生已經如此艱難，有些事情為什麼還要等自己來揭穿……**

用嘴不行，就只有用爪子扒拉。

經過一番艱難的努力，牠終於成功的將盤中的一條小魚乾塞進了嘴裡。

在咬下去的時候，牠已經做好了坦然迎接死亡的準備，毅然決然。

然而，當小魚乾在嘴中被咬碎的那一瞬間，一股莫名的滿足感如同電流一般，從頭到尾巴肆意流竄，帶來不可思議的顫慄！

怎麼回事！？

這盤小魚乾的確和外面那些小魚乾不一樣，味道奇怪不說，外表也覆著一層詭異的綠色，看起來就像從汙染嚴重的湖水中撈上來的死魚。

本以為吃起來的味道也一定非常噁心，誰知一口下去，既不燙舌，又保持著迷人的酥脆感，火候掌控得極好，外酥裡嫩，狹窄的魚腹內還平平的埋了層細心剁碎的菜蓉，以芹菜為主，牛乳作料，吃起來毫無一般魚乾的濃重鹹味，取而代之的是一種爽口清新的口感，口齒留香。

——真他喵的太好吃了！

——這樣的小魚乾請再給我來一打！

2. 藍莓炒飯

今天慕錦歌一出家門，就有種被跟蹤了的感覺，好像走到哪裡，身後都有兩道默默注視著她的目光，但一回頭又沒有看到可疑人物。

……難道她被蘇媛媛搞出被害妄想症來了？

她今天來面試的是一家離社區很近的中式餐館，沒什麼檔次，但因為附近有一所中學，所以客流量可觀，經常看到廚房的招聘啟事。餐館老闆是一個四十來歲的男子，姓趙，身形不高，和她差不多，一百七十公分出頭的樣子，鼻梁上架著一副金邊眼鏡，長得一臉讀書人的樣子，看起來很斯文，說話時也溫溫和和的，一副脾氣很好的樣子。

由於過了早餐時段，離午餐開始還有段時間，所以原本在廚房裡的人都出去休息了，只留趙老闆在這裡親自負責考核。他讓慕錦歌按照店裡的菜單，做一份揚州炒飯。

所謂揚州炒飯，相傳源於隋朝，經歷代廚師的創新，富有多種品種與變化，發展至今已是一道有名又常見的菜式，不僅全國各地大多餐廳將其列入菜單中，在很多家庭的日常飯桌上也會出現。

只見慕錦歌動作乾淨俐落，首先十分嫻熟的去掉基圍蝦的頭尾，剝殼洗淨，緊接著將火腿和蔥切好，

打好蛋液，然後再依次汆燙瀝乾青豆、煸香火腿丁、翻炒鮮蝦仁和快炒蛋飯，最後將火腿、蝦仁和青豆倒入飯中進行翻炒，拌炒均勻後再加入醬油、雞粉和食鹽炒勻入味。

一切結束後，出鍋裝盤。

瓷盤中盛放的炒飯散著熱騰騰的香味，勾人食慾，其中炒飯的每一粒米飯都均勻的裹著蛋液，色澤偏深，顆粒分明，而青豆、火腿和蝦仁散落其間，豐富了色彩，陪襯得恰到好處。

趙老闆看直了眼，但看的卻不是炒飯，而是慕錦歌。

他笑咪咪道：「慕小姐真是好手藝。」

慕錦歌淡淡道：「炒飯而已。」

「妳真是太謙虛了。」趙老闆一直盯著她的臉，看起來並沒有馬上動筷品嘗的打算，「什麼叫秀色可餐，我今天可算是見識到了。本來並不餓的，結果看慕小姐做菜的樣子，反而看餓了。」

這話聽得慕錦歌不大舒服，「趙先生什麼意思？」

「小慕啊，妳說妳這麼一個漂亮的女孩，在廚房的油煙裡工作多可惜。」說著，趙老闆伸出手碰了碰慕錦歌的手指，語氣曖昧道：「其實我們店還缺個管帳的，事情少，待遇比廚師好得多，我那邊也有幾個親戚想來，但我覺得還不如給妳，妳看……」

——看你爺爺個大粗腿！

慕錦歌看破對方的意圖，將手抽了回來，冷冷道：「我是個廚師，只會做飯。」

趙老闆得寸進尺，笑呵呵道：「做給客人吃怕把妳累到了，不如就只做給我吃吧。」

眼看對方又要對自己動手動腳，慕錦歌一把將他推開，逕自轉身走出了廚房。

就在她推開餐廳的門、準備離開的時候，趙老闆追了上來拉住她的胳膊，一邊急道：「妳這女人看起

來長得挺漂亮的，怎麼一點規矩都不懂，我有讓妳走嗎？」

坐在外面的店員見他這個樣子，還以為是慕錦歌怎麼欺負他了，紛紛站了起來，一副要過來幫老闆拉住慕錦歌的架式。

慕錦歌掙不開他，只有回頭罵道：「放開我，你這個老色鬼！」

「嘿妳怎麼還罵人呢妳？」

「我罵的不是人，是隻四眼蛤蟆。」

「慕小姐，妳來我的店撒潑，真以為是想來就來、想走就走，妳……」

就在這時，一團灰藍色的身影勢如閃電般從慕錦歌推開的門縫中躥了進來，一躍而上，跳到了慕錦歌的胳膊上，然後毫不猶豫的亮出爪子，往趙老闆的臉側劃下三道血印子。

「啊！」趙老闆吃痛，頓時鬆開了手捂住半邊臉，「哪裡來的死貓！」

抓住這個時機，慕錦歌飛快的把罪魁禍首撈在懷中，從店裡衝了出去。

◎◆※◆※◆◎

一直到回家後，慕錦歌才把懷裡的小英雄放了下來。

可能是因為抱著自己的人這一路跑得太快了，加菲貓呆呆的坐在沙發上，一副還沒緩過勁來的樣子，看起來有點懵然。

慕錦歌認出來牠就是昨晚趴在垃圾桶旁餓得奄奄一息的那隻扁臉貓，頓時覺得有些不可思議。

——難道這就是傳說中的……貓的報恩？

她伸手拍了拍貓咪的腦袋，輕聲道：「謝謝你。」

「喵？」似乎是能聽懂她說話一般，加菲貓抬起了頭，一張扁得出奇的臉格外喜感。

慕錦歌想了想，不確定道：「從早上出門一直跟著我的，就是你嗎？」

加菲貓：「喵。」

「小魚乾都吃完了嗎？我早上出去，看到盤子已經被收走了。」

「喵……」

突然之間，慕錦歌覺得，說不定江軒是正確的——她或許，腦子的確有點不正常。

正常人會和一隻貓說話，並且覺得自己好像聽懂了貓的回答嗎？

慕錦歌嘆了一口氣，把手收了回來，轉身進廚房去做午飯了。

雖然有著不好的回憶，但她剛才按著別人的食譜來做飯的感覺實在是有點不爽快，正好冰箱裡還有剩飯，找一找其他的東西，看看能不能做一盤炒飯吧。

一股濃烈的味道從廚房飄到客廳，鑽進貓鼻之中。本來還呆愣著的加菲貓聞到這股味道，瞬間清醒過來，從沙發上跳了下來。因為肉墊上沾了塵土，所以牠幾乎是一步一個腳印，從客廳走到了廚房，接著身手矯健的跳上廚檯，想要看一看是怎樣的料理才能發出這麼微妙的味道。

然後，牠深刻理解到什麼叫做「好奇心害死貓」。

如果上天再給牠一次選擇，牠絕對選擇老老實實的繼續待在沙發上。

潔白的盤子裡如同盛放著一個地獄。一座生靈塗炭的暗黑大陸屹立中央，島上怪石嶙峋，漆黑一片，彷彿隨時會有妖魔鬼怪出沒。大陸周圍沸騰著暗色的岩漿，咕嚕咕嚕冒著氣泡，等待著折磨吞噬即將來臨

的罪惡之人。

陰森，驚悚，可怖！

與之對比，昨晚的小魚乾簡直是有著天使般的面容！

加菲貓抬起頭往旁邊看了看，見慕錦歌正在專心洗鍋，並沒有注意到牠的動靜，便大膽起來，靠近了那片散發著危險氣息的領域。

猶豫了片刻，牠還是伸出貓爪，抓破了暗黑大陸的一小塊，小心翼翼的舔入嘴裡。

「！！！」

原以為的暗黑大陸土地，沒有想到竟然是蛋炒飯！

酥脆的紫菜碎末與少糖的藍莓醬均勻攪拌，像是積雪般厚厚的覆蓋在定好型的炒飯上，一口咬下去，紫菜和藍莓的鹹甜完美交織，極大的豐富了炒飯的味覺層次。炒飯香糯可口，滿滿的塞住口腔，咀嚼間，牙齒咬碎炒飯中顆粒狀的配料，才驚覺原來是新鮮香脆的蘋果果肉，咬碎後汁水與飯粒浸在一起，融合為一股難以言喻的美妙味道。

至於環繞在蛋飯周圍的深色湯汁……

加菲貓吃得陶醉了，根本忘了去注意慕錦歌在幹什麼，湊上去就想伸出貓舌，舔一舔、嚐一嚐那看似駭人的東西究竟是什麼。

「喂。」盤子被一雙白皙細瘦的手端走了，頭頂傳來慕錦歌清冷的聲音，「你想偷吃？」

加菲貓這才回過神來，抬起頭可憐兮兮的望著慕錦歌：「喵——」

慕錦歌皺眉道：「不行，我不知道貓有什麼不能吃。」

「喵……」**沒關係的，我什麼都能吃！**

「別鬧，等一下把最後幾條小魚乾做給你吃。」

「喵！喵……」**好好好！但我還是想嚐一嚐那是什麼東西……**

慕錦歌低頭看著牠那一張苦大仇深的扁臉，嘴角不禁微微上揚。

「這個啊，其實就是蔬菜湯。」她用筷子夾了一小塊的炒飯，然後在深色湯汁間浸了浸，餵到貓的嘴邊，「可以直接吃，也可以泡著吃。」

筷尖一到面前，加菲貓便迫不及待的伸出舌頭將飯捲進了嘴裡。

啊！

這種奇特的味道是什麼？！

複雜卻不繚亂，奇異卻不矛盾！

「喵——」貓大王滿足的發出一聲長嘯。

慕錦歌問：「好吃嗎？」

「喵喵！」

「你這隻髒貓，嘴還挺饞的，知不知道被你這麼一抓，這飯我就不能吃了？」

「喵……」

慕錦歌摸了摸牠毛茸茸的腦袋，「沒事，反正我也沒多餓。」

「喵……」

「光是看這外表，是不是覺得很可怕？」慕錦歌笑了笑，「這下子你知道了吧，無論是人還是料理，都不能以貌取之。你也見到那個趙老闆了吧？看起來斯斯文文的，沒想到就是個衣冠禽獸。」

「……」

沉默了幾秒，慕錦歌搖了搖頭，「我真是腦袋不清醒了，跟一隻貓說這些幹什麼。」

「喵！」加菲貓用爪子扒了扒她的衣服。

慕錦歌把牠拎下桌子，「自己玩去。」

然而就在她端著盤子轉過身的時候，身後傳來一道性別模糊的聲音：「喂喂喂，妳聽得到我說話嗎？妳叫慕錦歌對吧？」

聞聲，慕錦歌錯愕的回過頭，視線向下，正好對上加菲貓那雙玻璃珠似的眼眸。

「說出來妳可能不相信。」加菲貓一臉嚴肅，牠張了張嘴，發出的聲音傳入慕錦歌的耳朵竟都成了人話，「其實我並不是一隻貓。」

「……」

「我是一個美食系統，被前宿主丟棄，不小心砸進了一隻廢貓的身體裡。」

「……」

「現在，我被妳征服了。」扁臉貓神色凝重，鄭重其事的宣布道。

慕錦歌：「……」

一隻貓竟然開口說人話了？

如果排除是遇到貓妖的可能的話，難不成是……

不會吧？雖然世界上確實存在一些會吃貓肉的人，但她從來都沒有把貓和狗視作過食材，之前在外面遇見其他貓貓狗狗，也不會聽到牠們的心聲。更何況，就算是知曉食材們的意願，也都是一種類似於只能意會而不能言傳的直覺，食材們向她傳達資訊的過程從沒有像這樣具象化過。

那麼，還有剩下一種可能——她出現幻覺了。

慕錦歌空出的一隻手揉了揉自己的額角，一邊喃喃自語道：「待會還是去睡個午覺好了……」

加菲貓不滿的揮了揮手爪子：「嘿！妳到底有沒有在聽我說話啊！」

慕錦歌沒有理牠，轉身把被貓碰過的炒飯倒進了垃圾桶裡，開始洗盤子和筷子。

「喂喂！」加菲貓又跳到了洗手臺上，「妳這是浪費！浪費可恥知道嗎？」

慕錦歌置若罔聞。

「竟然寧願倒掉都不願意留給我吃，妳這個狠心的女人！」

「……」

為了彰顯自己的存在感，加菲貓用圓滾滾的小腦袋頂了頂對方的胳膊，「妳倒是理一理我啊！」

然後下一秒，牠就突然被慕錦歌提著後頸拎了起來。

「喵喵喵！」

慕錦歌看了牠一眼，「不要到處亂蹭，你知道自己有多髒嗎？」

加菲貓愣了愣，繼而委屈道：「妳嫌棄我？」

「你自己往後看。」

說著，慕錦歌提著牠往後轉，只見地板上和桌子上都是一個個黑灰色的貓腳印。

某喵現在才想起自己流浪多日的事實，有些心虛的耷拉著腦袋說：「……對不起。」

慕錦歌把牠放回地上，沒再說話，洗完盤子之後就把家裡最後剩下的幾條小魚乾料理一番，端到扁臉貓面前。

見她要出廚房，加菲貓趕忙用兩隻前爪抱住了她的小腿，「喵！」

慕錦歌低頭看了眼這團毛茸茸的掛在腿上的小東西，正好對上那雙可憐兮兮的貓眼，「……」

為什麼妄想症在初次發作的時候就持續那麼長的時間？難道她真的已經病入膏肓了？

加菲貓愁眉苦臉道：「別走，餵一下我可以嗎？嘴太扁，我還沒習慣。」

「……」

看到對方一言不發的蹲了下來，加菲貓顯然很高興：「果然，妳能聽到我說話！說起來我還沒自我介紹完呢，如果覺得稱呼不方便的話，妳可以叫我『燒酒』，這是我從這具身體的記憶中獲知到的這隻貓生前的名字。哎呀說起來這隻貓也真是不走運呢，好不容易離家出走一次還遇上了虐貓變態，有驚無險的逃出來結果活生生餓死了，真的是……」

慕錦歌餵牠吃小魚乾，一邊靜靜聽著，過了一會兒才開口：「吃飽了就走吧，我沒有養貓的打算。」

「喵？！」燒酒萬萬沒想到她會這麼說，噎了一下，「可我不是貓啊！」

慕錦歌淡淡道：「我知道，你是我的幻覺。」

燒酒終於知道為什麼自己先前搭訕老半天都得不到一句回應了——敢情自己不僅沒被相信，連存在本身都受到質疑！

問題十分嚴重！

「慕小姐——」燒酒嚴肅認真的說：「請正視現實吧，我並不是妳的幻覺，也不是什麼成精的貓妖，我就是我，是顏色不一樣的煙火。」

慕錦歌冷冷道：「所以你需要我幫你點火送上天？」

燒酒下意識的將尾巴纏在了後腿上，乾笑道：「不用不用，開個玩笑而已。」

「所以你也是我的大腦跟我開的玩笑？」

「……」燒酒鬱悶了，「我不是說過了嗎？其實我的真實身分是一個美食系統，本來是寄宿在人的大

腦裡的，但我的前宿主聽信一個妖豔賤貨的讒言，把單純不做作的我強行剝離了，還高空拋物，把我從三十五樓扔下去，沒想到正好砸進了一隻死貓的身體裡。」

「然後呢？」

燒酒嘆了口氣，「雖然悲痛萬分，但我還是微笑著堅強的活了下來，憑一貓之力，顛沛流離，最終輾轉到這個社區，就在我餓得奄奄一息，眼看就要成為史上第一個被餓死的美食系統時，有一個小天使從天而降！」

「……」

「沒錯，就是妳！」燒酒將爪子搭在慕錦歌的手上，「我很欣賞妳做的小魚乾，在吃過妳的炒飯後，我終於真正做出決定了！我要和妳締結契約，承認妳是我新的宿主，所以妳現在才能聽得見我說話。」

慕錦歌面無表情的盯了牠一會兒，才道：「我睡完午覺起來還能聽到你說話嗎？」

燒酒毫不猶豫的答：「當然能！」

「那我可能需要去找醫生開點藥了。」

「……」燒酒無語了，崩潰似的用兩隻貓爪掩住扁臉，「姐，我真的是客觀存在的！要怎麼樣妳才相信我啊？」

慕錦歌想了想，問：「只有我能聽到你說話？」

「當然，系統具有機密性，只有主人才能聽到系統的指示。」

「指示？」

「對了！我知道了！」燒酒恍然，「如果我的指示給了妳幫助，妳應該就能相信我了吧！」

慕錦歌看著牠，不置可否。

燒酒說：「妳不是找不到工作嗎？我知道有一家餐廳在招聘，妳可以去試一試。」

「哪裡？」

「妳幫我把手機導航地圖打開，我幫妳找。」說完，燒酒又嘟囔了一句：「本來我可以直接在妳腦內生成地圖和路線的，但奈何我現在困在這隻貓的身體裡出不來。」

慕錦歌從褲袋裡拿出手機，「你說店名我來找吧，別劃花我的螢幕。」

「……」

「如果真的有你所說的地方的話……」慕錦歌頓了頓，「我就暫時收留你一晚，但是你要自己洗澡，自己去廁所，晚上十一點後就要安靜，不許打擾我睡覺。」

沉默片刻，燒酒才問了句：「妳是不是不喜歡貓？」

「是的，我喜歡狗。」

「……」

一萬點暴擊！

燒酒彷彿聽到了自己那顆想要當喵大王被供奉起來的心破碎的聲音。

翌日，慕錦歌一大早出門，來到燒酒昨天告訴她的餐廳門口。

Capriccio，用詞典查了一下，是隨想曲的意思。

這並不是一家西餐廳，而是一家創意料理餐廳。它位於一條曾經繁華一時的小巷，離她所住的地方有

一段距離，現在時過境遷，熱鬧不在，周遭都有些寂寥凋敝，只有巷口兩棵粗壯挺拔的梧桐樹風雨不動，寵辱不驚。

餐廳在小巷盡頭，三層小臺階，木製的大門，門兩側的磚牆覆滿了爬山虎，看上去有些年頭了，三三兩兩的藤蔓延伸至店門招牌，與首字母「C」纏繞在一起。

明明都已經上午九點了，店門卻依然緊閉。

慕錦歌等了一會兒，乾脆在臺階上坐了下來。

她今天穿的是一件簡約的條紋衫，純黑色的寬腿褲下顯現一截蒼白緊致的小腿，深褐色綁帶皮鞋的低淺邊緣露出如同雕刻品一般精緻的踝骨。

雖然不是在工作中，但她還是戴著口罩，遮住了半張臉，只留下一對眉眼，清冽漠然。原本及腰的烏髮被束成了高馬尾，直直垂下，幹練俐落。

十點多的時候，餐廳的門終於從裡面打開了。

「哎呀！」只聽身後響起一道中年女子的聲音，像是嚇了一跳，「請問妳是哪位？怎麼坐在我們家餐廳門口？」

慕錦歌站了起來，轉身面對著她點了點頭，「妳好，我是來應徵的。」

女人看起來有四十多歲，比慕錦歌矮了半個頭，穿著藏藍色的連衣長裙，披著一件白色針織衫，氣質文雅。她愣了愣，問：「應徵？」

「是的。」慕錦歌看她的反應，也覺得有點奇怪，「你們廚房不缺人嗎？」

「缺倒是缺，只是……」女人猶豫了一下，「我本來以為招不到人，都打算把店關了……」

「那請問可以考慮一下我嗎？」

女人看了看她，嘆了一口氣，才完全把門推開，「進來說吧。」

慕錦歌跟她進了餐廳，互相聊了幾句，才知道女人叫宋瑛，是這家店的所有者，而她的丈夫是這家店的主廚，在去年病逝了，兩人膝下沒有兒女。

宋瑛說：「去年我老公生病住院，餐廳生意又不好，所以我乾脆關了店，一心一意在醫院照顧老公。之後又因為他走了，我心裡難受走不出來，開了兩週不到的店就又關了，聽從朋友的建議出國旅遊散心，二月底才回來。」

慕錦歌道：「這麼說，這家店歇業有一段時間了。」

宋瑛：「前前後後加起來有半年了，等我狀態恢復過來想重新開業的時候，才發現這家店已經被人們遺忘，連熟客都不來了，生意慘澹，也沒有廚師願意過來。我正考慮要不要把店面轉讓給別人，妳就來了……請問妳是從哪裡看到徵人資訊呢？我記得我明明已經把那些資訊撤下了。」

「一位朋友介紹的。」慕錦歌心想自己並不算說謊。

宋瑛也並沒有起疑，只是欣慰一笑：「沒想到還是有人看到的，代我謝謝妳朋友。」

坐在餐廳裡，慕錦歌環繞四周，看得出房子的年代感，但室內的裝潢設計就算在現代也依然精緻，絲毫不過時。廚房很大，面朝用餐區的地方雖說是被隔離封閉開來，不過使用的則是耐高溫的隔音玻璃牆，清洗得不見一點油汙，坐在外面的客人可以透過玻璃將廚師的動作看得一清二楚。

這家店在過去一定是一家非常棒的餐廳。

宋瑛道：「雖然很感謝妳來應徵，但我並不能馬上錄用妳，還是需要進行一次考核，畢竟這是我丈夫工作並熱愛了一輩子的地方，如果接手廚房的人不夠可靠，那我寧願收掉這家餐廳。」

慕錦歌點頭，「我明白。」

「不過事情有些突然，廚房裡現在只有前些天買菜剩下的食材，比較簡單。要不妳明天下午再來吧？我會準備好食材的。」

「不需要。」

宋瑛一愣，「什麼？」

慕錦歌看了看現在廚房裡所有能用的東西，回頭望向宋瑛，「我也可以用這些簡單的食材，做一道簡單的菜。」

餐廳收銀檯後方有一扇木門，門後通往一間可以住人的屋子。聽宋瑛說，以前生意很好的時候，她和丈夫經常住在這裡，有時候打烊晚了，還會讓不方便回家的員工留宿。今年從國外回來後，她還是時不時在這裡住下，經常直接把菜買到這裡，用著餐廳裡的廚房做一日三餐；應該是最近真的有關店的打算，她買的菜都是一人份，根本分不出多餘的來。

慕錦歌清點了下廚房裡的東西，油鹽醬醋一應俱全，還有一些其他調料，都是今年新買的，瓶子的包裝都還沒拆，應該是剛回來時為了重新開業而準備的。除此之外，廚房裡頭有的就是馬鈴薯、雞蛋、火腿和胡蘿蔔，冰箱裡還有一盒巴氏殺菌鮮奶。

慕錦歌把看起來合適的食材都收羅到一塊兒，擺在桌子上，回頭問宋瑛：「有帽子嗎？」

「啊？」宋瑛愣了下才反應過來，「沒關係沒關係，又不是正式做給客人吃，就這樣吧。」

慕錦歌點了點頭，沒再多說。

倒是宋瑛靠在門邊站了一會兒，好奇的問了句：「妳是對柳絮過敏嗎？怎麼一直戴著口罩。」

這個季節正好是B市柳絮飛揚的時候，路上很多人都戴了口罩。

然而慕錦歌只是淡淡道：「長得醜，沒臉見人。」

宋瑛：「……」

只見慕錦歌雙手俐落的將兩顆馬鈴薯和半根胡蘿蔔去皮，然後在瓦斯爐的兩個爐口上各架上一口鍋，一邊用高壓鍋蒸馬鈴薯，一邊煮兩顆雞蛋。

宋瑛見她試著用筷子扎透煮熟的馬鈴薯，了然道：「妳是準備做馬鈴薯泥嗎？」

「嗯。」

宋瑛有所感慨道：「我還記得年輕的時候有一次跟我老公吵架，好久都不搭理他，然後他就帶著一碗馬鈴薯泥來負荊請罪了，說他以後一定對我言聽計從，軟得跟那碗馬鈴薯泥似的……他學歷不高，嘴也笨拙，這句話一下子就把我逗笑了，我們也就此和好了。」

慕錦歌問：「之後你們有再吵架嗎？」

「都是我吵，他哄我。」宋瑛微微一笑，眼角卻悄悄泛紅了，「……不好意思，我出去一下，妳繼續做吧。」

慕錦歌沒有再多說，彷彿並沒有聽到宋瑛聲音中帶著的哽咽。

她將煮熟的馬鈴薯放入保鮮袋，用擀麵棍來回碾成泥，接著在馬鈴薯泥中加入半盒鮮奶，進行細膩的攪拌，然後再依次加入處理好的火腿丁、雞蛋丁和胡蘿蔔丁。在加了一小勺濃縮雞汁和少許胡椒後，她將手伸向了櫥櫃裡某條未拆裝的牙膏形狀的神秘調味品……

等宋瑛平息好情緒回來的時候，慕錦歌已經完成了她的料理。

「這是什麼氣味？」走進廚房，宋瑛驚嘆了一聲，「雖然有點怪怪的，但不知道為什麼，總感覺食慾突然被勾起來了……」

慕錦歌背對著她，不動聲色的將扒到下巴的口罩重新戴了回去。

為了確認氣味，她剛剛把口罩摘下來了一會兒。

說來慚愧，和宋瑛一樣，她也很驚訝。在這之前出自她手的料理，氣味也是相當奇特，但那種奇特是令人聞而生畏的詭異；然而今天這份馬鈴薯泥的氣味實在是太好了，好得完全不符常理。

其實她今天做的這份馬鈴薯泥，因為食材彼此都很配合，所以料理主要部分的處理手法都比較中規中矩，只是在最後調味的時候加了一般馬鈴薯泥都不會加的東西。

照理來說，調味品難掩食材的氣味也是正常的，所以不至於讓人無法接受這一點也可以解釋，但是為什麼這道料理會散發出一種超越馬鈴薯泥本身的香味？

不，說是香味也不對，準確來說是一種謎之氣息。

彷彿被施加了魔法，說不清是哪裡好聞，聞不透有什麼層次和素材，但就是會讓人感到揮之不去的魅力，不受控制般想要嘗試。

慕錦歌不由得想起了那隻自稱為燒酒的扁臉貓……

昨晚睡前，她幫好不容易憑一己之力洗完澡的燒酒吹乾貓毛。在關掉吹風機後，重新恢復「肥胖」的貓咪將軟軟的肉墊搭在她的掌心上，懶洋洋的說：「本大王雖說現在受制於貓身，但還是能發揮一些作用的……喏，送妳一份禮物。」

慕錦歌看著自己空蕩蕩的手掌，「不是說送禮嗎？」

燒酒舔了舔爪子，「對啊，已經送了。」

慕錦歌面無表情，「我家沒有顯微鏡。」

「親，這個是看不見的喲。」燒酒語氣透著狡黠與得意，神神秘秘的樣子，但一張扁臉還是醜萌醜萌的，「等明天妳就知道我送妳的禮物是什麼。」

慕錦歌看了牠一眼，不以為意，只當是加菲貓在故弄玄虛。

——沒想到竟然是真的。

——燒酒所說的「禮物」，應該指的就是這個吧。

想通之後，慕錦歌轉過身，將碗端到了身後的桌子上。她道：「請慢用。」

宋瑛看著眼前這碗發青的馬鈴薯泥，愣了下，似乎有些遺憾道：「我口味偏重，所以我老公做馬鈴薯泥時總要放點醬油，馬鈴薯泥的顏色也很深，現在看別的馬鈴薯泥，感覺都不怎麼習慣了……」

慕錦歌站在一旁，沒有說話。

宋瑛看了看她，「抱歉，第一次見面就跟妳囉嗦那麼多，妳一定覺得我這個老阿姨很煩吧。」

「沒事。」慕錦歌說：「聽您講您和您先生的往事，也讓我感到很溫暖。」

「謝謝。」

說罷，宋瑛將目光重新落到那碗新鮮出爐的料理身上，拿起湯匙，從中舀取了一匙，放入嘴中。

闔脣，含抿，咀嚼，下嚥。隨著細膩的馬鈴薯泥在舌上溫柔的化開，一股清新的辣味如遊龍一般直沖向鼻！

一匙方下肚，便已是欲語淚先流！

宋瑛張開嘴微微喘息，才止住沒有多久的淚水又滑過臉龐。

「這、這是……」她抬起頭，難以置信的看向站在身旁的慕錦歌，「妳放了芥末？」

慕錦歌點頭，「看櫥櫃裡有青芥末，就擅自拆開來用了，不好意思。」

宋瑛抬手擦了擦濕潤的眼眶，「沒事沒事，我說過妳可以隨意使用這間廚房裡的所有東西……只是這味道……」

雖然嗆到令人淚下，卻並不會讓人無法接受。相反，吃了一口之後，反而會不自覺的細細回味，想要再來一口！

在芥末為這道菜帶來清新口感的同時，馬鈴薯泥柔軟的質地和淡淡的奶香緩和了青芥末的刺激口感，如同溫暖的春風抹平寒霜冰冷的稜角，而適當的雞汁與胡椒搭配，正與殘存下來的芥末味道相得益彰，浸透到每一碎粒的胡蘿蔔和火腿中，豐富了馬鈴薯泥的滋味。

所有材料都互相包容、相輔相成，完美的融合，帶給人平凡的溫暖與滿足。就像她過去所擁有的夫妻生活一般，有濃有淡，有衝突也有妥協，酸甜苦辣，互相陪伴，彼此配合，攜手共度……最後回顧來看，一切都毫無違和的融為一體，在深沉的歲月中泛著溫柔而幸福的光芒。

宋瑛一口接著一口，不僅嘴停不下來，眼淚也如決堤一般止不住。

自從散心回來、重新回到店裡，她就一直感覺胸口悶悶的，想要痛哭卻又哭不出來。丈夫去世時的那陣子，親戚朋友已經安慰她很長一段時間了，所以現在她也不好再找他們訴說，讓人以為自己是一個無法獨自活下去的悲觀女人。

悲傷，寂寞，焦慮，自惱……所有積壓的負面情緒都在這個女孩出現的這一天，在這碗馬鈴薯泥中，轟然爆發。

內心的沉重化作淚水釋放出來，希望與溫暖隨著一匙匙馬鈴薯泥填入她的身體。

多麼不可思議的救贖！

一碗見底，宋瑛才放下湯匙，正覺得渴的時候，一杯溫開水已遞至手邊。她抬頭便對上那一雙清澈的杏眸，耳邊傳來對方平靜的聲音：「喝水吧。」

「謝謝妳。」宋瑛臉上淚痕未乾，紅著眼睛接過水杯，朝慕錦歌笑了笑。

「不用，舉手之勞而已。」

「我感謝的，不僅僅是這一杯水。」宋瑛微笑，「謝謝妳的料理，做得非常棒。」

「很高興您能喜歡，那請問我能留在這裡工作嗎？」

宋瑛點頭，「當然了，等一下我們來談談待遇的問題吧……那，以後妳叫我宋姨就好，我能直接叫妳錦歌嗎？」

「可以。」在口罩的遮蓋之下，慕錦歌微微揚起了嘴角。

宋瑛笑道：「剛才進門聽妳介紹的時候就想問了，妳的名字是『繁花似錦』的『錦』字，和『歌聲』的『歌』字嗎？」

「是。」

「妳父母真是為妳取了一個很好聽的名字呢。」

聞言，慕錦歌的眼中飛快閃過一抹複雜的情緒，但就像是投入湖水的小石子，僅在湖面上漾起點點漣漪後，很快又恢復了平靜。她只是淡淡回道：「多謝宋姨誇獎。」

◎◆※◆※◆◎

燒酒覺得自己一定是史上最悲情的系統。

七年前它被投放到這個世界，寄宿在命定之人體內，幫助宿主從一個小小的夜市小攤販走到料理界的頂端，風雨兼程，共進同退，卻沒想到宿主竟忘恩負義，背著它偷偷和一個沒有主人的系統勾搭上，還從那個壞心眼的系統那裡獲知了暫時遮罩它和永久摘除它的方法。

當那個人強行剝離它的那一瞬間，它除了震驚，居然還感到了失望與傷心。

可是明明它只是一個系統，無血無肉、無欲無求，卻感受到了人類經常掛在嘴邊的「心痛」。

從宿主的身體離開之後，它只能暫時勉強維持像一團霧氣般的實體形態，脆弱得彷彿隨時都有可能被風吹散。

它至今仍然記得從三十五樓被丟下去的感受，空氣凜冽，呼嘯的風聲讓它想起多年前第一次進入到這個世界的那一天。

錯愕與悲憤阻礙應急功能的正常運轉，內部的智慧意識也拒絕思考。

然後，等一切功能恢復正常，它再次睜開眼睛的時候——

它已經是一隻貓了。

圓圓的腦袋，扁扁的嘴臉，毛茸茸的爪子和髒兮兮的身體。

和在宿主體內的體驗不同，它彷彿真的變成了一隻貓，會睏會餓會有便意，擁有了許多曾經只聽人類提到過的知覺。

透過獲取這具身體的記憶，它得知這是一隻走失的家貓。

雖然知道這隻貓早已魂歸天國，但挨餓的時候它還是不得不抱怨幾句：**你好好一隻家貓沒事離家出走個什麼勁啊？好好的家不待著，你看你，不僅成了流浪貓，還餓死街頭了吧！真他喵的造孽！**

不過更造孽的是，它這個從沒想過離家出走的，竟也淪落成一個流浪的系統了……

「砰——」

突然響起的關門聲把燒酒從噩夢中驚醒，牠渾身貓毛炸起，待看清楚是慕錦歌回來後才放鬆下來，喵

了一聲，伸了個懶腰。

「怎麼樣？」牠走到門口，在慕錦歌腳邊打轉，「這下妳總算相信了我吧！」

慕錦歌把手上提著的東西放下，取下口罩，繞過牠坐到板凳上換鞋。

——**又忽視我！**

燒酒瞪了她一眼，剛想發幾句牢騷，就瞥到慕錦歌放在地上的那袋東西，牠登時兩眼一亮，按捺住欣喜，明知故問道：「咦，這是什麼？」

慕錦歌道：「土。」

燒酒：「……」

然而牠不死心，抬起爪子指了指袋子上的兩個字，故作驚奇：「可我怎麼看上面寫的是『貓糧』兩個字呢？這是買給誰吃的呀？」

「我自己吃，怎麼了嗎？」

「#%$！〈＊#@ shjs！〈@%$！iye……」氣得牠都開始亂碼了。

慕錦歌聽不懂牠劈里啪啦在說些什麼，不過看牠那一臉陰沉，明顯心情十分不爽。

她伸手揉著燒酒的小腦袋，語氣與平常無異：「不過看在你這麼可憐的分上，我讓給你好了。」

「喵？！」

燒酒受寵若驚，想要抬頭看她，腦袋卻被輕輕的往下按了按，等牠抬起頭的時候，慕錦歌已經站了起來，轉身往客廳走去。

——**哼，真是傲嬌！**

燒酒心裡喜孜孜的。然而，還沒等牠高興一分鐘，就聽到慕錦歌的聲音從客廳傳來：「既然是你的食

物，那你就自己想辦法弄到廚房裡去吧。」

「……%&︿*@$*#@！！」

雖然慕錦歌住的房子並不大，但燒酒還是費了九牛二虎之力，才連推帶拉的將那袋沉甸甸的貓糧拖進了廚房，其過程漫長得像是過了一個世紀，無比艱辛，令喵流淚。

終於大功告成，燒酒如釋重負，四腳朝前，背靠貓糧，雙眼放空，整隻貓癱坐在地上，感覺身體被掏空，自己已然是一隻廢貓了。

此時慕錦歌已經換上了一套素色的家居服，用髮帶稍稍綁了下長髮，踩著拖鞋，看起來整個人都有些懶洋洋的。她靠在廚房門邊，手裡拿著一個馬克杯，優哉游哉的開口道：「幹得不錯嘛。」

燒酒掃了掃尾巴，哼道：「那當然，我可是無所不能的美食系統。」

「那麻煩你順便把你搬運過程中掉的貓毛也清理一下吧。」

燒酒炸了：「我要跟關愛小動物協會投訴妳虐貓！」

慕錦歌喝了一口水，「去吧，祝你成功，慢走不送。」

「……妳妳妳！」燒酒欲哭無淚，「天使的外表，魔鬼的心靈！」

「謝謝誇獎。」

燒酒再次覺得，自己絕對是史上最悲情的系統。

前宿主喜新厭舊，是個忘恩負義的白眼狼，現任主人又是個殘酷冷血的犬控女！

喵生真的太艱難了！

看著燒酒垂頭喪氣的樣子，慕錦歌笑了笑，把杯子放下，俯身將貓抱了起來，「跟你開玩笑的，你這

毛尾巴毛手的，我還能真讓你去掃？」

燒酒哼唧了一聲，心說：**妳這種冷血動物什麼事情都幹得出來**。

慕錦歌幫牠順了順毛，抱著走出了廚房，「我被 Capriccio 錄用了。」

燒酒被她摸得舒服極了，享受似的喵了一聲。

「雖然待遇沒有食園好，但薪水也勉強夠租房子和維持我們倆的開銷了。」

聽了這話，燒酒有些感動，主動蹭了蹭慕錦歌的手臂，「我很好養的！妳不用買多高級的貓糧給我，這具身體已經被我調整過了，和妳一樣吃飯吃菜都沒問題！」

慕錦歌看了牠一眼，「你是沒問題，但我有問題。」

「喵？」

「從後天起我就開始上班了，早出晚歸，一週只休息一天。你一隻貓在家，不吃貓糧的話，難不成自己會做飯？」

「……」燒酒大驚，「妳不帶我去上班？！」

慕錦歌反問：「你讓我帶一隻貓去上班？」

是了，牠現在是一隻身形招人注意的加菲貓……

想到這裡，燒酒瞬間萎靡了。

慕錦歌坐在沙發上，讓牠趴在自己的大腿上，一邊順貓毛、一邊問：「你不是說認我做新的宿主嗎？既然這樣，那你為什麼不寄宿在我身上？」

燒酒無精打采道：「我也想啊，但我離不開這具身體。」

「為什麼？」

「現在的情況有點複雜。」燒酒嘆了一口氣，有些消沉，「雖然不願意承認，但其實這隻貓才是我現在真正的宿主，我是在牠快死的最後一刻正好進入了牠的身體，那時已經無法挽救牠的生命。而要讓系統離開宿主只有兩種方法，一個是讓系統的成就進度讀滿，一個就是宿主憑藉自己的意識強行剝離系統……一般來說，我們都不會主動告訴宿主第二個方法，可沒想到那個和我惡性競爭的同行竟違反職業道德，不僅告訴了我前宿主有這麼回事，還把具體方法教他。」

「職業道德？」慕錦歌挑了下眉，「你們到底是從哪裡來的？」

燒酒嚴肅道：「抱歉，這個是絕對不能說的，妳就當我是來自於外太空的某個神秘組織吧。總之我們沒有惡意，也不會侵占地球。」

慕錦歌默默的看了一眼那張蠢蠢的臉，腦補了下這傢伙征服世界的樣子——

樓廈坍塌，天崩地裂。一隻巨掌如同天降炸雷，轟然砸凹地面，將房屋碾壓於厚實的肉墊之下。毛茸茸的尾巴捲起風沙，就像是鐵扇公主的芭蕉扇。

「喵嗚——」

從高空中傳來的一聲貓嚎猶如獅吼，震散環繞其身的飛土煙塵，接著一張很不高興的大扁臉猛然低了下來，大如盤月，嚇哭一群小孩……

慕錦歌幻想了一下，雖然荒誕了點，但還是挺恐怖的。

燒酒絲毫沒察覺到慕錦歌的思緒已經偏離話題，逕自繼續道：「這隻貓已經死了，所以現在根本不可能主動將我剝離出去，也無法按第一種方法完成我的成就進度條。所以我參照系統應急指南第十一條，選定了妳做代理宿主。」

「代理宿主？」

「是的，指南第十一條記錄：如若宿主失去完成成就的能力和條件，則系統可自主挑選合適的代理宿主，代為推進成就進度。」

慕錦歌：「你說你是美食系統，那你要達成的是美食成就？」

燒酒：「每個系統都有內建一道進度條，在過去七年裡，我已經帶著前宿主共同完成了前面一半的進度，算是所謂的『奮鬥期』吧。在這一階段，前宿主在我的幫助下一步步從廚房菜鳥到料理大師，每一次都是按照我提供的食譜和指導獲取成功和成長，當他順利完成我預設儲存的所有菜式的時候，前半段進度條就滿了，這個過程他用了七年。」

「那麼接下來我要完成的，是剩下半截？」

「沒錯。」燒酒用那雙茶色的眼睛看著她，「剩下的那一半，可以稱為『創造階段』，宿主將不再按照我給出的食譜做菜，也不再從我這裡領取到任何任務。一切都與之前反過來，是宿主創造菜品，而我負責收集鑑定，然後將料理的資料記錄到記憶體中，隨著資料的積累，進度條也會推進。」

慕錦歌沉默了片刻，才開口道：「就算記錄的都是黑暗料理也沒關係嗎？」

燒酒問她：「妳覺得自己做的是黑暗料理嗎？」

「別人都是這麼評價我做的東西。」慕錦歌頓了頓，「但是對我來說，菜只有好吃和不好吃的區別，正統料理也好、黑暗料理也罷，都是料理的一種可能性，我不介意被人說是黑暗料理，但我不喜歡有人以這個為由頭無事生非。」

燒酒道：「和其他領域一樣，料理界也分天賦型人才和努力型人才，其中天才擁有的要麼是格外敏銳的嗅覺和視覺，要麼就是超乎常人的味覺，可妳卻是少數人中的極少數，擁有的是準確無誤的直覺，可以感知食材的意願……我們將其稱之為『知』，是一種十分難得的天賦，我只在知識儲庫裡看過相關介紹，

現實中遇到的妳是頭一個。」

「聽起來很不錯的樣子。」

「哪裡是不錯啊，那是相當不錯！」燒酒把爪子搭上她的手，「只是還沒吃進嘴裡，大多數人聞到料理的氣味就已經打退堂鼓，錯失品嘗美味的機會了。所以昨晚我才會送妳這麼一份禮物。」

慕錦歌這下聽明白了，說：「原來如此。」

燒酒愣了愣，「就這樣？」

「嗯？」

燒酒咂了咂嘴，「妳難道不應該痛哭流涕的向我道歉和道謝嗎！」

慕錦歌捏了捏牠的臉，「今晚給你加餐，做好吃的。」

某喵十分沒出息的歡呼起來：「好耶！」

3. 洋蔥明膠

Capriccio 創意餐廳在四月的最後一天重新開業了。

清晨的陽光尚帶著幾分寧靜的涼意，在巷口兩棵梧桐樹新展開的嫩葉上覆下一層柔和的淡金色。和平日不同的是，粗壯的樹幹上用細麻繩掛了一塊手寫招牌，白板上印著 Capriccio 的圓體英文商標，店名下是一行娟秀文雅的字跡，並標了一個箭頭，指向小巷深處。

一路沿著箭頭標示走過去，入眼的便是滿牆春意盎然的爬山虎，翠綠的新葉掩著還未掉落的枯葉，顏色深深淺淺，承載著碎金般的朝陽，光影交疊，如同一幅精緻的油畫。

這時，餐廳迎來了重新開業後的第一個來客。

清掃乾淨的臺階上踏上一雙沾滿塵土的白球鞋，球鞋的主人在臺階上猶豫了好一會兒，最終還是邁開腳步，走進了店門。

「歡迎光臨，請問要吃點什麼呢？」正將一束鮮花插進花瓶的宋瑛聽到了聲音，回頭熱情的招呼道。

「……宋姨？」

「哎呀！」宋瑛放下花瓶，走近一看，「這不是小明嗎！好久不見了，怎麼感覺瘦了？來來來，讓阿

姨仔細瞅瞅。」

來者是一位二十歲左右的青年，身材高大、五官端正，戴著一副黑框眼鏡，揹著帆布雙肩包，白T恤外罩著一件格子襯衣，一條牛仔褲洗得稍稍發白。

似乎是沒休息好，他的臉色不太好，樣子看上去有些憔悴。他望著宋瑛愣了一下，驚訝道：「我看到巷子口的牌子上說餐廳重新開張了，就過來看看，沒想到真的還是宋姨妳啊！」

宋瑛笑道：「你這孩子可真有意思，什麼叫還是我？」

「因為……」鄭明頓了頓，還是沒把話直接說出口，而是委婉的說：「妳都關店小半年了，我還以為妳要把這裡賣給別人了呢。」

宋瑛語氣溫和的說道：「如果你許叔知道我這麼快就把他付出一輩子心血的地方賣了，肯定會生我的氣吧。」

鄭明見她主動提起許叔，神色如常，便知她已邁過那道檻，心底就沒有那麼擔心了。

宋瑛招呼他在靠窗的位置坐下，鄭明問：「宋姨，這店裡就妳一個人嗎？」

「還有一個小姑娘，新來的，負責廚房。我就負責招呼客人，點單結帳。」

「兩個人忙得過來嗎？」

「這一帶本來就不熱鬧，我這家店又休息了那麼久，一時半會估計來不了多少客人。」宋瑛擺手笑了笑，「不過那個小姑娘做事俐落，人特別可靠，就算真的多幾個客人，我也放心她。」

「小姑娘？多大啊？」

「今年剛滿二十。」

鄭明詫然道：「那豈不是和我同年？這麼年輕就當主廚？」

這時正巧慕錦歌從廚房出來，戴著廚師帽和衛生口罩，問道：「來客人了？」

「是啊，不過是我們餐廳以前的熟客。」宋瑛介紹道：「小明，這就是我剛剛跟你說的那個小姑娘，叫慕錦歌。錦歌，這位是鄭明，我看著他長大的，以前啊就住這一帶，現在在本市唸大學。」

鄭明以為自己剛才的話被聽到了，所以覺得尷尬，「妳好。」

慕錦歌走近，看了看鄭明，也客氣道：「你好，請問想吃點什麼呢？」

「呃……」鄭明翻看著菜單，有些不知所措的說：「其實我以前也沒怎麼在這裡吃過早餐……有什麼推薦的嗎？」

慕錦歌說：「早餐的話有套餐，A套餐的吐司剛烤好，想試一試嗎？」

「嗯，可以，謝謝了。」

宋瑛在一旁笑吟吟道：「這頓我請了，要是覺得好吃的話，多在大學裡幫宋姨宣傳宣傳。」

留下兩人繼續閒聊，慕錦歌回到廚房，開始為這唯一的客人準備早餐。

菜單是前主廚——也就是宋瑛的丈夫制定的。雖然宋瑛說可以重新制定一份新菜單，但慕錦歌還是保留了原菜單，只是在原有的基礎上增加了一些變化，並提出偶爾會隨機送上一些獨特的新菜式給客人作為禮物。

所謂的A套餐，其實就是再簡單不過的西式早餐，兩片香煎吐司配一個太陽蛋和一條烤香腸，再加上一杯牛奶或咖啡。

等慕錦歌把做好的早餐放在托盤上端出去的時候，宋瑛還在拉著鄭明聊家常。

「不好意思，打擾一下。」她將托盤上的東西一一擺到鄭明面前，「這是您點的A套餐，請享用。」

吐司是很普通的吐司，煎蛋是很普通的煎蛋，烤香腸也是很普通的烤香腸。只是……

鄭明的目光落在一盤盛著果醬狀物體的小碟子上，忍不住端起來仔細看了看，只見粉紅色透明固體中還夾雜了少許詭異的雜質，有黃有紅，不知道是什麼。他湊上去聞了聞，清甜清甜的，又不同於果香的甜味，更加令人捉摸不透。

他好奇的問道：「這是什麼？草莓醬嗎？」

慕錦歌答道：「這是洋蔥明膠（注一）。也就是吉利丁。」

「洋蔥……明膠？」鄭明臉上是難掩的詫異。

慕錦歌道：「是的，用這個代替黃油，抹在吐司上，會是意想不到的美味。」

見鄭明一臉不相信，宋瑛開口：「錦歌總會嘗試做一些新花樣，雖然奇怪了一點，但味道很不錯。」

既然宋瑛都開口了，那麼鄭明也不好再多說什麼，只有按慕錦歌說的，用奶油刀將顏色粉嫩的洋蔥明膠塗到一片吐司上。

他先是猶豫了幾秒，最後還是咬了下去。

「！！！」

出乎意料的是，洋蔥的那股辛辣味像是被什麼抵銷了似的，並沒有預想中的那麼重，只留下那份獨特的甜味。除此之外，明膠裡應該還加了別的什麼，隨著香脆熱乎的吐司在口中嚼碎，舌尖兩側還嚐到了淡淡的酸味和辣味——不同於搶占主導的洋蔥甜味，這兩種味道就像是紅花旁的綠葉，是低調的點綴，卻又重要得無法忽視。

——到底是多加了什麼呢？

思索著這個問題，就忍不住吃下第二口、第三口、第四口……直至將一整片吐司吃完了，鄭明才回過神。他有些急切的問道：「這明膠裡面究竟加了些什麼？」

「紫洋蔥、白洋蔥、果膠。」慕錦歌語氣淡淡，「還有白葡萄醋、檸檬、泰椒。」

宋瑛奇道：「錦歌，妳是怎麼在這麼短的時間內就做出這份洋蔥明膠的？」

慕錦歌道：「並不是現做的，而是昨天在家做好後裝瓶帶過來的，想著或許用得著。」

聽完慕錦歌的介紹，鄭明恍然大悟：原來是葡萄醋、檸檬和泰椒！

問清楚用料後，他將剩下的所有明膠都塗抹在最後一片吐司上，然後迫不及待的塞進嘴裡，於脣舌之間細細含吮品味。

洋蔥的甜，葡萄醋和檸檬的酸，泰椒的辣……聽起來似乎是十分重口味的組合，但吃到嘴裡卻是異常清新的口味，如一股暖流填入飢腸轆轆的晨胃，又如人間四月最後一陣春風，吹遍山花，展盡新葉，纏繞在江邊柳條間，囈語出一簾淺色的夢境。

輕快，舒爽，柔和，恬靜。

歲月正好。

真是太神奇了！

連嚥兩片吐司，鄭明感到有些口渴，便伸手拿過方才端上來的瓷杯。他原以為是奶茶或是咖啡，入口才發現竟然是溫熱的蜂蜜檸檬水。

慕錦歌解釋道：「蜂蜜檸檬水有助於緩解宿醉後的身體不適。」

從最開始走過來打招呼的時候她就發現了，鄭明身上帶著一股酒氣，雙眼的血絲和臉上的憔悴也是宿醉留下的痕跡。而且剛才進廚房時，她隱約聽到身後宋瑛關懷鄭明時，提到了「喝酒」兩個字。

鄭明愣了一下，有些不好意思道：「謝謝。」

宋瑛道：「看，連錦歌都發現了。小明，你剛才還沒回答阿姨呢，怎麼會喝那麼多酒呢？是不是出什

麼事了？」

「宋姨，真不是什麼大事。」鄭明苦笑，「其實就是失戀了而已。」

「失戀？」宋瑛奇怪道：「你不是從高中開始就和小紅交往了嗎？」

鄭明嘆了一口氣，「是啊，大學就成異地了，然後她昨天在電話裡跟我提分手。」

宋瑛寬慰了他幾句，鄭明道：「宋姨，我已經想通了，所以妳也別替我擔心。」

「想通了，以後就不要亂喝酒了。」宋瑛叮囑道，「不要仗著年輕就瞎折騰身體，到時候賠了女朋友又折兵，後悔的是自己。」

鄭明連連應下。過了一會兒他又突然問：「對了宋姨，妳這裡人手那麼少，應該收兼職吧？」

「怎麼，你要來？」

「我這學期的課結束得早，下個月中就放假了，想找點事做，來妳這裡幫幫忙。」

宋瑛道：「行啊，只是阿姨這裡生意不好，給不了你多高的薪水。」

「沒關係沒關係，而且我相信只要有慕小姐在，這家店肯定會好起來的！」說著，鄭明看向慕錦歌，眼底閃爍著迷弟式的崇拜，「慕小姐……可以的話，我能和宋姨一樣直接叫妳的名字嗎？妳的洋蔥明膠真的是太棒了！非常迷人！可以讓我帶一點回去向同學宣傳宣傳嗎？我唸的大學離這邊也不遠，一定能夠招攬很多同學過來的！」

慕錦歌感到有些不自在，但還是點頭道：「可以。」

其實在面對宋瑛和鄭明的時候，她是有點緊張的。她不是善於言辭的人，性格也不合群，從小到大都沒有什麼朋友，過去在鶴熙食園時因為總是做「黑暗料理」，所以一直被視作異類，廚房裡的其他學徒都不搭理她，也就只有江軒和蘇媛媛會和她交談，還都不懷好意。

然而那些都過去了。

她總感覺從五月開始，一切都會和從前不一樣了。

◎◆※◆※◆◎

鄭明沒有食言，沒過幾天就帶著他的大學室友們過來吃晚飯，六個男生正好擠一張大桌，一夥人說說笑笑的，為餐廳增添了不少人氣。

除了他們之外，同時間內店裡還有將近十位客人，不多，但都是新鮮面孔，並不是Capriccio過去的老顧客。宋瑛在點單後試著上去搭話問了問，得知有九成客人都是在網路上看到推薦過來的，聽說重新開業這一週都有優惠，前三天又有特惠，所以過來看看。

宋瑛進到廚房幫慕錦歌打下手，疑惑道：「真是奇怪，雖然我們的確在搞這些活動，但沒找廣告商推廣啊，而且剛剛去問了小明，他說他也沒幫著在網路上發相關資訊。」

慕錦歌剛炒好一道菜，關了火裝盤，淡淡回道：「可能是其他光顧的客人吧。」

「會有這麼熱心的人嗎？」

「宋姨——」慕錦歌把菜端給宋瑛，「別胡思亂想了，先把菜上桌吧。」

接過盤子，宋瑛笑道：「算了算了，反正這對我們有益無害，不想它了。」

把客人點的菜都做完了，慕錦歌才稍微歇了一下，取下口罩，擦了擦滿臉的汗。

喝完一杯水後，她又重新把口罩戴了回去，將白天就準備齊全的材料從櫃子裡拿出來，換了一口鍋，放了一塊黃油進去……

等她將做好的東西分裝在小碟子裡，用托盤端出來的時候，餐廳裡只剩下四桌客人了。

宋瑛有些意外的走了過來，低聲道：「菜都上完了，妳做多了？」

慕錦歌道：「沒，這是送給客人的甜品，還好人沒走光。」

「錦歌，真是辛苦妳了。」宋瑛接過托盤，從中拿了一碟給慕錦歌，「我去送小明那邊的三桌，妳就送給坐在二號桌的那位小姐吧。」

「好。」

二號桌是雙人座，在鄭明他們三號桌的另外一個方向，離門窗遠，靠廚房近。

現在坐在那裡的只有一位年輕女子，看起來比慕錦歌年長幾歲的樣子，留著棕紅色的斜分短髮，妝容精緻冷豔，身穿一套春夏休閒款小套裝，氣質成熟。

看來她早已用餐完畢，此時正在用隨身攜帶的筆記型電腦劈里啪啦打著字，十分專注的樣子。

慕錦歌走近，正打算放下盤子開口，卻沒想到女子早有察覺似的，突然抬起頭看向她——準確來說，是看向她手裡的碟中物。

女子挑眉道：「彩蛋？」

慕錦歌愣了下才反應過來，隔著口罩悶聲應道：「嗯。」

女子看著她將東西放到桌上，又問道：「這是什麼？」

「薄荷巧克力燕麥條(注二)。」慕錦歌說起客套話來的時候有點生硬，「多謝光顧本店，請您慢用，如果現在吃不下的話可以打包帶走，歡迎下次再來。」

女子朝她笑了笑：「好，謝謝妳。」

慕錦歌這邊剛走，就被鄭明呼喚了過去。

「錦歌姐！」

自從詢問過出生日期，發現自己年紀小兩個月後，鄭明對慕錦歌的稱呼就加了個「姐」字。

慕錦歌走過去，「怎麼了，還有什麼需要嗎？」

「沒有沒有，今天妳辛苦了。」鄭明站了起來，把位子讓給慕錦歌坐，一邊向室友們介紹道：「這就是我姐，慕錦歌，這家餐廳的主廚，今天我們這一桌的菜都是她做的！」

「錦歌姐好——」

「……」誰是你姐了？

接著鄭明又為慕錦歌介紹了一遍：「錦歌姐，這是二虎、猴子、大熊、老鯊、阿豹。」

「……」這是《動物星球頻道》？

大熊手裡拿著宋瑛剛才幫忙送上來的甜點，努力的瞪大一雙豆丁似的小眼，激動道：「錦歌姐，妳這個雖然看起來不怎麼樣，但味道超級奇妙！」

「……謝謝。」

「這是燕麥棒嗎？可為什麼會是軟的？」

慕錦歌道：「糖漿不會凝固。」

大熊一副恍然的樣子：「原來是這樣！」

鄭明笑著解釋道：「錦歌姐，妳別見怪，大熊對做飯很感興趣，沒事也喜歡在宿舍裡用自己帶的鍋碗瓢盆瞎折騰，有次還把宿舍弄得跳電了。」

聽室友這麼說，大熊不好意思的摸了摸他那小平頭，「小明你就別揭我短了行不行……那啥，錦歌姐啊，我暑假也不打算回家，可以像小明一樣來兼職嗎？我可以在廚房幫忙，替妳分擔分擔。」

慕錦歌道：「這個你要跟宋姨說，她是老闆，我做不了主。」

大熊的笑容憨憨：「宋姨說可以，就看妳願不願意帶我。」

「那沒問題。」只要不怕被她誤人子弟。

就在這時，一直低頭刷手機的阿豹突然道：「誒我有個朋友在附近看到一隻加菲！看這圖好像就在這條巷子裡啊。」

「加菲貓？」慕錦歌是一群人裡反應最快的。

阿豹愣了下，「錦歌姐也喜歡貓？」

「……沒有，只是我有個朋友養了隻加菲。」慕錦歌不忘在此處黑某隻喵一把，「醜醜蠢蠢的，所以印象很深。」

阿豹笑道：「是啊，醜萌醜萌的，挺可愛的……這隻看上去品相不錯，眼睛大耳朵小，不過這臉真的好扁，感覺比我們班長寢室裡養的那隻還扁。」

慕錦歌忽然有種不大好的預感，「可以讓我看看圖片嗎？」

「行啊。」說著，阿豹把手機遞了過去。

那是發在朋友圈的三張照片，藉著路燈燈光拍的，照得不太清楚。但慕錦歌還是第一眼就認出來了。

——這隻……蠢系統！

「喵——」

燒酒深深的感受到，當貓實在是太好了！

過去在前宿主身上時，牠勞心勞神勞內核勞程式，如同老父親老母親般含辛茹苦照顧著宿主，七年風雨，同舟共濟，沒想到最後卻落了個被背信棄義的下場。現在跟了慕錦歌，雖說這女人性格不怎麼好、說話有時還毒舌、沒事總喜歡欺負牠，但實在是比前宿主省心太多了！

現在牠每天在家一日多餐有保障，吃了就睡、睡了就吃，每天都是自由身，在家裡待膩了還可以利用這具身體的種族優勢，從陽臺跳出去溜達溜達，什麼都不用做都能有回頭率。

所以說，現在回想起來，當系統有什麼好的？

沒感知、沒自由，除了宿主外，根本沒人知道你的存在！

等下次有機會碰到同行時，牠也得使使壞。

不過，不是像那個把牠趕走的系統那樣誘導宿主剝離系統，而是把不當系統的好處都告訴同行，讓它們趕緊找一具不幸離世的小動物的軀體，及時行樂，早日單身！

哎，牠真是太偉大了，不願獨占快樂，只想著將幸福的方法分享。

牠絕對是感動地球的十大系統之一！

燒酒一邊自我陶醉著，一邊和圍著牠的女大學生們玩得不亦樂乎。牠身邊圍了三個年輕女孩，應該都是出來玩的大學生，其中一個紮雙馬尾的女生可能經常逗路邊貓，書包裡常備一根逗貓棒，拿在手上蹲下來在燒酒面前晃動。

「貓貓，貓貓……」雙馬尾女生搖著逗貓棒，「咦，怎麼沒反應呢？」

另外一個女生道：「是不是妳這根逗貓棒製作得太粗糙，吸引不了貓啊？」

雙馬尾女生道：「不會啊，我上午還拿這個逗我們學校旁超商門口的那隻流浪貓，挺有效的啊！不信

妳問川川。

「對啊對啊，那隻貓看到逗貓棒可興奮了，不停的用爪子來抓呢。」

畢竟不是專業的貓，燒酒並不知道應該對這根像是從雞毛撣子上扯下來的東西做出什麼反應才是正常，所以愣了好一會兒，直到聽完女生們的議論，才知道正確答案。

──唉，**沒辦法，看在妳們這麼可愛的分上，本喵大王就勉為其難的滿足一下妳們吧！**

這樣慷慨的想著，燒酒裝成把逗貓棒視作獵物的樣子，不停的伸出爪子去打它。

──**看我左手右手一個慢動作，右手左手慢動作重播！**

雙馬尾女生變換著逗貓棒的位置，笑道：「什麼嘛，原來是反應慢一拍。」

「看起來玩得很開心的樣子！好可愛！」

「哈哈哈哈真的好蠢啊我要錄下來……」

──**妳們這些愚蠢的人類，都被本喵大王精湛的演技征服了吧！**

──**快來一個演藝圈的同行過來提攜一下，保證你的進度條刷刷刷就滿了！**

燒酒演得十分賣力，很快就入了戲，眼裡只剩下那根欠扁的逗貓棒，樂在其中。

突然，逗貓棒的動作停了下來，燒酒趁此機會，整隻貓都撲了上去，兩隻前爪死死抱住逗貓棒，毛茸茸的尾巴都因為激動難耐的心情而伸直了。

牠得意的喵了一聲：**哼，看妳這小樣！**

叫完後，燒酒抬起了頭，順著桿子看上去，看到一雙細瘦修長的手。

指甲飽滿，是很健康的粉色，也修剪得十分平整。

咦？牠怎麼記得剛才拿著逗貓棒的是一雙塗了酒紅色指甲油的手？

目光遲疑的繼續上移，當看清楚那人的臉時，燒酒呆了幾秒，然後嚇得猛地鬆開手，垂下尾巴，一屁股坐在了水泥地上。

只見慕錦歌此時已經換回了便服，紮著馬尾，取下了半邊的口罩掛在耳朵上，一張精緻秀麗的臉正對著牠，薄薄的嘴脣勾著一抹好看的笑容，卻令燒酒毛骨悚然。

她晃了晃手裡的逗貓棒，道：「玩得很開心，嗯？」

「錦歌，妳走慢點……等等我，等等我啊喂！」

一聲聲貓叫引來路人的紛紛注視。

只見路燈下正上演著一幅奇異的畫面：一個身材高䠷的女生快步往前走，身後追著一隻身形圓滾的短毛貓，甩著四條小短腿拚命跟上，累得像條狗。

燒酒氣喘吁吁的跟在慕錦歌後頭，愁眉苦臉道：「這還要走多遠啊……」

Capriccio所在的巷子離他們住的地方並不算近，每天慕錦歌都是擠公車上下班的。

燒酒以為慕錦歌會帶牠一起坐公車什麼的，沒想到那個犬控女還了逗貓棒後，就扔下呆坐在地上的牠不理，逕自走出了巷口。等牠回過神來時便立刻追了上去，可無論牠在慕錦歌腳邊跟她說什麼，對方都置若罔聞。

「我真不行了……」燒酒慘兮兮的哀號道，「慕錦歌，妳這是虐待小動物妳知不知道！」

不料前面那人突然停了下來，害得燒酒差點撞到那雙長腿上。

慕錦歌問：「你是怎麼過來的？」

燒酒弱弱道：「走、走過來的……」

慕錦歌淡淡道：「既然你都可以一隻貓走過來，那再讓你原路回去怎麼就難了？」

那能一樣嗎！

來的時候牠可是精力旺盛，愉悅得飛起，一路哼著歌、撲著蝴蝶過來的，專門挑難走的小路走都不費勁，心情猶如背著家長出門探險的小學生。

可是現在已經好幾個小時過去了，牠來的時候就耗了一半體力值，和可愛妹妹們玩的時候又耗了不少體力，現在能保持速度追在慕錦歌身後十幾分鐘已經是超常發揮了！

燒酒一本正經道：「你們人類不是有一句話嘛，所謂『上山容易下山難』……」

慕錦歌道：「我們這裡是平原。」

「……我這是一種比喻。」

「不好意思我讀書少。」

燒酒察覺到慕錦歌語氣中的冷淡，小心翼翼的用爪子扒拉了下對方的牛仔褲褲腳，弱弱的問：「妳是不是生氣了？」

慕錦歌冷冷道：「我沒有放屁。」

「……」**要不是本系統機智，可能都** get **不到妳的冷笑話**。

說是這樣說，但慕錦歌沒有再像剛才那樣把燒酒置之不理，而是蹲下身，把燒酒抱了起來。

燒酒聞了聞她身上的味道，說：「錦歌，妳身上的油煙味比前幾天都大。」

「嗯。」慕錦歌抱著牠繼續往回家的方向走，「今天客人多，點炒菜的也多。」

燒酒討好般的攀著她的肩，用前爪的肉墊一下一下幫她按摩，「辛苦了辛苦了。」

慕錦歌幽幽道：「你的爪子沒洗。」

「……」燒酒的爪子一僵。

慕錦歌摸了摸貓背，問道：「為什麼跑出來？」

「待在屋子裡太無聊了，而且……」燒酒舔了舔鼻子，「遠端接收妳做料理的資料不生動，所以想來親眼看一看。」

慕錦歌毫不留情的揭穿道：「但你來了後只是在享受被逗的樂趣。」

燒酒心虛道：「我、我也不想啊，可誰叫我長得太可愛，半途就被攔了下來……」

「愛心氾濫的女學生還好，萬一是不懷好意的虐貓狂呢？」

燒酒小小的抗議道：「我可是一個高科技超智慧系統！」

慕錦歌哂道：「一個被逗貓棒玩得團團轉的超智慧系統。」

「……」

慕錦歌話鋒一轉：「對了，網路上的宣傳是不是你搞的鬼？」

「啊？」

「有客人說是看了網路上的廣告過來的，我總覺得是你。」

燒酒懶懶道：「對啊，是我。以前為了幫助前宿主，我用自身內建程式連結網路，用意識在美食論壇註冊了一個帳號，時不時發一些推薦和資訊——當然大多都是有利於我前宿主的，其餘的只是為了打個掩護。我那個帳號在美食論壇已經算是大神了，只不過一、兩年沒發新內容了，一時半會得不到相應的注意，等過幾天認識我的網民們把帖子頂上來就好了，到時候你們生意會更好的。」

慕錦歌默默聽著，過了幾秒才問：「這樣你的前宿主不會發現嗎？」

「什麼？」

「你還存在的這件事情。」

「他啊，不會知道的，估計早就以為我自毀了吧。」燒酒把圓圓的臉擱在慕錦歌肩膀上，似乎有些惆悵，「那段時間他處於自我懷疑時期，叛逆，有點不喜歡我什麼事都幫著他，所以這件事我開始是瞞著他的，等到後來他不怎麼介意的時候，我又覺得說出來沒什麼必要，就算了。」

慕錦歌評價道：「你為他做了很多事。」

燒酒道：「沒有那麼偉大，更多是為了圓滿我自己，不然說不定我現在連一半進度條都沒滿。」

走到中途的一個車站，慕錦歌停了下來，說：「還是坐車吧，我累了。」

這一帶人不多，再加上現在時間有點晚了，之前又似乎剛走了一班車，所以等車的只有慕錦歌和燒酒一人一貓。

燒酒好奇的看著慕錦歌的身後，發光的看板將牠茶色的眼睛映得亮亮的，就像夜晚市區的霓虹。

「五月十五日上映……」牠把看板上的時間唸了出來，「那不就是下週末嗎？」

「怎麼了？」慕錦歌回過頭，才發現站牌廣告宣傳的正是那天在醫院裡江軒答應陪蘇媛媛去看的那部電影。

燒酒道：「以前看電影都是透過和宿主共感來實現的，現在終於可以用自己的眼睛看了。」

慕錦歌提醒道：「現在這雙眼睛也不是你的。」

「……其實我是在暗示希望妳能帶我去看場電影。」

「行啊。」

「！！」燒酒驚了一下，沒想到對方竟然答應得那麼爽快，「妳說真的？」

慕錦歌道：「說真的，也不做假。」

燒酒感動道：「靖哥哥我愛妳！」
慕錦歌捏了捏牠的扁臉，「再亂給我取外號，我就斷你的糧。」
「喵——」
「賣萌也沒用！」

◎◆※◆※◆◎

第二天是週三，Capriccio的固定休息日，不用上班。
好不容易有一天假期，慕錦歌睡到日上三竿才睜開眼。她暈乎乎的從床上爬起來，梳洗完後稍微清醒了些，然後一低頭就對上那雙充滿渴望的大眼睛。
燒酒老早就起來了，期待的用前爪撓了撓她的小腿，「大餐！大餐！」
慕錦歌：「嗯？」
燒酒：「今天妳休息，我不想吃貓糧了，做大餐給我吃吧！」
慕錦歌打了個呵欠，「菜都沒買，做什麼大餐……中午吃冷凍餃子，晚上吃泡麵。」
燒酒大感意外，十分失望，「靖哥哥，作為一個廚師，妳這麼懶妳合適嗎？」
「作為一隻貓，你這麼挑嘴你合適嗎？」
燒酒不服氣道：「我是一隻挑剔的美食系統！」
慕錦歌照樣駁回去：「作為一隻系統，你吃東西你合適嗎？」
「……」

突然，家裡的大門傳來了敲門的聲音。

燒酒剛想好該怎麼反駁回去，就被這敲門的聲音打斷了思路，還沒有存檔。牠不由得惱道：「誰啊，該不會是房東太太來催債了吧。」

慕錦歌瞥了牠一眼，「那就把你抵押出去。」

聽到這話，燒酒一溜煙就跑進廚房乖乖吃貓糧去了。

慕錦歌走到門前，隔著門問道：「誰啊？」

門外很快就回答了過來，是一道字正腔圓的男聲：「您好，請問是慕錦歌小姐嗎？」

慕錦歌打開最裡面的防盜門，留著外面的鐵門。只見外面站了四個西裝革履的男人，個個都有一百八十公分以上，為首的看起來就是剛才說話的那個，戴著眼鏡，一副精英的樣子。

「是，請問有什麼事嗎？」

「慕小姐不用緊張，我們不是什麼壞人。我是高揚，在華盛就職。」說著，男人從鐵門的縫隙中遞來了名片，「其實事情是這樣的，一個月前我們老闆養的貓丟了，而昨晚有人看見慕小姐帶了一隻和我們老闆那隻很像的貓回家，所以我們過來看一下是不是我們老闆丟的那隻貓。」

竟然是來找燒酒的！

慕錦歌正思索著怎麼應答的時候，就聽到高揚繼續說道：「慕小姐，我們這邊有貓的體檢資料和血液樣本，去寵物醫院驗證一下就可以了。」

聽這語氣，如果不是十拿九穩，是不會這樣找上門來的。

慕錦歌心裡一緊，「昨天我的確抱了隻流浪貓回來，但牠吃飽後就從陽臺跑掉了。」

高揚客氣道：「請問慕小姐方便讓我們進屋子裡看一下嗎？」

「不方便。」慕錦歌冷冷道，說罷便想把門關上。

「靖哥哥，究竟是誰啊？」

好巧不巧，就在這個時候，燒酒吃完貓糧從廚房跑了出來。

牠這句話在慕錦歌聽來是人話，傳入高揚等人的耳中，就是連續好幾聲的喵叫。慕錦歌手一抖，把門關上了。不過顯然的，門外面的人就算沒有看到燒酒，也聽到了貓叫。

高揚在門外道：「慕小姐，我能理解您愛貓的心情，我們也不完全確定這隻貓就是我們老闆的貓，所以您也不用太擔心，如果寵物醫院驗出來的結果是不匹配，那您大可以繼續收養這隻貓，而且我們這邊將為您提供一年份的高級貓糧，和指定寵物醫院的三年免費驅蟲及疫苗作為賠償。」

慕錦歌沒有說話，而燒酒也從這一番話中猜到了對方的來意，知道自己壞了事。

見門內沒有反應，高揚又道：「慕小姐，實話跟您說吧，這隻貓一開始並不是我們老闆養的，是我們老闆的姐姐養的，她因為懷孕了，所以把貓交給我們的老闆。因此，這隻貓是特別的，不能說丟了後就重新買一隻新的替代。如果慕小姐家裡的貓確實是我們要找的那一隻，那麼無論用什麼手段，我們都要把貓拿回來。」

慕錦歌看了看燒酒，低聲問道：「既然你能夠讀取這個身體的記憶，那你應該知道這隻貓原來的主人是誰吧？」

她希望是門外的那群人搞錯了，烏龍一場。

可是燒酒卻沉默了，過了一會兒才嘆道：「如果他們老闆姓侯的話……那就百分之百正確了。」

就連慕錦歌這種不關注新聞的人都知道——華盛，是侯氏一家的江山。

燒酒見慕錦歌不說話，忙表決心：「反正現在是要貓沒有，要系統有一隻！」

慕錦歌揉了揉額角，「我該怎樣向他們解釋他們要找的貓殼子沒變，但芯換了？」

聽她這話，燒酒有種不好的預感，「靖哥哥，難道妳打算……」

慕錦歌靜靜的注視牠一會兒，墨黑的眼眸如一場寂夜，看不出任何情緒。她蹲下來，摸了摸牠的頭，輕聲道：「你可以遠端獲取我的料理資料，並不是離了我就不行。」

燒酒有點慌了，用兩隻前爪拉住她的衣角，「可我不想走。」

「費這麼大的功夫找一隻貓，說明牠的主人真的很重視牠。」

「這隻貓餓死街頭的時候，門外的那些人做什麼去了？」燒酒那玻璃珠似的眼睛可憐兮兮的望著她，哀聲道：「難道妳就不重視我？」

慕錦歌沉默了幾秒，才開口：「我……」

「慕小姐，希望您能打開門，讓我們把貓帶去鑑定檢查。」門外突然響起的聲音打斷了慕錦歌的話，對方不依不撓的繼續勸說：「如果您不配合，那麼不好意思了，我們會一直守在這裡等您出來，這個社區現在到處都有我們的人。我們不會傷害您，也會盡量避免給周圍的人帶來困擾，所以報警是沒有用的。您也不想單單為了一隻貓，就影響到自己的生活與工作吧？」

——**滾蛋吧你！**

燒酒狠狠的朝門外叫了兩聲，但並沒有什麼威懾力。

慕錦歌站了起來，「你從陽臺跑出去吧，小心點不要被發現。」

燒酒愣了下，「那妳怎麼辦？」

「華盛是正規企業，又不是黑道，你擔心什麼。」

燒酒急道：「這群人肯定不會善罷甘休的，說不定會監視妳。」

「嗯，可能吧。」她不甚在意的笑了笑，「人家是正當找貓，我們不在理，計較不了這些。」

燒酒低下了小腦瓜，不知道在想什麼。

她催促道：「快走吧，我要開門了。」

不料燒酒突然道：「不了，我跟他們回去吧。」

慕錦歌驚訝的看了牠一眼，只見那張扁平醜萌的臉已經抬了起來，正定定的望著她，樣子還是一如既往的苦大仇深，好像誰欠了牠幾千袋貓糧似的。

但牠說話的語氣卻很輕快：「我想通了，妳說得對，我不是非要在妳身邊不可，每天妳早出晚歸，回來就倒頭睡覺，其實我在不在都沒差，與其在妳這破屋子裡待著，還不如回到侯家小少爺的豪宅裡，有豪華的貓爬架，有數不清的昂貴玩具，還有各種口味的皇家貓糧……對了，還有專人幫我洗澡理毛修指甲，要風得風、要雨得雨，舒適愜意。」

「……」

「怎麼了，捨不得我啦？」燒酒哼了一聲，「不行，本喵大王可是一個很注重生活品質的系統，是有追求的！所以妳阻止不了我的，還不趕快給本大王把門打開送出去？」

「……」

「我是個系統，不像你們人類，那麼多愁善感。你看我和我前宿主朝夕共處了七年，離開他的時候我也沒覺得難過，更何況我們只相處了一週，感情不深，妳嫌棄我、我也嫌棄妳，分開也算是個解脫吧，我早就不想看妳這張棺材臉了。」

「……」

慕錦歌看牠一眼，猶豫了下，但最終還是把門打開了。

這次是裡外兩層的門都打開了。

見門終於開了，高揚上前一步，「慕小姐。」

「喵……」燒酒主動的走到他面前，抬頭對他叫了一聲。

——臭混蛋，還不快把朕帶走？

高揚愣了下，看向慕錦歌，「慕小姐，這貓……」

慕錦歌道：「你們帶去檢查吧，我猜應該就是你們老闆丟的那隻。」

「多謝慕小姐，事後我們這邊一定會重金答謝！」

「謝禮就免了。」慕錦歌淡淡道，「好好對牠就行了。」

高揚將燒酒抱了起來，微笑道：「慕小姐不用跟我們客氣，之後會有人來跟您聯繫的。」

慕錦歌突然問道：「我以後可以去看牠嗎？」

高揚有些難為道：「這個……我會幫您問一下我們老闆的，問完後再給您答覆。」

聽到這個回答，多半是不能了。慕錦歌又問：「那我以後可不可以託你們帶點吃的給牠？牠喜歡吃我親手做的東西。」

「這……」高揚皺了皺眉，「慕小姐，這樣吧，我們先帶貓去寵物醫院檢查，小趙留在這裡，他會留下我們的聯絡方式給您，到時您想送東西過來的時候直接聯絡我或小趙就行了。」

「好吧。」

燒酒朝著慕錦歌揮了揮貓爪，很是瀟脫道：「靖哥哥，我走了之後，不要偷懶，要繼續勤奮的研究新菜式喲！」

高揚抱著牠，告辭道：「慕小姐，我們走了，不好意思打擾您了。」

說著，高揚抱著燒酒和另外兩個人轉身走了，只留下一個墨鏡小哥等著拿料理。

燒酒趴在高揚的肩上，一直望著慕錦歌，一邊道：「靖哥哥，我要吃小魚乾，就妳第一次做給我的那種，還想吃炒飯，其實燕麥條我也想吃，那天妳竟然都沒有剩下一點帶給我吃……」

說著說著，牠的語氣就變了，沒有了剛才的輕鬆愉快。

「我想吃烤魚想吃麵條想吃水果派想吃咖哩飯……我還有好多好多想吃的東西，妳都還沒來得及做給我吃呢！」

等到高揚抱著牠下了樓梯，視線裡完全沒有慕錦歌時，燒酒的聲音如同晴轉多雲轉陰轉暴雨般瞬間崩潰了，聲嘶力竭道：「慕錦歌！就算妳不來找我，本喵大王也會想辦法逃出來看妳的啊啊啊！」

「嗚嗚嗚嗚妳一個人的時候別老吃那麼隨便，別搞到我回來的時候妳都猝死了！」

「嗚嗚嗚嗚嗚說好一起看電影的妳不許找其他貓去看更不能找狗！」

「嗚嗚嗚嗚嗚嗚貓糧不許給我丟了我還會回來的！還會回來的！」

高揚：「……」

慕錦歌：「……」

貓叫得一聲比一聲淒厲，每下一層樓，就有一層的住戶打開門來看熱鬧。

「這貓是怎麼回事啊，是要帶去做絕育還是怎樣啊？」

慕錦歌：「……」

——這個傻系統。

◎◆※◆※◆◎

講真的，高揚活這麼大，還是頭一回看見貓哭，還哭得那樣慘烈。

打了通電話向老闆彙報完情況後，他坐進了車的後排，對坐在前面駕駛座上的同事小劉道：「開車，去少爺住的公寓。」

小劉一邊把車開出寵物醫院，一邊透過後視鏡瞅了瞅坐在後座上的那貓，嘖道：「都說狗忠誠，我看這貓也不差，從社區哭到醫院，再從醫院哭回車上，叫得肝腸寸斷的，真是大開眼界。」

副駕駛座的小李應和道：「是啊，都說貓是養不熟的，但我看讓這貓離開那間屋子，就跟要了牠的命似的，看得我都有點於心不忍啊。」

高揚看了看坐在身旁的灰藍色加菲貓——大概是剛才哭累了，現在已經睡著了，整個身體蜷成一團，隨著呼吸輕輕的起伏著。

獸醫說牠傷心過度，不建議用籠子關著，所以他就這麼把牠抱進了車裡。

真是奇了怪了，侯家養了這隻貓那麼久，閹也閹了，照理說應該性情溫順才對，沒想到小少爺前腳剛去外地，這貓後腳就跑了，說走就走，讓他們找了一個月。而那位慕小姐照理說收養這貓沒多長時間，可這貓卻這麼黏她，走的時候哭得撕心裂肺，跟生離死別似的。

真是怪事，那女人給貓灌了什麼迷魂湯？

盯著那毛茸茸的一團，高揚忍不住伸手去摸一摸。

然而沒想到燒酒並沒睡著，在高揚的手快要碰到牠的前一秒突然睜開眼睛，跳起來毫不留情的往高揚的手指上咬了一口。

「啊！」

「怎麼了怎麼了？」開車的小劉被這聲慘叫嚇了一跳，握住方向盤的手都抖了抖。

小李回過頭來，驚問：「呀，高哥被咬啦？要不要先開去醫院看看？」

高揚從車上的急救箱裡找了張止血膠貼上，一邊擺手道：「不用，剛才你沒聽見嗎？這貓健康得很，疫苗什麼的都是打齊了的。」

小李笑了：「沒想到這隻貓脾氣還挺大。」

——**那當然！本喵大王可不是好惹的！**

燒酒哼了一聲，優雅的舔了舔爪子。

卻聽高揚嘆了一聲：「讓牠盡情的發洩個痛快吧，到了少爺那裡可就不能這麼橫了。」

話罷，車內便陷入一陣短暫的沉默，默契又詭異。

燒酒：？？

過了一會兒才聽小劉幽幽道：「是啊，畢竟是那個少爺……」

小李嘆道：「是啊，畢竟是那個少爺……」

高揚也又嘆了句：「是啊，畢竟是那個少爺……」

燒酒：？？？？？？？

——**怎麼回事啊？你們說話能別只說一半嗎？**

不過，從這具身體的記憶來看，對這個主人的印象應該滿好的才是啊，不然這隻貓也不會在他去外地出差後，因為太過思念主人、想要去找他，所以從家裡跑了出去。

感受著車內三人同情的目光，燒酒一臉懵然的到達了目的地。

牠被高揚抱下車，進到了記憶中出現過的那棟高級公寓，進了電梯，又出了電梯。在高揚按下門鈴之

後，過了一會兒，大門打開了。

出現在燒酒面前的是一個二十歲出頭的青年，身材高䠷，有一百八十五公分左右，寬肩長腿，穿著一件白色印花的厚棉T恤和黑色長褲，打扮得十分新潮，散發著年輕的朝氣。他生著一雙好看的桃花眼，眼角微微上挑，隱約帶著一抹笑意，直鼻薄脣，五官像是玉做的，面相俊美，就像是電視上的明星。

他看著高揚懷裡的燒酒，勾了勾脣角，笑容帶著點邪氣。

「小傢伙，好久不見。」

注一：洋蔥明膠，引用三千里的小丫杈。連載前向這名作者要過其所有作品的授權，不過作者說食譜這種東西不用授權，所以用其他作者的食譜時未要。

（http://www.xiachufang.com/recipe/1090877/）

注二：薄荷巧克力燕麥條，引用三千里的小丫杈。

（http://www.xiachufang.com/recipe/1062567/）

4. 海苔炸彈

「錦歌姐，錦歌姐？」

慕錦歌回過神來，看了大熊一眼，「什麼事？」

轉眼已是五月下旬了，鄭明和大熊考試科目不多，主要以課程報告為主，兩人早早交了報告後便抽空來餐廳兼職，一個在廚房炒菜，一個在外場幫手。而在這將近一個月的時間，Capriccio的生意也成功步入正軌，客流量雖然比不上過去小巷繁華那會兒，但起碼餐廳虧損情況漸漸好轉，宋瑛估計照這個勢頭下去，再過一個月就不用啃老本發薪水了。

只見大熊望著她，一臉憂心忡忡的問道：「錦歌姐，妳最近怎麼了，感覺魂不守舍的，是不是晚上沒休息好？」

慕錦歌淡淡道：「沒什麼，剛才在想事情。」

怎麼可能睡得不好？家裡只有她一個人，樂得清閒自在，晚上回家直接就可以洗洗睡了，早上起床也不用記著倒新的貓糧到碗裡，休息的時候更是舒服，一覺睡到自然醒都耳根清淨，之後隨便吃點東西應付過去也不會被嘮叨，更不用清掃滿地的貓毛。

休閒，舒坦，逍遙。

理應是這樣才對。

鄭明進來送盤子，把手上的東西都放進洗碗槽後呼了一口氣：「這是最後一桌！」

大熊道：「總算把最忙的高峰期熬過去了。」

「接下來就是下午茶時段了，加油！」

大熊嘆了口氣：「我的內心真矛盾，一邊希望來的客人多點，生意火爆點，但另一方面又希望不要有客人來，讓我有時間好好歇一歇。」

鄭明朝他厚實的後背毫不留情來了一掌，笑罵道：「去你的，人家錦歌姐都沒喊累，你好意思？」

在午餐後增設下午茶服務，是慕錦歌對宋瑛提的建議──

將午餐供應時間限制在早上十點到下午兩點之間，過了午餐時段的點單概不受理，而下午三點到四點半是下午茶時間，菜單是新定的，都是些小食。

這樣的安排對於現在的人手來說的確緊張了些，尤其是對身為主廚的慕錦歌。不過好在她從小就受母親訓練，後來又進鶴熙食園當了五年學徒，經歷過各種各樣高峰期的磨礪，經驗豐富，所以現在即使任務很重、壓力很大，她也能條理清晰、遊刃有餘，不至於亂了手腳。

兩個男生留在廚房清洗廚具，慕錦歌摘下帽子，去裡間睡一會兒覺養足精神。

她休息了四十分鐘左右出來，正好碰見一位客人從門外進來。

慕錦歌剛把口罩戴好，就與那人撞了個正著，於是點頭客氣道：「歡迎光臨。」

這位來客正是當時打趣慕錦歌的燕麥條是彩蛋的短髮女人，此時她換了身行頭，穿了件白底黑黃條紋交錯的V領連衣裙，踩著一雙杏色尖頭高跟鞋，照例提著一個灰色的電腦包。今日她塗的口紅是珊瑚色，

襯得氣色很不錯。

見到慕錦歌，她笑道：「午安，和昨天一樣給我來份港式的法式土司和奶茶吧。」

「好的，請您先坐下吧。」

就算是總待在廚房裡少有接觸客人的慕錦歌都知道，這位小姐是Capriccio的常客。

之前宋瑛特地去打聽過，說她姓顧。

自從上回品嘗過慕錦歌的薄荷巧克力燕麥條之後，這位顧小姐就幾乎每天都要來這裡一趟，早餐、午餐、下午茶、晚餐都嚐過，最近一週都是來喝下午茶。然而，不論是什麼時間段過來，顧小姐都是筆電不離身，每次用完餐後都會把筆電拿出來，像是把餐廳當作了辦公場所。

小明和大熊都猜她多半是位自由撰稿人——簡稱作家，代號碼字機。

就在慕錦歌招呼完顧小姐坐下、準備回到廚房時，店裡又來了兩位新客人。

一男一女，是一對情侶。

的確是新客人，但都是熟面孔。

「軒哥——」女生留著栗色梨花燙，穿著粉色碎花的小裙子，看起來嬌俏可人，「聽說這家店本來都要倒閉了的，沒想到突然起死回生，想來這裡的廚師還是有些本事，做出來的東西一定相當不錯。」

男生穿著灰藍格子襯衫，長相清俊，十分溫柔的摸了摸女友的頭，語氣充滿寵溺：「妳啊，都不知是從哪裡聽來這些傳聞的……不過既然說好今天都聽妳的，妳想來這裡我當然沒有意見了，妳開心就好。」

「嘻嘻，軒哥你最好了！」

慕錦歌頓了頓，然後面不改色的轉身向廚房走去。

「咦，那不是慕師姐嗎？」

誰料蘇媛媛的眼睛這麼尖，僅憑背影就認出了慕錦歌，還用足以令所有人都聽見的聲音喊了一聲。

而偏偏這時宋瑛也從裡間休息出來，喚道：「錦歌啊，我看妳最近精神不太好，要不要……啊，來客人了呀，歡迎光臨，兩位一起的嗎？」

聽到宋瑛口中的名字，蘇媛媛故作驚訝道：「呀，沒想到真的是慕師姐誒！」

江軒怔了怔，倍感意外：「……錦歌？」

自從上次在醫院病房門口聽到兩人的對話後，慕錦歌回去就主動對江軒發了分手簡訊，然後不等江軒回覆，她就換了手機號碼，徹底斷了聯繫。

宋瑛有些疑惑：「錦歌，是妳的熟人嗎？」

慕錦歌冷淡道：「我不認識他們。」

「慕師姐，妳還是老樣子，喜歡開這種冷笑話。」蘇媛媛聲音甜美，「雖然慕師姐妳現在已經不在咱們食園了，可妳跟我和軒哥怎麼說都是同出一門的師兄姐妹呀。」

江軒拉了拉她，「算了，媛媛，我們不在這裡吃了。」

宋瑛聽說過慕錦歌以前是在鶴熙食園當學徒，見慕錦歌對兩人的態度，就知道慕錦歌以前多半和他們有過節。她是個極護短的人，當下便道：「兩位慢走。」

沒想到蘇媛媛卻道：「就在這裡吃吧，正好我好久沒嚐到慕師姐的料理了。」

江軒沉聲道：「媛媛……」

蘇媛媛笑吟吟道：「軒哥，你不用擔心，雖然上次我的確是因為吃了師姐的菜後進了醫院，但其實沒有多嚴重不是嗎？而且既然師姐現在都是能獨當一面的主廚了，那麼想必她做的菜也安全多了吧。」

一直沒出聲的慕錦歌冷冷道：「妳怎麼知道我是這裡的主廚？」

蘇媛媛：「……」

江軒皺起了眉頭，「媛媛，妳早就知道錦歌在這裡工作？」

然而作為一名專業的白蓮花心機婊，蘇媛媛表示自己不會輕易的找死。

她臉白了一下，隨即咬了咬下脣，做出一副泫然欲泣的模樣，「是的，軒哥，我騙了你，其實我早就知道慕師姐是這裡的主廚，所以才帶你過來的……對不起……」

「為什麼？」

「我……」蘇媛媛看了看慕錦歌，又重新劃了次重點，「雖然上次我吃了慕師姐的料理後進了醫院，但我知道師姐不是故意的，都怪我自己不好……所以當我出院回來知道師父因此把師姐趕出食園後，覺得特別對不起師姐……得知慕師姐有了穩定的工作，我很高興，就想來看看她，親口向她道個歉。」

慕錦歌根本不吃她這一套，冷笑道：「哦，原來是為了這事啊，我還以為妳牽著我前男友過來，是要跪下來哭著求我成全你們倆呢。」

蘇媛媛：「……」

慕錦歌挑了挑眉，「不是要道歉嗎？麻煩快一點，我還要去完成客人的訂單。」

蘇媛媛目瞪口呆。她印象裡的慕錦歌就是一座冰山，面癱無表情，沉默寡言，幾乎不怎麼跟她說話，於是她也理所應當的認為慕錦歌是一個不善言辭的人，不會去辯解什麼，也不會去駁斥什麼。

只有江軒知道，慕錦歌不僅很高冷，而且還很毒舌。雖然後者的出現頻率並不高，但每次都能令他啞口無言。

但現在他畢竟是蘇媛媛的正牌男友，不能太孬，於是開口道：「錦歌，妳不要無理取鬧，上個月突然提出分手的人不是妳嗎？發完簡訊後杳無音信的人不也是妳嗎？妳有什麼資格來……」

慕錦歌毫不留情打斷道：「你不是挺認路的嗎？怎麼以前送我回家這麼多次，都不知道我家住哪？」

江軒一愣，完全沒想到對方會挑這個地方開問。

慕錦歌道：「蘇媛媛都能有心打聽到我的去向，你卻不能？敢情她才是我真愛？」

「我……」

慕錦歌又道：「你以為我不知道你和蘇媛媛那點破事？」

江軒見她原來什麼都知道了，登時有一點慌，惱羞成怒道：「慕錦歌，妳不要欺人太甚，咄咄逼人！要不是媛媛堅持來這裡，誰願意吃妳做的黑暗料理？！」

慕錦歌不耐煩道：「愛吃吃，不吃滾。」

江軒：「……」妳這啥態度！

眼見局面陷入僵持，坐在一旁看戲已久的顧小姐開口道：「不好意思，請問你們剛才說的『食園』，是鶴熙食園嗎？」

三人同時把視線都轉向了她。

顧小姐打量著江軒，問道：「我記得你，你是程安的大弟子江軒對吧？下半年計畫出師獨立出去開餐廳的那個？」

江軒愣了一下，「是的，請問妳是……」

「程安為了你的事找過我，我叫顧孟榆。」顧小姐微微一笑，「這個名字你覺得陌生也很正常，我平時常用的是『朔月』這個筆名。」

聞言，蘇媛媛驚呼一聲：「妳就是那個有名的青年美食評論家朔月？」

顧孟榆點了點頭，「正是。」

朔月，料理評論界的新星，二十五歲就已在知名美食雜誌《食味》設有專欄，名為「安知魚之樂」。她身為當之無愧的青年美食評論家代表，見解獨到，言語生動，評價一針見血，最愛做的就是砸那些名不副實的「名家」們的場，心直口快，毫不留情，行事頗為張揚，很多大師老前輩都要敬她三分。

據說她家境殷實，背景很不一般，所以就算說話得罪盡了人，也不敢有人打擊報復她。

有錢有權不怕事，這樣的人做出的評論通常最真實、最可信。所以比起同年齡段的同行，朔月的讀者群非常龐大，而且六成都是年輕人。

江軒想要獨立開餐廳，程安為他找朔月，無非就是想讓朔月幫著寫幾篇打分不錯的點評，幫他積累個好口碑，以吸引食客。

江軒雖然沒見過朔月，但聽程安簡單描述過真人的樣貌，現下認真回想起來，的確和眼前的顧孟榆基本上吻合，而且對方又知道他要開餐廳和程安的事情，所以確認是本人無誤。

他立刻換上笑容，有些殷勤道：「沒想到能在這裡碰上朔月老師，幸會幸會。」

顧孟榆抿著紅唇笑道：「不幸不幸。」

江軒：「……」感覺好像哪裡不太對？

顧孟榆話鋒一轉：「剛才聽你和你女朋友的意思，似乎並不認可這家店主廚的手藝？」

江軒哪裡會想到對方是這裡的常客，只以為顧孟榆也是跟他們一樣，聽了點傳聞所以過來看看，於是他道：「朔月老師，我知道有一家專門做港式茶點的餐廳，也不是很遠，如果老師真的想有一頓好的下午茶體驗的話，我願意帶老師您過去。」

顧孟榆也不反駁，只是道：「這裡不好嗎？」

「朔月老師您應該不太清楚……」江軒看了慕錦歌一眼，「我這個師妹從以前開始就怪裡怪氣的，淨

鑽研些旁門左道，做出來的黑暗料理毫無可取之處，還是不吃為妙。」

宋瑛一聽，氣得想拿掃把趕人：「這位客人，你要走就走，別再這裡胡說八道！」

蘇媛媛笑道：「軒哥，給慕師姐留點面子吧，不然我們一走，她就要被辭退了。」

顧孟榆突然道：「既然你說她的菜一無是處，那不如這樣吧，你們倆比試一回。」

慕錦歌看了她一眼。

江軒驚訝道：「我和她？」

「對。」顧孟榆微笑道：「我出一道題，你們在規定時間內根據我出的題各自做一道菜，最後交由我品嘗，勝者將獲得我的一篇美食推薦，刊登在下個月初發行的《食味》專欄上。」

蘇媛媛瞪大杏眼，「可是朔月老師不已經答應師父幫軒哥宣傳了嗎？」

「程安是找了我，但我並沒有答應。」顧孟榆緩緩道，「不知道兩位意下如何？」

慕錦歌淡淡道：「我隨便。」

蘇媛媛反對：「在這裡比試不公平，軒哥對這裡的條件環境不熟悉！」

顧孟榆笑了一聲，「都是馬上要開店的人了，適應性有那麼弱嗎？身為一個廚師，隨機應變不應該是最基本的能力要求嗎？」

蘇媛媛一時語塞：「這……」

「不是說慕小姐的料理毫無可取之處嗎？還這麼怕輸？」

話都說到這裡了，江軒怎麼可能拒絕，只有道：「我沒有問題，現在就可以開始。」

顧孟榆側頭對宋瑛道：「老闆娘，可以麻煩妳把外面的告示牌改成休息狀態嗎？」

事關自己員工的清白，宋瑛也不在乎這一下午的損失了，點頭道：「好的。」

比試時間為一個小時，顧孟榆出的題目只有兩個字：爆漿。

廚房裡，慕錦歌和江軒各站一邊，蘇媛媛幫江軒打下手。

本來大熊和鄭明想來幫忙的，但慕錦歌拒絕了。如果沒有平時培養得夠高的默契度，還是一個人來要好一點，不然會礙手礙腳的。

畢竟是程安門下的大弟子，江軒的手腳也相當俐落，手法嫻熟的為雞胸脯肉去掉筋膜，沖洗乾淨後吸乾水分，再用刀在二分之一的厚度處進行橫片，一側留少許尺寸不切斷。

蘇媛媛進食園才一年，還不夠格拿鍋子炒菜，平時在廚房也都是打雜見習的分，對打下手這種事情也很熟練了，在一邊幫江軒準備好起司片、麵包屑和其他裹粉所需的一堆配料後，便開始打蛋液。

打蛋液的時候，她忍不住偷瞄了慕錦歌那邊一眼，只見對方背影淡定，和他們這邊的熱火朝天形成鮮明對比，動作不緊不慢，有條不紊，看起來竟還有些悠閒。

她再踮起腳望了望對面桌子上的材料，竟然只有海苔和雞蛋。

這女人究竟想做什麼？

蘇媛媛蹙起了眉頭，盯著慕錦歌的身影陷入了沉思，連江軒叫她都沒聽到。

「媛媛，媛媛？」江軒忍不住抬高了聲音，「蘇媛媛！」

「啊？」蘇媛媛這才回過神來，嚇了一跳，有些委屈道：「軒哥，你好凶……」

江軒按捺著不耐：「幫我拿一下黑胡椒粉。」早知道就不讓蘇媛媛做他的副手了。

每個人做菜的時候都是不一樣的，江軒是屬於那種一拿鍋就會變得比平時苛刻的人——不是對自己挑剔，而是對周圍人挑剔。

即使如此，過去每次慕錦歌做他的幫手時，他卻都能全程保持心平氣和，甚至覺得正是有慕錦歌在身

邊，所以整個流程都暢快了很多，心裡也十分踏實。

那個人話不多，很安靜，但做事十分俐落，而且善於觀察，每次不等他開口，她就把下個環節需要的東西打理好遞過來了，並會在適當的時候說點令人安心的話語。

最初答應和她交往只是看臉長得好看什麼的，其實只是用來哄蘇媛媛的說辭。他曾經一度是真的很喜歡慕錦歌，覺得她不僅漂亮，還十分能幹聰明。然而不知道從什麼時候起，這份喜歡就轉化成了厭倦與嫌棄，眼中的情人西施也慢慢醜化成了陰暗神經的怪胎。

得知慕錦歌離開鶴熙食園的時候，他真的鬆了一口氣，感覺自己終於從纏人可怕的妖魔鬼怪中解脫出來了。

蘇媛媛甜美可愛，性格開朗討喜，又是食園老闆的外甥女，哪裡都比慕錦歌強。但是不知道為什麼，在兩人相處的時候，他時不時會懷念起慕錦歌在身邊的日子。

這個人，跟她所做的料理一樣，都有毒。

一個小時結束，兩邊都已經裝盤完畢。

根據抽籤結果，品嘗順序是江軒先，慕錦歌後。

江軒端著他的成品放到顧孟榆面前，「朔月老師，請您品嘗。」

瓷盤中放著一塊散發著誘人香味的炸雞排，色澤金黃，表面均勻的裹著一層麵包糠，光是看著就能想像出那種酥脆的口感。

顧孟榆用刀叉將雞排切開，頓時融成稠漿的起司從截面流了出來，一股濃郁的奶香味隨之瀰漫開來。站在一旁默默觀望的小明和大熊忍不住嚥了嚥口水。

顧孟榆又了一塊雞排放進嘴裡，吃完後飛快的在手邊的小本子上記下什麼。等寫完東西，她才抬起頭道：「接下來是慕小姐的。」

慕錦歌這才把她的成品端了上來。

看清她碟子裡盛的東西後，小明和大熊不禁為她捏了把冷汗——

只見盤子上放了三坨黑漆漆的東西，看起來像是用一整張海苔包裹住了什麼東西，造型像大蒜，又像沒封頂的小籠包。和剛才的那塊爆漿雞排相比，這東西不僅簡陋，還很醜陋。要不是飄散出來的氣味有種莫名的魅力，估計沒誰有動筷的欲望。

慕錦歌遞來一雙筷子，「夾著頂端提起來一口吞。」

顧孟榆倒也沒有嫌棄，依她所說的那樣，用筷子夾住頂端冒尖的海苔部分，把整坨東西拎了起來，然後放入了口中。一閉上嘴，牙齒輕鬆的咬碎酥脆的海苔，海苔內包裹的汁液瞬間如開了閘門的洪水一般，鋪天蓋地漫湧而來！

這裡面包著的，竟然是……

竟然是半熟的雞蛋！

出乎意料的是，海苔與雞蛋的搭配並沒有帶來過腥的口味，適當的調味品和蔬菜粒讓整個蛋液如同一鍋鮮美的高湯，而且冷卻的時間剛剛好，一口吞下並不會被燙到，溫熱的液體盡情侵襲著口腔，宣揚著放肆的狂野。（注二）

縱是能說會道如她，現在竟也無法用任何語言來描述清楚這道菜的美味！

原來雞蛋和海苔還能這樣搭配！

顧孟榆享受般的閉上眼，感受蛋汁不可思議的口感，然後戀戀不捨的將其吞嚥。再睜開眼的時候，她

的眼底都是笑意，「怎麼不把這道菜放進你們家的菜單裡？」

慕錦歌道：「臨時想的。」

顧孟榆驚異道：「這是妳第一次這麼做？」

慕錦歌點了點頭。

蘇媛媛越聽越覺得不好，急道：「朔月老師，結果究竟怎麼樣呀？」

江軒沉著一張臉，看向顧孟榆。

顧孟榆把盤子推向他們，道：「你們也嚐嚐慕小姐做的吧，正好一人一個。」見兩人動作猶豫，她又補了句：「要是進醫院的話，我也陪你們進。」

江軒和蘇媛媛對視一眼，最後不得不一人一雙筷子，將慕錦歌的爆漿雞蛋夾進了嘴裡。

——輸了！

蛋汁在口中爆開的那一刻，江軒便知道自己輸給了慕錦歌。他比創意比不過，比口感也贏不了，唯一勝過的大概就是菜品的外形，但誰不知道在料理品嚐中，色香味裡的「色」所占的比重遠沒有「味」高。

原本他在「香」上也有優勢的，可是現在也沒有了。

江軒有那麼一點明白了，自己為什麼會突然排斥起慕錦歌來……大概是因為，那個人料理的天賦令他感到了恐懼與威脅。

其實燒酒被貓歸原主的第二天，慕錦歌就託人送了吃的過來。

她體貼的將料理裝在素色的保溫食盒裡，一打開蓋子，奇異的香味便溢漫出來。

聞到這股獨一無二且熟悉的味道，燒酒登時有了精神，迅速的從豪華型的貓爬架上跳了下來，甩著四條腿屁顛屁顛的跑到了客廳。

食盒是由高揚帶來的，他把東西放在沙發前的茶几上，揭開蓋子後道：「少爺，這是之前撿到貓的那位小姐做給燒酒吃的，當初帶貓走的時候我擅自答應了她這方面的請求，您看……」他皺著眉頭，語氣有些為難。

當初為了找貓，他調查過慕錦歌，知道她是職業廚師，所以聽她說想時不時做點東西給貓吃的時候，他並不感到意外，只是──

來的路上，他曾打開食盒看過，然後深深的、深深的……

噢，該怎麼形容那種拒絕的感覺？

總而言之，他被狠狠的辣了眼睛。

本來他可以選擇在到這裡之前把那東西扔掉的，但他覺得不能只辣他一個人的眼睛！

所以他裝作沒有打開過的樣子，還是把東西送了過來。

侯彥霖穿得一身休閒，正盤著兩條長腿在沙發上打遊戲，聞到這股謎一樣的味道後抬起頭看了眼食盒裡綠油油的魚乾，不以為意的笑了笑，有點吊兒郎當道：「看來她和我姐一樣啊，都是廚房殺手。」

高揚提醒道：「說出來您可能不信，這位小姐是一家餐廳的主廚。」

「真的假的？」侯彥霖放下手中的遊戲機，又仔細端詳了盒中的食物一遍。

「千真萬確。」

侯彥霖單手托腮想了想，漫不經心道：「你說她是不是因愛生恨？覺得既然自己得不到，那還不如投

毒毀掉。」

高揚震驚道：「少爺，那我們……」

「以上是我最近投資拍攝的一部電視劇的內容。」侯彥霖懶洋洋的打了個呵欠，「超級狗血老套的劇情，你說我要是騙巢聞來演，梁熙熙和我哥會不會砍了我？」

高揚：「……」我不會攔著他們的。

「喵——」

燒酒後腿支撐著身體，兩隻毛茸茸的前爪有些費力的搭在茶几上，一張扁扁的大圓臉像是初升的太陽般探了出來，茶色的大眼睛直直盯著桌上那眼熟的食盒。

侯彥霖注意到了牠的小動作，朝高揚問道：「你帶牠去醫院時，獸醫沒說什麼？」

高揚被問得一頭霧水，「醫生說一切正常，怎麼了嗎？」

侯彥霖指了指燒酒，「我怎麼覺得牠走的時候是貓，回來後就成狗了。」

高揚默默瞥了燒酒一眼，不得不說在這一點上，他和他們家少爺的認知是一致的。

侯彥霖用筷子夾起一條小魚乾，看向燒酒，「想吃？」

「喵！」這是一隻沉迷裝貓不可自拔的系統。

侯彥霖看了牠一眼，嘖道：「噫，沒想到你這麼重口味。」

「……」**小子我警告你你這是在玩火！**

看著那張十分不開心的貓臉，侯彥霖噗的一下笑出聲，悠悠然的夾著小魚乾湊到燒酒面前晃啊晃，可是每當燒酒張嘴準備咬下去的時候，他又猛地將手往後一收，讓牠撲了個空。

侯彥霖笑道：「蠢貓。」

「喵！」**你一個成年人欺負一隻貓合適嗎！！**

高揚同情的看了燒酒一眼，開口道：「少爺，還是把這盒食物扔掉吧，誰知道裡面的東西吃了之後會怎麼樣。」

「喵！」燒酒怒目而視，憤憤心道：**誰允許你汙衊本喵大王看上的料理了！**

然而高揚並不能聽懂牠的話，只能聽到兩聲急促的貓叫，於是他繼續道：「那位慕小姐看起來就有點奇怪，據我們瞭解，她是一個很孤僻的可憐女人，幾乎沒有什麼交際圈，這隻貓可以說是她唯一的陪伴，因為貓被帶走而做出什麼極端的事情，也是很……啊！」

還未等他說完，燒酒就一下跳到了茶几上，撲上去朝他的手指咬了一口。

——**昨天咬右手，今天就咬左手，本喵大王就是這麼雨露均沾的系統！**

高揚捂住手指，無語道：「這貓怎麼這麼喜歡咬我！」

「誰讓你這麼說牠欣賞的人的？」侯彥霖不緊不慢道：「來，燒酒，到我這裡來。」

燒酒狐疑似的看了看他，總覺得這人好像也能聽到牠說話似的。

——**不可能吧，照理說應該只有靖哥哥能聽到才對。**

燒酒遲疑了幾秒，還是跳到了侯彥霖的身上，用爪子搆了搆筷子上的小魚乾。

出貓意料的是，這次侯彥霖沒有再耍牠了，真的把小魚乾餵給了牠。

——**噢！**

——**這個味道！**

——**這就是我要的味道！**

味覺帶來的衝擊感令燒酒爽得毛都要立起來了，索性整隻貓舒服得趴在了侯彥霖的腿上，眼睛瞇成了

一條縫，格外心滿意足的叫了一聲。

見此，高揚擔心道：「少爺，這隻貓一臉痛苦的樣子，要不要打電話叫醫生？」

「喵！」**去你的一臉痛苦！本大王只是天生愁苦相而已！**

侯彥霖語氣輕鬆道：「沒事，死的了話就跟我姐說是被老鼠嚇死的。」

「……」

魚乾很小，燒酒很快就吃完了一條，然後意猶未盡的舔了舔嘴，喵視眈眈的望向茶几上食盒裡剩下的部分。侯彥霖察覺到牠的視線，把整個食盒都端了起來，而後低頭看著牠，一雙桃花眼似笑非笑。

他問：「好吃？」

——好吃，很好吃，相當好吃！

燒酒抬起頭叫了一聲，然後討好似的蹭了蹭侯彥霖的衣服。下一秒，牠就聽到咀嚼發出的細微聲音。只見侯彥霖一手將食盒舉到牠搆不著的高度，一手從盒中拿了條小魚乾，送進嘴裡嘎崩脆，吃得津津有味。

他這個舉動實在是太突然了，把站在一旁的高揚嚇尿了。

「少爺——」高揚一激動都破音了，隨時準備叫救護車，「您沒事吧！」

沉默了好一會兒，侯彥霖才面無表情道：「我可能要死了。」

「！！！」

就在高揚迅速掏出手機正要撥打 119 的時候，又聽侯彥霖幽幽嘆了一句：「真是好吃到死。」

高揚抓狂：「少爺，請您不要拿這種事情跟我開玩笑好嗎！」

侯彥霖道：「我沒有開玩笑，真的很好吃。」

「不，我是說……」

「高揚。」侯彥霖語重心長道：「你比我哥小不了幾歲，就不能學學他的成熟穩重嗎？」

「……」怪我囉？

見侯彥霖認可了慕錦歌的料理，燒酒頗有些驕傲的喵了一聲。

——**哈哈，愚蠢的人類，見識到我家靖哥哥的厲害了吧！**

——……咦？

——**等等！那是靖哥哥做給我吃的啊喂！**

——**本喵大王允許你吃一條，但沒允許你吃第二條！**

——**啊啊啊啊啊啊啊啊！停下來！！你給我停下來！！！**

——**人類！我警告你！再繼續吃下去可不要怪我不客氣了！**

——**嗚嗚嗚嗚嗚嗚求求你給我留一些吧……**

燒酒眼睜睜看著自己的小魚乾被侯彥霖吃了一條又一條，直至食盒裡空空如也，內心是極其崩潰的。牠望向侯彥霖，既委屈又憤怒：「喵！」**就當本喵大王賞給你吃的好了！**

吃完小魚乾，侯彥霖本來是要拿紙巾擦手的，見牠這副樣子，不由得笑了笑，把油膩膩的手指湊到牠的嘴前，懶洋洋道：「喏，賞你的。」

——**滾滾滾滾滾！**

燒酒作勢就想在那根修長白淨的手指上也咬個牙印。

然而，這時侯彥霖悠悠然的補了一句：「要是敢咬我，就讓你一輩子都吃不那個人送來的東西。」

燒酒一聽，很沒出息的把嘴閉上了。

「乖。」侯彥霖笑咪咪的摸了摸牠的頭，把油都蹭到了牠的毛上。

從那之後，燒酒的噩夢就開始了。

顯然慕錦歌嘴上雖不說，但心裡還是很惦記牠的，隔三差五就會做點東西託人送來，有的時候是高揚送來，有的時候則是一個姓趙的助理帶過來。

但是每次燒酒都只能嚐上一點，大多最後都是進了侯彥霖的肚子裡。

——**從未見過如此厚顏無恥之徒！**

最近的一次，侯彥霖得寸進尺，竟然背著牠在公司裡把慕錦歌送來的料理吃完了，晚上回來就扔給牠一個空盒子！

這樣還不夠！還主動跟牠說這次做的是爆漿雞蛋，接著細細描述！

——**喵了個大爺的！我只遠端接收過這道菜的資料，還沒親口嚐過味道呢！！**

燒酒終於明白為什麼起初高揚他們要用同情的目光看向自己了。

侯家小少爺看起來人傻錢多不做作，實際上卻是個腹黑的魔頭！

為什麼牠變成貓後遇上的淨是這種人？！

難受！想哭！

於是，五月就這樣以燒酒的憂鬱告終，六月的夏季悄然而至。

侯彥霖是一個很喜歡看雜誌的人，上至軍事政治財經，下到漫畫遊戲鬼故事，各種五花八門的雜誌訂了許多，每個月初和月中助理都會抱著一疊沉甸甸的刊物來訪，然後又抱著一堆舊的雜誌離去，十分辛苦的樣子。

出乎燒酒意料的是，侯彥霖並不是買來玩玩圖新鮮，而是真的會去看，閱讀量和閱讀速度都很驚人，把工作時間和閒暇時間兼顧得非常完美，是一個頗有效率的人，一點都不像外人傳的那樣是個遊手好閒的小少爺。

但是不知道為什麼，他總是只在外人面前呈現自己玩世不恭的一面。

月初的某一天，燒酒驚奇的發現侯彥霖還訂閱了《食味》。這本美食雜誌牠再是熟悉不過，牠的前宿主曾多次登上過這本刊物，第一次接受訪談也是這本雜誌做的。

「喵——」

燒酒跳上沙發靠背頂沿，緩緩的向正在低頭看書的侯彥霖靠近。

誰知道就在牠即將能夠看清那本雜誌現在被翻開的內容時，侯彥霖突然把《食味》合上了，側過頭看了牠一眼。

燒酒嚇了一跳，身體一傾，整隻貓狼狽的從沙發靠背摔到了坐墊上。

「噗。」熟悉的嘲笑從頭頂上方傳來，「蠢貓。」

——**你才蠢！你全家都蠢！**

燒酒數不清自己究竟是第幾次腹誹侯彥霖了，拜這個性格惡劣的抖S所賜，牠覺得自己的思維模式越來越偏離預設的高冷系統，越來越接近容易情緒化的人類了。

如果最開始牠被安排的宿主是這個人，那牠寧願選擇系統崩潰。

侯彥霖將牠撈起來放在腿上，撫了撫牠的毛，好一陣才開口道：「明天開始我要去S市出差三天。」

燒酒哼了一聲，並不想理他。

「高揚和小趙也跟我一起去，所以家政阿姨會負責你的一日三餐。」

——喊，你不如把我寄養到靖哥哥那裡去。

「那位阿姨有點粗心……」侯彥霖頓了頓，下半句壓低了聲音：「如果你要逃的話，就好好抓住這三天的機會。」

——呵，你說誰會……

——啥？

——啥？？！！

被欺壓了將近一個月的燒酒猛地將小腦袋抬起來，錯愕的看向侯彥霖，正好對上那雙含笑的桃花眼。

「喵？」**是我聽錯了嗎？**

侯彥霖只是捏了捏牠的臉，笑道：「乖。」

注三：爆漿雞蛋，引用 tony 小屋。（http://www.xiachufang.com/recipe/238089/）

5. 汽水包飯

「錦歌姐，四號桌要一份青果紅糖蛋！」
「九號桌要一份特製海鮮派！」
「錦歌姐，七號桌的客人問他們的奧利奧蓋飯要多久才能好？」
又是忙碌的一天。
自顧孟榆在本月初的《食味》刊登對慕錦歌料理的好評後，Capriccio的客流量直接翻了兩番不止，門庭若市。因為餐廳室內不算大，所以店裡推行了預約制，沒有預約到位置的客人只有現場拿號等位。
這突如其來的陣仗把宋瑛嚇到了，直說哪怕是過去小巷繁華的時候也沒見過這麼多客人，再不給慕錦歌漲薪水的話，自己就成黑心老闆了。
慕錦歌倒不是很在意薪酬的問題，在她看來錢夠用就行了。
越來越多人承認並享受她的料理，這就已經很好了。
採取顧孟榆的建議，Capriccio在原本菜單的基礎上新增加了一張名為「主廚特製」的菜單，上面列出的都是慕錦歌自創的料理，沒有配圖，只有菜名和價格，以及關於每一道菜的一句話點評。

但凡是看了專欄後光顧餐廳的客人，都是衝著這張主廚特製菜單來的。

直到Capriccio十點打烊，慕錦歌才終於可以歇一口氣。

「宋姨、錦歌姐，那我們走啦，拜拜！」

「你們倆路上小心啊！」

「明天見。」

鄭明和大熊每晚都是回學校宿舍睡，而自打生意忙起來後，每每下班慕錦歌多是累得不想再多動了，於是經常和宋瑛一起留宿餐廳的裡間，反正這裡麻雀雖小五臟俱全，漱洗睡覺的地方還是有的。

漱洗完後，慕錦歌一沾枕頭就睡著了，不知道睡了有多久，迷迷糊糊中被人推醒了。

此時房間裡漆黑一片，感覺已經凌晨了。沒有開燈，唯有月光透過右牆高處的小窗口投進來，給了雙眼一點勉強的視野。

宋瑛湊到她跟前，聲音有點顫抖道：「錦歌，錦歌……」

慕錦歌睡眼矇矓問道：「宋姨，怎麼了？」

「錦歌，妳起來一下好不好？」宋瑛小聲道，「門外總是有奇怪的聲音，像是有誰在敲門……我睡眠淺，一下子就醒了。」

慕錦歌漸漸清醒了些，她坐了起來，胡亂捋了把頭髮，屏息一聽，還真的有。

「咚——咚——咚——」

應該敲的是店門，因為這中間還隔著裡間的一扇門，所以聲音比較微弱。但這聲音在深夜響起，已經足夠詭異恐怖了。

慕錦歌皺眉，「這麼晚了，怎麼還有人敲店門？」

宋瑛幽幽道：「可能不是人……」

慕錦歌：「……」

宋瑛顫聲道：「錦歌，妳說會不會是我老公，在地底下得知餐廳生意好後回來看一看？」

慕錦歌哭笑不得：「宋姨，妳別瞎想。」

「不是我瞎想，這越想越像啊……以前我老公敲門也是這頻率……」

慕錦歌不得不哄道：「生意不好才要回來看，生意好的話許叔肯定就安心投胎去了。」

宋瑛道：「那會不會……是投胎前想要再跟我說幾句話呢？」

慕錦歌冷靜道：「宋姨，我覺得妳還是擔心一下門外是強盜比較科學。」

入室搶劫遠比幽靈出沒的可能性高多了。

慕錦歌沒有開燈，而是打開手機的手電筒，找到了水果刀和掃把。她一手拿著刀，一手拿著掃把，對宋瑛道：「宋姨妳留在裡間，要是聽到門外有大動靜就立即報警，然後打電話給大熊和小明，小聲點。」

宋瑛擔憂道：「錦歌，妳別去，我們現在就報警吧。」

慕錦歌道：「現在還不確定情況，我先出去看看。」

「可是……」

「宋姨，妳不用擔心。」慕錦歌低聲道：「如果真是許叔，我會通知妳的。」

「……」阿姨擔心的不是這個啊！

慕錦歌輕手輕腳的把裡間的門推開，走了出去。

少了一扇門的阻擋，敲門的聲音更加清晰了，就像是有個小拳頭在一點點的砸門。然而與之伴隨的，還有斷斷續續的說話聲——

「慕錦歌！妳別躲在裡面不出聲，我知道妳在裡面！」

「妳有本事做黑暗料理，妳有本事開門啊！」

「嚶嚶嚶妳開門啊……」

「靖哥哥！是我！我燒酒回來辣！」

「我好餓，好累，如果妳再不開門，我就要死掉了！」

「啊啊啊啊啊啊啊我剛剛好像看到一隻老鼠躥進了草叢！好可怕！」

「嗷嗷嗷嗷嗷嗷嗷嗷救命啊啊啊啊啊！」

慕錦歌：「……」不是很懂你們這些養尊處優的家貓。

不管怎麼樣，聽到這個熟悉的聲音，她還是鬆了口氣。她伸手按下牆壁上的開關，餐廳門口的燈突然亮起，只見門外沒有任何人，她視線往下，只有一隻灰藍色的肥貓。

燒酒的眼睛在夜裡發著綠光，牠十分激動道：「靖哥哥！」

慕錦歌把餐廳門打開，將牠拎了進來，「半夜三更的，你是紅拂女嗎？」

燒酒一被放下地，就用兩隻前爪抱住了她的小腿，「靖哥哥我好想妳！」

……等等，這個稱呼為什麼莫名其妙就對上了？

慕錦歌把門重新鎖好後，蹲下來摸了摸牠的腦袋，「你怎麼會在這裡？」

「我能定位妳，知道妳沒回家，所以過來了。」

「不，我是說你怎麼跑出來的。」

「這個就說來話長了。」燒酒舔了舔鼻子，「侯……」

這時，可能是遲遲都沒聽到外面有動靜，宋瑛從裡間出來了，喚了聲：「錦歌？」

慕錦歌側頭看她，安撫道：「宋姨，沒事，一隻貓而已。」

「貓？」宋瑛愣了愣，遲疑著走了過來，「呀，真的是貓啊！」

「喵——」燒酒衝她可憐兮兮的叫了一聲。

宋瑛被那小眼神看得心都要融化了，蹲下來愛憐似的摸了摸牠的頭。燒酒也十分配合，甚至還瞇起眼睛討好似的蹭了蹭宋瑛的手心。

宋瑛感嘆道：「我以前還真沒見過這麼醜的貓，醜得可愛。」

燒酒：「……」

慕錦歌點頭道：「是啊，又醜又蠢的樣子。」

「……」**夠了本喵大王要告妳們貓身攻擊！**

摸了一會兒貓，宋瑛疑惑道：「雖然這貓有些髒，但看牠這品種，不是野貓吧？」

慕錦歌淡淡道：「迷路的家貓吧。」

「看牠這麼胖，行動不是很敏捷的樣子，應該走不太遠，或許就是這附近誰家養的。」

「喵！」

——誰說我胖！我這是虛胖！都是這身貓毛的錯！

——我可是跋山涉水走了一整個白天過來的！腳力 MAX 的運動健兒貓！

慕錦歌按了按牠的頭，示意牠別吵。

宋瑛想了想，決定道：「既然可能是附近的貓，那就把牠養在店裡面吧，這樣來來往往的人多，說不定牠的主人就能找來了。」

慕錦歌皺眉道：「可是在餐廳裡養貓……」

宋瑛道：「不讓牠進廚房就行了，我來照顧牠。」

慕錦歌無話可說，只有看了燒酒一眼。

燒酒顯然很高興，主動舔了舔宋瑛的手，「喵——」

宋瑛摸了摸牠的毛，笑道：「真乖。」

真是一隻沉迷裝貓、無法自拔的系統。

宋瑛和燒酒玩得不亦樂乎，慕錦歌默默站起來進了廚房。

半個小時後，她端著盤子出來，本來還在地上打滾的燒酒一聞到味道，就如飛箭似的從宋瑛手下翻身衝向了她。

宋瑛嚇了一跳：「沒想到這貓跑得還挺快的嘛！」

燒酒：「喵！」**美食當前，誰跑慢了誰是狗！**

只見盤裡盛著幾片近圓形的油炸物，裹滿了麵包糠，色澤暗沉，看不太出來裡面是什麼，形狀也不像是炸雞的樣子，表面還鋪了剁碎的綠色菜蓉，燒酒舔了舔，是黃瓜的味道。

縱已是飢腸轆轆，但燒酒還是忍不住挖苦一下：「一個月沒見，料理的顏值還是那麼低。」

慕錦歌面無表情回道：「一個月沒見，你的顏值更低了。」

燒酒：「……怪我囉？」

不說話就沒傷害。

吃飯不積極，腦子有問題。

於是牠決定做一隻安安靜靜品嘗黑暗料理的美貓子。

——**喵嗚！**

濃郁的肉汁混著黃瓜的清甜在舌尖迸發，咀嚼間番茄的酸甜味觸發味覺深處的感動！

吃進嘴裡，才驚覺原來麵包糠下裹著的是一片片切得厚度適中的番茄，中間填了碎肉，肉裡還混著細碎的胡蘿蔔絲。一口咬下去，既有吃肉的滿足，又有蔬菜清爽的口感。

油炸的火候適中，又特意放涼了，所以吃到嘴裡溫熱溫熱的，猶如深夜中的一縷暖光，溫柔的照進心裡孤寂又疲憊的角落。

嗚嗚嗚嗚牠實在是太感動了，終於不用再啃貓糧，可以吃到這種奇奇怪怪的料理……

最重要的是！這一盤全是牠的！沒人跟牠搶！

燒酒狼吞虎嚥，顧不得食物殘渣糊了一臉，兩隻前爪按著瓷盤，一副絕對領域不許靠近的霸道模樣。

宋瑛驚呆了，「貓可以吃這些東西嗎？」

慕錦歌道：「應該可以吧。」反正這不是一隻簡單的貓。

「真是太可憐了。」宋瑛感嘆道，「真不知這小傢伙經歷了什麼，餓成這樣。」

「喵——」

燒酒流淚：**說出來妳們可能不相信，這一個月我每天都在養尊處優的被欺負！**

燒酒的出現，在Capriccio內部激起小小的波瀾。

第二天大早，送食材的老闆剛走，鄭明和大熊就來上班了，兩人各一雙熊貓眼，進門時都止不住打呵欠。宋瑛剛搬了蔬菜瓜果進來，看到兩人的樣子，忍俊不禁道：「你們倆昨晚偷牛去了？」

鄭明伸了個懶腰，「昨晚回去沒忍住，熬夜打了幾把遊戲。」

大熊回味道：「哎，昨晚那個『你大爺蹲坑前順便』可真厲害，好久沒體會被帶飛的感覺了。」

鄭明道：「她是這遊戲的老手了，我高中剛入坑時加了她，她老公也很厲害，玩單上(注四)的。」

「老公？！」大熊驚道，「她是個女的？！」

鄭明送他一個白眼，「女的怎麼了？現在操作好的女生一抓一大把，膚淺！」

大熊尷尬道：「女生會取這麼粗俗的名字？」

鄭明哂道：「那你怎麼不說你一個大男人還叫『孤夜葬愛』這種名字呢！」

大熊：「……」

「喵——」

一聲貓叫終結了兩人的拌嘴，鄭明和大熊同時循聲望去，這才發現餐廳不知從什麼時候起多了一隻加菲貓，在地板上一邊翻來滾去，一邊喵喵喵的叫，像是在自娛自樂。

其實燒酒是聽了他們的談話後笑得打滾，毫不留情嘲笑道：「哈哈哈哈哈哈孤夜葬愛哈哈哈哈哈！」

大熊滿臉驚詫，「我們這裡啥時跑了隻貓進來？」

鄭明愣愣道：「這貓是發瘋了還是發病了？怎麼還抽搐了呢？」

燒酒來回撲騰的爪子在空中一滯：「……」

宋瑛道：「剛想跟你們說來著，誰知道你們倆自顧自就聊起來了……就是這傢伙害得昨晚我和錦歌都沒休息好，三更半夜砸店門把我們弄醒了。我猜想牠多半是這附近一帶的家貓吧，看牠怪可憐的，就暫時收養了。」

「砸門？」鄭明奇道，「一般貓不都撓門嗎？」

宋瑛笑道：「我也不知道，總感覺這隻貓跟其他貓不一樣，特別通人性，幫牠洗澡時也特別乖，一點都不鬧騰。」

鄭明蹲了下來，好奇的打量了一下燒酒，「聽說過狗通人性，這還是頭一回聽說貓通人性。」

燒酒哼了一聲：**不服氣來打我呀！告你虐貓！**

大熊盯了牠好一會兒，突然道：「小明，你覺不覺得牠有點眼熟？好像……好像那天阿豹在朋友圈刷到後給我們看的那隻！」

鄭明也想起來了，「嘿，真的是！該不會是同一隻吧？畢竟很難找到臉那麼扁那麼醜的。」

燒酒眯起眼一臉不高興的看向他：**很好，你已經成功引起了我的注意。**

這時慕錦歌從廚房出來看了他們一眼，面無表情道：「快到開店時間了，過來幫忙。」

鄭明和大熊連聲應好，換了衣服後進廚房幫手。燒酒躡手躡腳的想要趁機也鑽進去，卻不料慕錦歌早有所料似的將牠堵在了門口。

「好好當你的貓。」慕錦歌俯視著牠，語氣冷淡。

「喵——」

慕錦歌完全不吃牠賣萌的這一套，毫不留情把廚房門關上了。

關門帶動的風吹得燒酒貓毛一震。

——**喵嗚！女人啊，妳的名字叫狠心！**

◎◆※◆※◆◎

每天還是一如既往的忙碌，但有了燒酒後，店裡的樂趣增添了不少。

平時每回過了高峰期，餐廳裡的兩個男生不是累得倒在桌上睡覺，就是刷手機做低頭族，現在休息時間完全以逗貓為樂趣，尤其是鄭明，隔三差五就拍燒酒的照片發到朋友圈，整一個曬貓狂人。

大熊有一次憂心忡忡的對慕錦歌說：「錦歌姐，自從有了燒酒後，小明都不怎麼提找他前女友復合的事情了，妳說他會不會從一個異性戀彎成了貓性戀？」

「……」還能這樣「彎」？

不過，總而言之，四人一貓相處得還是很愉快的。

本以為日子就會這樣相安無事的過下去，然而在一週後的某一天，事情發生了轉折——

午間時段，慕錦歌終於處理完所有特製訂單，得空喝了口檸檬水，在一旁指點大熊翻炒普通菜單上的一道乾煸四季豆。

鄭明拿著訂單進了廚房，高興道：「總算可以清閒一下午嘍。」

大熊奇怪的看了他一眼，「大白天說啥夢話呢？」

鄭明敲了他一下，「你忘啦？前幾天顧小姐預訂今天下午包場。」

大熊恍然：「哦對！她有說帶多少人過來嗎？」

鄭明道：「說是帶一個朋友過來嚐嚐。」

大熊瞪大了眼睛，「兩個人就包場？這麼壕？」

「你懂什麼。」鄭明壓低聲音，「我之前在網路上隨便查了一下顧小姐的資料，人家背景很不一般，朋友也肯定非富即貴，包下我們區區一間小餐廳一下午，對他們來說根本算不得什麼。」

大熊道：「你好八卦噢。」

鄭明一本正經道：「這不叫八卦，這叫情報收集。」

大熊：「哦。」

慕錦歌對這些沒什麼興趣，逕自出去餵貓了。

看著放在眼前的罐頭，燒酒難以置信道：「妳竟然又餵我罐頭！」

慕錦歌蹲著跟牠說話：「以前你看到罐頭不是挺高興的嗎？」

燒酒略崩潰：「現在不一樣了！」

慕錦歌問：「那廚房有剩菜，要嗎？」

「妳竟然讓我吃剩菜！」燒酒抬高了聲音，悲憤道：「我可是一個閱菜無數的美食系統！怎麼能吃別人吃剩下的東西！還沾著愚蠢人類的口水！」

慕錦歌冷冷道：「剩菜和罐頭，自己選一個。」

燒酒不得不妥協：「……還是罐頭吧。」

慕錦歌摸了摸牠的腦袋，叮囑道：「我進屋躺一會兒，你老實點。」

燒酒知道慕錦歌工作很累，所以也沒再發什麼牢騷，埋頭乖乖啃糧了。

陽光照進房間的一角，清場後的餐廳洋溢著午後慵懶的氣息。

把東西都收拾好後，宋瑛出門辦點事，只留鄭明和大熊看店，他們還一邊拿著逗貓棒有一下沒一下的陪燒酒玩。

突然，店門被推開，一雙深藍色高跟鞋率先踏了進來。

隨即顧孟榆的聲音響起：「咦，店裡什麼時候多了隻貓呀？」

大熊和鄭明都沒想到她會這麼早來。

鄭明有些慌張的站了起來，「顧小姐您來了啊，那我馬上去叫錦歌姐起來。」

十多天不見，顧孟榆沒什麼變化，唯一不一樣的大概就是這次她不是獨自一人。

一個長得相當俊美的男人站在她身旁，天生一雙會笑的桃花眼，唇角微勾，透著幾分邪氣。他個頭和大熊差不多高，頭上戴了頂棒球帽，身上穿著一件印著骷髏頭的T恤和一條黑色破洞牛仔褲，寬肩長腿，腳上踩著雙風騷十足的大紅色球鞋。

他的年齡應該比顧孟榆要小，看起來就像是演藝圈裡的青春偶像。

顧孟榆和氣笑道：「不用，本來就是我們比預定時間來早了，先坐下來吹冷氣聊聊天也行，不急。」

鄭明說：「那行，我去倒杯水給你們。」

顧孟榆道：「多倒一杯吧，還有個助理在停車，等一下就過來。」

「哦哦，好。」

為了讓道，大熊把燒酒抱了起來。

這時牠才有機會面朝門口，看見兩位來客的真面目——

這不看不知道，一看嚇一跳！

燒酒驚愕的瞪大眼睛，玻璃珠似的雙眼映出男人的笑臉。

侯彥霖伸出右手摸了摸牠的頭頂，笑道：「玩得很開心，嗯？」

燒酒頓時貓毛聳立，猛地從大熊懷裡跳了下來，跑去撓裡間的門，一邊撓一邊貓嚎道：「啊啊啊啊啊慕錦歌救我！大魔頭來了啊啊啊啊啊啊！」

顧孟榆奇怪的看了牠一眼，「這貓怎麼了，突然就跟見了鬼似的。」

侯彥霖懶洋洋的笑了笑：「怕生吧。」

燒酒沒撓多久，裡間的門就打開了，慕錦歌戴著口罩走出來，頭髮都還沒來得及盤，只鬆鬆的紮了個馬尾。她低頭看著燒酒，不悅道：「燒酒，你吵什麼？」

燒酒一把抱住她的小腿，「那個欺負了我一個月的大魔頭來了！」

大魔頭？

慕錦歌抬眼看去，招呼道：「顧小姐午安，這位是……」

顧孟榆介紹道：「這位是我好友的弟弟，他看了我這個月的專欄後特別想來嚐一嚐妳做的菜，所以就帶他過來了。」

侯彥霖笑容燦爛：「嗨，我叫侯彥霖，很高興能見到妳。」

慕錦歌頓時心下了然，淡淡道：「侯先生你好，我是慕錦歌。」

侯彥霖悠悠道：「我知道。」

慕錦歌心想該來的總算來了。

卻不料侯彥霖笑咪咪的補充道：「孟榆姐在專欄裡提了妳的名字。」

慕錦歌蹙起了眉頭，「只是這樣？」

侯彥霖兩手揣在褲袋裡，歪了歪頭：「我一點都不知道之前是妳撿了燒酒這件事。」

慕錦歌：「……」

這時正好高揚停完車過來，一進門就看到了燒酒，詫異道：「這貓不是跑丟了嗎？怎麼會在這裡？」

顧孟榆從剛才開始就一頭霧水，「你認得這貓？」

「這是大小姐送給少爺的異短，三月的時候跑丟過一次，後來找著了，沒想到前幾天少爺出差的時候這貓又跑了，本來少爺說這次跑了就算了，不用找了，沒想到……」高揚順著燒酒抱著的腿看上去，登時

愣了一下，「慕小姐？」

他想起來了，怪不得來的時候覺得Capriccio這個名字有點熟悉，這不就是慕錦歌工作的餐廳嗎！第一次找到貓，是在慕錦歌家裡；第二次找到貓，是在慕錦歌店裡。來來去去都跟慕錦歌有關，而且她還一直都記掛著貓……

怎麼想都很可疑！

高揚看向慕錦歌，意有所指道：「慕小姐，總不會那麼巧，這貓第二次走丟，又是被妳撿到的吧？」

慕錦歌目光冰冷，「你什麼意思？」

「我什麼意思，慕小姐最清楚。」高揚推了推眼鏡，語氣隱隱透著輕蔑，「只是沒想到慕小姐說一套做一套，還了貓又後悔，為了一隻貓，竟然做出這種偷雞摸狗的事。」

大熊一聽，急道：「喂，你怎麼含血噴人啊！這貓是自己找上門來的，宋姨可以作證！」

高揚哼道：「你們都是同一間餐廳的人，一丘之貉，當然互相幫著說話……少爺、顧小姐，要不我們還是帶著貓離開吧，我去取車。」

顧孟榆滿頭問號，而侯彥霖只是笑著，不置可否。

「慢著。」慕錦歌攔住他，「你說我偷貓，有證據嗎？」

高揚嘲道：「還需要什麼證據，難道一隻貓會自己逃出公寓，然後跑這麼大老遠來讓妳偶遇？」

燒酒：「喵！」**明明這就是真相好嗎！你這個偽．夏洛克．揚．福爾摩斯！**

慕錦歌注視著他，問道：「貓逃走那天是星期幾？」

高揚看了侯彥霖一眼，得到同意的示意後才答道：「家政阿姨說是週四。」

慕錦歌道：「週四那天Capriccio正常營業，從早上八點開店到晚上十點打烊，我全程都在，如果

你不信的話，可以調店門口和廚房的監控錄影。」

高揚皺眉：「或許妳找了其他人幫妳呢？」

「調查我最近跟誰有過接觸，對高助理來說並不難吧。」慕錦歌冷笑一聲，「畢竟連我是一個孤僻又古怪，幾乎沒什麼交際圈的可憐女人這種事情都知道，不是嗎？」

高揚一驚：「妳怎麼知道？！」

這句話他明明只跟少爺說過，說這話的時候還被那該死的扁臉貓咬了一口。

這時，一直袖手旁觀的侯彥霖終於開口了：「高揚，閉嘴。」

慕錦歌問：「侯先生也覺得是我偷了貓？」

侯彥霖看著她，似笑非笑道：「不是。」

「喵！」**沒錯沒錯，明明是你自己讓我逃的！**

聽到貓叫，侯彥霖低頭看了燒酒一眼，勾著脣角道：「看來燒酒很喜歡慕小姐啊……這樣吧，如果慕小姐今天能專門為我創造一道料理並且打動我的話，我就把燒酒送給妳，並且讓高揚向妳道歉；但如果做出來的菜不能讓我滿意的話，我就要把燒酒帶走。」

要是放在平常，慕錦歌不會計較這些，但偏偏今天還沒休息夠就被突然吵醒，起床氣一下子上來，到現在還沒散。她冷冷道：「高助理不僅汙衊我，還侮辱我的同事，所以道歉不夠，他必須在這裡給我義務性打下手一個月。」

沒想到侯彥霖答應得很爽快：「行。」

慕錦歌不再看他們，進裡間換好衣服和盤好頭髮後，就逕自進了廚房。

鄭明在外面招呼了顧孟榆幾句，也和大熊進廚房去了。

「簡直太過分了！」一關上門，大熊就忍不住氣憤道，「上次那兩個鶴熙食園的傢伙故意來找錦歌姐的碴，這次又來個姓高的，要不是看在他是顧小姐朋友的助理，我真想一拳揍上去！」

鄭明問：「錦歌姐，他們說妳是第二次撿到這隻貓，是怎麼回事啊？」

慕錦歌沉默了幾秒，才道：「純屬巧合。」

大熊道：「就是說嘛，錦歌姐怎麼可能是那種人！分明是那姓高的沒事找事，把自己的失職怪到錦歌姐的頭上！」

「他會懷疑，也是正常。」慕錦歌淡淡道，「但想法懷疑和言語斷定，不一樣。」

鄭明有些擔心道：「錦歌姐，那個姓侯的小哥讓妳為他特製一道菜，也就是說妳要在這麼短的時間內想一道新料理出來嗎？」

「嗯。」

慕錦歌打開冰箱，想要看有什麼可以用得上的食材。突然之間，不知道看到了什麼，她的目光一頓。只見她從冰箱裡拿出一瓶水紅色的飲品，問道：「這是你們買的飲料？」

鄭明舉手：「啊，那是我帶過來的，想著休息時可以喝，結果忘了。」

慕錦歌道：「借我用一下。」

鄭明好奇：「妳要用汽水做料理？怎麼用啊？」

慕錦歌眉頭微皺，「安靜，不然就不讓你們待在廚房了。」

「……」兩個人趕緊閉嘴了，珍惜這次見證奇蹟的機會。

明明是創造一道從未嘗試過的新料理，但令大熊和鄭明驚異的是，慕錦歌在選擇食材時竟沒有絲毫猶豫，自從拿出那瓶飲料後，接著很快就挑好其他要用的食材，在料理臺上井然有序的做起來。

然而第一步，就震驚了圍觀的兩人——她竟然把小半碗汽水倒入淘好的米中！

看著大米浸在水紅色汽水中不停的冒出咕嚕咕嚕的小氣泡，就像是發生反應的化學試劑，大熊忍不住勸道：「錦歌姐……妳冷靜一點，不要被氣糊塗了。」

慕錦歌正在切肉，「我很冷靜。」

「可是……」

菜刀猛地剁在了砧板上，發出一聲悶響，慕錦歌冷冷道：「出去。」

一個平時沒有起床氣的女人突然起床氣上身，一般威力都比較強大。

於是鄭明和大熊就這樣被趕出了廚房。

「喵——」門口的燒酒舔舔肉墊，一副幸災樂禍的模樣。

大熊憂心忡忡道：「小明，要是錦歌姐把廚房炸了，我們該怎樣對宋姨交代啊？」

鄭明道：「還不是你多嘴！不然我們起碼能在最後關頭的時候攔住錦歌姐！」

大熊看了他一眼，「你確定攔得住？」

「……」鄭明想想剛才慕錦歌的模樣，確實挺可怕的，「好吧，攔不住。」

說罷，兩人有些惆悵的互看一眼，乾脆就守在廚房門口，以免發生什麼意外時能最先衝進去幫忙。

「喵——」燒酒伸了個懶腰：**兩個小蠢蛋**。

不過他們的擔憂並沒有成為現實，當慕錦歌端著料理推開門的時候，身後的廚房不僅完好無缺，而且在她邊做邊收拾的良好習慣下依然保持乾淨整潔。

鄭明好奇的望了盤中的東西一眼，登時一愣。

慕錦歌做的大概是紫菜包飯，但和市面上的紫菜包飯不同的是，這道料理中的米飯全都均勻的染上了淡淡的水紅色，而中間夾的食材也很簡單，沒有黃瓜條、沒有泡菜、沒有胡蘿蔔……有的只是五花肉。

先不論那紅紅的米飯能不能吃，光是那團肉看起來就很膩好嗎！

而且那個姓侯的小哥，一看就是富人子弟，會吃這種那麼廉價的東西嗎！

慕錦歌沒有在意兩人訝異的目光，逕自把料理端到了侯彥霖和顧孟榆坐著的桌子上。

「請慢用。」

侯彥霖放下手機，湊上去端詳了一番，然後拖長了聲音：「誒——」

慕錦歌道：「請問侯先生有什麼問題嗎？」

「沒有沒有，只是有點驚訝。」侯彥霖朝她笑了笑，「原來妳也會做這麼可愛的菜啊。」

在一旁默默看著的高揚：少爺，您的審美壞掉了嗎？？？

慕錦歌一愣，怎麼都沒想到會得到這樣的外觀評價。

這時顧孟榆清咳一聲，解釋道：「妳別理他，這小兔崽子一天到晚只會撩妹。」

侯彥霖笑嘻嘻道：「哪有，孟榆姐妳不要黑我。」說著，他隨意用筷子夾了一塊盤中粉嫩粉嫩的紫菜包飯，送入口中——

啊！夏天的味道！

西瓜汽水滲入每一粒米飯中，帶著其他糖類配料所不具備的特殊甜味，清爽又張揚，讓人不由自主回想起學生時代的夏日時光，午後太陽正烈，上學路上在便利商店買一瓶冰爽十足的汽水，便是自以為最好的解暑神器。

微甜的米飯有點像八寶飯，但又比八寶飯多了一分乾脆分明，咀嚼時在口齒間留下青春靦腆的甜意。而包在中間的五花肉口感正好，經適量蜂蜜的滲透，肉質變得格外鮮嫩，與西瓜汽水味的米飯和最外層包著的海苔竟搭配得天衣無縫。（注五）

明明是再廉價不過的食材所組成的料理，竟能帶給味覺奇遇般的享受！

果然，今天這一趟沒有白來。

侯彥霖嘴角上揚，十分滿足的享用著慕錦歌為他做的這道料理。

見盤中的紫菜包飯被一掃而光，慕錦歌問道：「不知道侯先生對這道菜是否滿意呢？」

侯彥霖用紙巾擦了擦嘴角，「我很喜歡。」

慕錦歌看了眼高揚，「那……」

高揚頭皮一麻，求助似的望向侯彥霖：是您讓我演這齣戲的！您不能把我搭進去啊BOSS！

侯彥霖悠悠道：「吃了這道菜後，我突然覺得那樣還不足以彌補慕小姐。」

慕錦歌面無表情的看向他，不知道對方想搞什麼花樣。

侯彥霖認真道：「下屬犯錯，我作為他的老闆，也有一定的責任。所以，貓還是送給妳，歉還是由他道，至於免費一個月打下手的事情，就換成由我親力親為吧。」

慕錦歌有些驚訝的看著他，「……你確定？」

侯彥霖笑道：「我們簽個合約蓋手印都沒問題。」

高揚：「！！！！」哎喲喂我的小祖宗！您這還不如把我搭進去呢！

於是，侯二少就這樣順理成章的成為了Capriccio的一員……才怪。

侯彥霖剛把話說完，就遭到多方反對。

高揚大驚失色：「少爺！您這樣任性的話，侯總會開除我的！」

顧孟榆睜大了眼睛，「彥霖，你這是想讓我被你姐弄死嗎？！」

燒酒叫得格外尖銳：「喵！」**啊啊啊啊啊大魔頭你快走開！**

慕錦歌：「……」這個不知道是富幾代的人腦袋是不是壞掉了？

侯彥霖不緊不慢道：「我哥和我姐那邊我會自己去說的，你們倆放心，不會連累你們的。」

慕錦歌突然開口：「他們放心，我不放心。」

侯彥霖笑吟吟的望著她，「嗯？慕小姐有意見？」

慕錦歌直言不諱：「高助理起碼能做事，你能做什麼？」

沒想到侯彥霖「噗」的一聲笑了出來，悠悠然道：「妳別看高揚長得很可靠的樣子，其實家務十項全不能，什麼粗活都沒做過，和他處了四年的女朋友都因為嫌棄他笨手笨腳而提出分手，單身後他的合租室友小趙跟我投訴了不下百次說他不講衛生亂扔襪子，他媽媽都因為每次來看他工程量太大所以堅持在老家鍛鍊體能。這種人來了你們餐廳，只會炸廚房瞎搗亂，免費打工一個月保證讓你們無端虧損小半年。」

聞言，四人一貓紛紛向高揚投以複雜的目光。

就連慕錦歌聽完後都一時語塞：「……我沒想到他是這樣的人。」

侯彥霖嘆了口氣，用著恨鐵不成鋼的語氣：「是吧，所以說人不可貌相。」

高揚：「……」這大概是他被黑得最慘的一次。

這時，宋瑛辦完事回來了，進門一看人全集中在一塊兒，吃驚道：「顧小姐來了呀……咦，你們怎麼都圍在這裡？」

顧孟榆起身解釋道：「老闆娘，我們……」

「原來您就是這家餐廳的老闆娘啊！」然而侯彥霖已經大步流星的走到了宋瑛面前，笑容燦爛，語氣誠懇，客氣有禮，「您好，晚輩侯彥霖，一直都很想來你們家餐廳吃一次，今天總算實現了，真的非常喜歡你們家餐廳。」

宋瑛愣了一下，「啊……謝謝支持。」

侯彥霖故作驚訝：「不過說老實話，剛才嚇了我一跳，還以為看到了年輕時的影后沈婉嫻走了進來，阿姨您的眉眼和氣質簡直不能再像了！」

「哪有哪有，我就比沈婉嫻小幾歲而已。」這份恭維顯然正投宋瑛下懷，她有些不好意思的笑了笑，然後又道：「不過竟然被你看出來了，當初《醉醒梅》熱映那會兒，還有好多人說我是沈婉嫻的翻版呢！老了後長胖了，就沒人這樣說了。」

侯彥霖誇道：「您哪裡胖了？要我說，您這樣正好，身材勻稱，氣色紅潤，素顏也很漂亮。沈婉嫻現在老了，遠遠不如您呢，瘦得皮包骨，臉上也全靠打玻尿酸撐起來，離了鏡頭看，一點都不好看。」

宋瑛被他說得高興極了，「哎呀，你這個年輕人太會說話了，跟嘴上抹了蜜似的。」

侯彥霖一本正經道：「那是看阿姨您真漂亮才誇的，一般人我哪會嘴上抹蜜啊，直接拿線縫起來沉默是金了。」

稱呼一下子就從「老闆娘」到「阿姨」了。

顧孟榆幽幽道：「真是似曾相識的一幕，他之前就是這樣把我媽收買的，從此我媽對他比對我和我哥還要親。」

高揚：「……」怪不得侯總有次說少爺是中老年婦女收割機，從小逢年過節從三大姑八大姨那裡收來

的紅包都比他厚。

鄭明和大熊心裡咯登一下：完了，我不再是宋姨喜歡的寶寶了！

只聽侯彥霖兜著兜著就把話題兜回正軌了，他道：「阿姨啊，我對餐飲行業挺感興趣的，想要深入瞭解一下，我看您這裡人手好像還缺，可不可以把我收了呀？我不要錢，做一個月的白工，要是做得不好，您儘管數落我，絕對不帶還口。」

宋瑛已經完全被他的美色和花言巧語迷惑了，呵呵直笑：「像你這麼一表人才的男孩子，我還怕請不起呢，怎麼能讓你做白工呢？」

「真的，阿姨，只要您願意收我，別說不要薪酬了，倒貼我也願意啊。」

「哎，你這孩子……」

侯彥霖想了想，道：「那……阿姨，您要是實在過意不去，就包我一日三餐吧。」

宋瑛對他的好感度已經在短短幾分鐘內達到了一個不得了的高度，於是爽快的答應道：「這個當然沒問題！」

「謝謝阿姨！」侯彥霖笑眼彎彎，「我還有最後一個請求，希望阿姨也能同意，那就是我對慕小姐的料理很感興趣，想要進廚房幫她打下手，可以嗎？」

慕錦歌黑著臉道：「我不需要！」

宋瑛勸道：「錦歌啊，現在大熊獨立去負責炒菜了，我正想著找個幫手給妳呢，不然妳多累啊……我看小侯就很合適，乖巧懂事，一看就很可靠的樣子。就他了，以後你們倆好好相處吧。」

侯彥霖露出整齊的白牙，笑著看向慕錦歌，「以後還請慕小姐多多關照了。」

慕錦歌冷冷的看著他，道：「行，我一定好好關照你。」

◎◆※◆※◆◎

所以，侯二少最後還是順利的成為了Capriccio的一員。

可喜可賀，可喜可賀。

事情說定後，高揚和顧孟榆先走了，侯彥霖留下來熟悉工作環境。

他換了一身衣服出來，就看到燒酒一臉嚴肅的蹲坐在門口，十分不悅的盯著他。

侯彥霖笑咪咪的問：「想我了？」

「喵！」**想你個大頭鬼！**

侯彥霖低笑了兩聲，然後蹲下來捏了捏牠的大餅臉，另一隻手指了指廚房說道：「羨慕吧，我要進去幹活了。」

「喵！」**看我靖哥哥怎麼狠狠收拾你**。

侯彥霖摸了摸牠的毛，突然沒頭沒腦的冒了一句：「燒酒這個名字，是我取的。」

「？」

「知道這個名字的人不多，高揚算一個，但他幾乎不怎麼叫。」侯彥霖低頭注視著燒酒，說到下半句時還放慢了語速，「可你說，為什麼慕錦歌知道你叫燒酒呢？」

燒酒貓軀一震，怔怔的望向他。

「喵？」**你、你在說什麼？寶寶聽不懂！**

「哈哈哈。」侯彥霖笑著揉了揉牠的小腦瓜，說話懶洋洋的，「別這麼緊張嘛。」

「……」

「如果真的是碰巧取了相同名字的話，那未免太有緣分了吧。」侯彥霖站了起來，理了理衣服，轉身前留下一個意味深長的笑容，「你說呢？」

看到這抹笑容，燒酒頓時貓毛聳立。

沒有再理會身後發愣的加菲貓，侯彥霖逕自走進廚房，陽光燦爛的打了個招呼：「嗨！」

「哈誒……咳。」大熊本來也想客氣的回一句，但見身旁的慕錦歌一言不發，仍然低頭做著事情，便立刻住了嘴，轉為一聲掩飾性的乾咳。

侯彥霖抱著雙手，好奇的湊過去看，「現在是在為晚餐時段做準備嗎？」

大熊見慕錦歌沒有開口的意思，便主動解釋道：「現在是先做員工餐，大家吃飽了好迎接客人。」

侯彥霖問：「這麼早？你們吃得下？」

大熊道：「我們午飯也會提前吃，所以間隔時間差不多。」

「噢，這樣啊。」侯彥霖看到慕錦歌從電鍋裡舀了四碗飯出來，「慕小姐不吃嗎？」

慕錦歌面無表情的糾正道：「缺的那份是你的。」

侯彥霖笑問：「為什麼？」

「你不是下午才吃飽嗎？」慕錦歌瞥了他一眼，「剛才聽你的語氣，應該還不餓的樣子，正好等一下我們吃飯的時候你把廚房收拾收拾，外面的地拖一遍，順便餵貓。」

侯彥霖挑了挑眉，「慕小姐，妳知不知道妳現在特別像電視劇裡刁難小白花女主角的惡毒女配角？」

慕錦歌道：「知道的話就趁早滾蛋。」

侯彥霖鄭重其事道：「作為一名優秀的從商人員，我當然具備誠實守信的優良品質，願賭服輸，說做

一個月就做一個月。」

「願賭服輸──」慕錦歌直視他的雙眼，冷冷的一字一頓道：「就要聽我的話。」

沉默了十秒，侯彥霖沉聲道：「我覺得我好像錯了。」

慕錦歌淡淡道：「現在走還來得及。」

「妳不該是惡毒女配角。」侯彥霖幽幽嘆道，「妳應該是相識初期對小白花步步緊逼的霸道總裁。」

慕錦歌嘴角一抽，「你見過替別人工作的總裁？」

侯彥霖認真道：「沒有歷經艱苦奮鬥的總裁，不是好總裁，醞釀不起日後的邪魅狂狷。」

慕錦歌：「……」

「以上是我最近看到的某個劇本的臺詞。」隨即，侯彥霖一秒變臉，頓時笑得陽光無害，「你們快去吃飯吧，我會好好完成布置下來的任務的。」

「……」

就在慕錦歌和大熊端著飯菜準備出去的時候，鄭明突然以五十公尺短跑的速度衝進了廚房，差點和大熊撞到一起。

大熊驚道：「你被狗追了啊？外面的貓不會有事吧！」

「不是、不是狗！」鄭明激動得有點語無倫次，「不是狗，是前女友！」

不知詳情的侯彥霖一副看熱鬧不嫌事大的樣子，「你這麼怕你前任？你做了什麼對不起她的事嗎？」

「不是不是！」鄭明終於情緒穩定下來了一點，「小紅明天要來找我！」

侯彥霖好奇的問道：「噢，因為小三要來找你，所以前女友來鬧了？」

鄭明一噎：「小紅就是我前女友。」

侯彥霖拍了拍手：「名字太般配了，不在一起對不起教科書啊。」

鄭明：「……」

——為什麼這個人才來第一天我就想讓他走了？

注四：單上，網路遊戲《英雄聯盟League of Legends》的一種玩法，遊戲裡分上路、中路、下路這三條路，單上是指單獨一人主攻上路。

注五：五彩汽水飯，引用網頁：http://s.weibo.com/weibo/%25E6%25B1%25BD%25E6%25B0%25B4%25E9%25A5%25AD?topnav=1&wvr=6&b=1#1491403200423。

6. 泡菜曲奇

翌日清晨，慕錦歌一打開店門，就看到那張讓人討厭不起來的笑臉。

侯彥霖不知道是多早到的，獨自一人背對著大門坐在石階上，穿著件黑T恤和牛仔褲，揹著一個印花帆布包，頭上戴著一個白色耳罩式耳機，似乎在聽歌，樣子看起來就跟個在校大學生似的。

也不知道他怎麼就隔著耳機聽到了身後開門的動靜，只見他取下耳機掛在脖子上，然後頭往後仰，看著開門的慕錦歌，嘴角一揚，露出陽光十足的笑容，「嗨，早安！」

慕錦歌不可思議的揉了揉眼，「就你一個人？」

侯彥霖道：「嗯，小明和大熊應該晚點會到吧。」

「我不是說他們。」慕錦歌朝四處望了望，「高助理和趙助理沒跟過來？」

侯彥霖伸了個懶腰，「他們跟來幹什麼？估計還在睡大覺吧。」

慕錦歌注意到不遠處的停車區好像多了一輛BMW，於是問：「你開車來的？」

侯彥霖笑道：「不，我騎車來的。」

「騎車？」

「是啊。」侯彥霖伸手一指，指向另一個方向靠在梧桐樹下的一輛登山車，頗有些得意，「看，我的汗血寶馬！」

慕錦歌：「……」

說著，侯彥霖似乎有些惆悵道：「前年騎行川藏線，沒想到半途爆了胎，最後不得不連車帶人一起回來了。」

慕錦歌問：「沒帶備用胎？」

「其實帶了。」侯彥霖沉沉的嘆了一口氣，「但沒辦法，溜出來的事情被家裡人發現了，先不說我爸我媽，光我哥一個人就夠難應付的，在抓我這方面又比較有經驗，趁我爆胎下車檢查的時候，幾個身材魁梧的壯漢突然從一輛車上下來就把我拿下了。」

「……」那確實挺遺憾的。

然而侯彥霖又道：「不過我還是挺感激它突然爆胎的。」

慕錦歌看著他，「為什麼？」

侯彥霖一臉認真道：「妳說我要是曬個高原紅或是高原黑回來，還能繼續靠臉吃飯嗎？」

「……」

「所以啊，家裡那麼多車，只有它有跟我進家門的殊遇，其他的都只能寂寞的待在車庫裡。」

——你有本事把汽車開進屋裡試試看。

慕錦歌不想再聽他扯淡了，面無表情的終結話題：「進來幫忙。」

自從生意好起來後，Capriccio的供餐時間和營業時間就再次做了調整，取消了早餐供應，將開門時間延遲到了十點。用宋瑛的話來說就是：錢可以少賺，夠用就行，人不能累壞了。

侯彥霖跟著慕錦歌進了室內，正好遇到宋瑛剛漱洗完。

宋瑛道：「啊，小侯那麼早就來了啊。」

侯彥霖笑道：「一想到今天就要正式開始工作了，興奮得很早就醒了。」

宋瑛抿著嘴笑：「我要是你父母，不知道該多高興，有個這麼懂事上進的兒子。」

燒酒一醒來就聽到兩人的對話，用肉掌扒拉扒拉了下眼屎，冷冷的喵了一聲：**哼，虛偽！**

侯彥霖也笑咪咪的跟牠打招呼：「早啊，小燒酒。」

宋瑛道：「先坐下吧，錦歌在做早飯，等一會兒大熊來了，就開飯。」

燒酒跑到另外一個角落趴著，轉過身以屁股示人。

侯彥霖問：「鄭明不來嗎？」

「小明跟我請了一天假，說下午要和小紅見面，然後一起到這裡喝茶。」

「這樣啊。」侯彥霖點了點頭，「我還是去廚房幫把手吧。」

廚房內慕錦歌正在把剛榨好的綠色汁液倒進幾個杯子裡。

侯彥霖靠在門框看了一會兒，突然捏著嗓子喊了句：「靖哥哥。」

「我跟你說過多少遍了你不能進……」慕錦歌蹙著眉頭回頭，這才發現站在門口的是侯彥霖，而不是某隻蠢系統，登時愣了一下。

侯彥霖一臉無辜道：「不能進廚房？妳沒跟我說過啊。」

慕錦歌問：「你剛剛叫我什麼？」

「錦歌歌啊。」侯彥霖懶洋洋道，「唔，感覺一般人的名字最後一個字叫成疊詞的話都會挺可愛的，可是妳的名字好像不是這樣呢，聽起來就跟叫靖哥哥似的。」

慕錦歌還是覺得奇怪，「你剛才叫我時的聲音怎麼那麼奇怪？」

「咳，可能是一段時間沒喝水，嗓子乾了吧。」侯彥霖走到慕錦歌身後，伸手越過她拿起了一杯剛倒好的綠汁，「這個，我可以喝吧？」

因為離得近，慕錦歌可以聞到對方身上帶著的淡淡木質香氣。

「可以，不過每人只有一杯。」慕錦歌往旁邊移了幾步，與他保持一定的距離，似乎有些嫌棄，「以後來上班，不要噴香水。」

——哦豁，撩妹失敗。

侯彥霖笑了笑，喝了一口杯中的綠汁，一種絲滑而奇妙的口感在口腔間蔓延開來。

他驚道：「Green Smoothie（蔬果汁）？靖哥哥，妳都放了些什麼？」

「芹菜，薄荷，牛油果，菜椒。」慕錦歌語氣冷淡，「再這樣叫我，你就沒有早飯了，霖妹妹。」

聽到這個稱呼，侯彥霖嗆了一下。

出乎慕錦歌意料的是，無論是昨晚還是今天，侯彥霖表現得都很好。原本以為大少爺養尊處優笨手笨腳會礙事，沒想到他做事還是挺眼疾手快的，對廚房裡的工作上手也快，但凡慕錦歌交代過一遍的事情，他都記得一清二楚。

大熊羞愧的低下頭炒菜，不好意思說自己來了那麼久還經常忘記哪個東西放在哪個櫥櫃裡，配合慕錦歌時也總是因為跟不上步伐而被嫌棄。

做完目前下午茶時段的最後一單，慕錦歌摘下口罩準備休息一會兒，正打算轉身拿水的時候，一杯溫熱的檸檬水便適時遞到了她面前。

侯彥霖笑道：「師父請用。」

「……」慕錦歌不太能理解對方跳脫的思維，但還是要表揚一下：「謝謝，你做得很好，辛苦了。」

侯彥霖眨了眨眼，伸出手，「獎罰分明，才能提高效率。」

這是在向她討獎勵？

「你等一下。」慕錦歌在寬大的外衣口袋裡掏了掏，把摸出來的東西放在他攤開的手中，「給你。」

侯彥霖愣了一下，「這是什麼？」

慕錦歌道：「獎勵啊。」

侯彥霖沒有想到她真的會搭理自己，「原來妳喜歡吃糖？」

慕錦歌淡淡道：「在廚房站久了，偶爾低血糖，所以隨身帶著幾顆。」

侯彥霖視線向下，只見手中放著的兩粒水果糖是很廉價的山寨貨——正牌他吃過，是國外的牌子，雖然山寨貨的外包裝和正牌很像，但商標卻有著一字之差。

大概是因為廚房溫度比較高，劣質的糖果有些融了，揭開糖紙時黏糊糊的。

慕錦歌道：「不喜歡的話直接扔掉。」

「不，我很喜歡。」侯彥霖吃了一顆，把另一顆放進了口袋，「味道不錯。」

「是嗎？我覺得不怎麼好吃。」

侯彥霖：「……」

不知怎的，鄭明和他的前女友蔣藝紅來得比預定的時間晚一點，不過還好座位仍在保留時間段內，兩人在宋瑛的帶路下坐在了靠窗的位置。

宋瑛拿著訂單進廚房時悄悄道：「兩個孩子眼睛都是紅的，好像不是很順利。」

侯彥霖嘖道：「看來這事要吹了啊。」

大熊道：「估計是了，其實小明和他前任在很多事情上都有分歧，就連口味喜好都不一樣，一個喜歡吃甜，一個喜歡吃辣。」

「誒……不過確實，鬧起矛盾的時候就算是很小的不同都會引起大麻煩。」

「對啊。」

這時，慕錦歌突然道：「把黃油、低粉、奶粉、淡奶油、雞蛋拿過來。」

侯彥霖是最先反應過來的，很快就把東西收集齊了放到廚檯上。

大熊問：「錦歌姐，妳要做什麼啊？」

慕錦歌沒有停下手上的活，回答道：「做完這個就做曲奇。」

大熊奇怪道：「曲奇？可是小明他們沒有點曲奇啊，錦歌姐妳是不是看錯了？」

慕錦歌道：「傾情饋贈。」

大熊還是一臉懵然，「啊？」

「噓——」侯彥霖笑了笑，「不要問了，繼續幹活吧。」

餐廳裡，鄭明和蔣藝紅把點的東西都吃完後，相對無言，氣氛有些尷尬。

半晌，蔣藝紅才小聲道：「小明，我看還是算了吧。」

鄭明猛地抬頭，「算了？為什麼要算了！妳難道對我一點感覺都沒有了嗎？」

蔣藝紅道：「我們在一起對彼此來說都太辛苦了，正因為相互喜歡，才會相互遷就。我喜歡吃甜，你就好幾次忍著牙痛陪我吃，醫生說你本身牙質就不好，是易蛀體質，結果就因為我，你現在大牙全蛀了；你喜歡吃辣，我也不好意思跟你說我不能吃，結果每回陪你吃完麻辣鍋或乾鍋後都胃疼得在床上打滾，加

劇了胃病。」

「……」

「所以，我看我們還是……」

「不好意思，打擾一下。」伴隨著一道冷淡的女聲，一個白瓷盤被輕輕的放在了兩人中間。

鄭明驚訝的看著來送菜的慕錦歌和侯彥霖，「錦歌姐？侯少？」

慕錦歌道：「本店新品贈送泡菜曲奇（注六）一份，請享用。」

侯彥霖也戴著口罩，桃花眼中透著笑意：「我就是個跟班的，不用在意。」

蔣藝紅驚訝的看著盤中又紅又黃的幾團：「泡菜……曲奇？」

鄭明道：「嚐一下吧，錦歌姐每回的新菜式都能給人驚喜。」

蔣藝紅不太願意吃這種奇怪的東西，「我已經很飽了，還是不吃了。」

侯彥霖開口道：「反正之前都忍過那麼多痛苦為他改變口味，這次就當最後一次為了他而勉強吃一樣東西，如何？」

蔣藝紅愣了一下，輕聲道：「最後一次？」

侯彥霖微笑道：「不過是一塊餅乾的分量，吃下去應該也沒什麼。」

鄭明道：「我和妳一起吃。」

蔣藝紅沉默了幾秒，才點頭道：「好吧。」

說完，她和鄭明一人夾起一塊用泡菜包裹著的曲奇餅，送進了嘴裡。

「嘎嚓——」

奶香酥脆的曲奇在口中咬碎的瞬間，餅乾的香甜與泡菜的辣味和蒜味相互調和，既不過甜又不過辣，

甜辣交織成一種適中的口味，就像是保持平衡的天平，兩邊都剛剛好，製作得相當精準。

蔣藝紅喃喃道：「好吃……竟然不辣……」

鄭明也同時道：「好吃，而且不甜！」

話音剛落，兩人皆是一愣，相視一眼，都有種豁然開朗的感覺。

燒酒懶懶的躺在地上打了個呵欠：「喵——」**唉，笨蛋情侶喲**。

鄭明最終是如願以償，和蔣藝紅復合了。可喜可賀，可喜可賀！

小別勝新婚，復合勝蜜月，蔣藝紅幾乎天天都來 Capriccio 看鄭明，還經常順便捎一些慰問品過來送給餐廳裡的其他人。

大熊只能在心裡默默流淚：冷冷的狗糧往我嘴裡胡亂的塞，嗚……

侯彥霖每天都是男生中到的最早的那一個，而慕錦歌也漸漸習慣做早飯的時候身邊多這麼個人滿嘴不著邊際，有時看他逗那隻蠢系統，也是挺有趣的。

最開始排斥他，是因為存在某些偏見，以為他只是個養尊處優的大少爺，五穀不分、四體不勤，來這裡純粹是圖新鮮找樂子。但共事了一段時間後她發現，侯彥霖雖然是含著金湯匙出生的，但非常獨立，做事勤快，腦袋也很聰明，當初跟宋瑛說想要發展餐飲業也並不是胡編亂造的，是真的有這個打算。

因此，慕錦歌對他已沒了最初的刁難與刻薄，相處得還算融洽。

這天正在煮麵，就聽侯彥霖問道：「師父，為什麼出了廚房妳還總是戴著口罩呢？」

慕錦歌垂著眼，淡淡道：「習慣。」

侯彥霖懶懶的拖長聲音：「誒——夏天這麼熱，不會在臉上捂出痱子嗎？」

慕錦歌：「……」

侯彥霖突然湊近，語氣有些遺憾：「師父妳明明長得那麼好看，把臉遮上多可惜。」

慕錦歌後退兩步，瞪道：「下次再靠我這麼近，我就把麵倒在你臉上。」

「嚶嚶嚶靖哥哥妳好凶噢。」

聽到這語氣與用詞，慕錦歌第一反應便說：「不要模仿燒酒說話。」

侯彥霖挑了挑眉，「模仿燒酒？」

慕錦歌這才意識到自己說錯話，不太自然的移開視線，語氣冷淡：「總之你沒事不要老跟我說話。」

侯彥霖兩手插在口袋裡，歪著頭問：「為什麼？」

慕錦歌冷冷道：「因為我是個奇怪的人，很多人都覺得我有病。」

侯彥霖笑了，「是因為能聽到貓說話嗎？那很巧啊，我們是病友。」

慕錦歌一愣。反應了幾秒，她才重新看向身邊那人，「你說什麼？」

侯彥霖笑道：「明天週三休息，剛剛聽宋姨說店裡有些東西需要採購，一起去吧。」

慕錦歌皺眉道：「你剛剛說的是什麼意思？」

侯彥霖笑中透著狡黠，「想知道的話，明天就和我一起去買東西吧。」

「喂！」

「師父，麵要煮爛了。」侯彥霖指了指鍋，「就這樣，我先出去幫忙打掃了。」

走出廚房，侯彥霖才把一直放在口袋裡的右手抽了出來，攤開手心，手中是原本應該躺在慕錦歌廚師服口袋裡的幾顆山寨水果糖。偷梁換柱這種事情他雖然是第一次做，但出乎意料的順手。

——山寨的包裝和正牌的很相似，想必如果不是特別注意的話，是不會察覺的吧。

——今天，那個人應該會覺得糖好吃吧。

想到這裡，他勾了勾脣角，心情十分愉悅的樣子，拖地的時候都哼著小曲。

◎◆※◆※◆◎

Capriccio在週三休息，一般宋瑛這天也不住在餐廳裡，所以週二下班後慕錦歌帶著燒酒回了家，打算隔天坐公車去商場跟侯彥霖會合。

晚上到家的時候，她把白天侯彥霖說的話告訴燒酒。

沉思了一陣，燒酒開口道：「其實之前我也懷疑過他是不是能聽到我說話。」

慕錦歌問：「你不是說只有我能聽到嗎？」

「理論上是這樣的。」燒酒一臉嚴肅，「但我這個情況實在是很特殊，被前宿主剝離後進入的是一隻寵物貓。系統原則上和宿主是從屬關係，所以宿主能聽到系統講話，而貓和主人也是從屬關係，我在想是不是因為大魔頭是原燒酒心中認定的主人，所以導致現在我用燒酒的身體說話，他也能有所感知。」

「也就是說，他的話是真的？」

燒酒哼道：「不好說，大魔頭那個人糊弄技能滿點，又愛捉弄人，性格十分惡劣，信用值極低！」

「……」你到底被他做了什麼？

「而且就算真的像我剛才推測的那樣，也不知道他所說的『能聽見』是到怎麼樣的一個程度，究竟是和妳一樣能清楚的聽到我的每一句話，還是只能隱隱約約感覺到一個模糊的意識？」燒酒頓了頓，「反正明天妳帶上我一起去吧，我試一試他。」

慕錦歌玩了一會兒牠的小肉墊，才道：「可是商場會允許帶寵物進去嗎？」
燒酒道：「妳把我放在背包裡不就行了。」
慕錦歌看了牠一眼，緩緩道：「很重。」
「……」燒酒瞪大了眼睛，「妳這是在嫌棄我？！」
慕錦歌道：「連大熊都說你該減肥了。」
燒酒不服氣道：「我只是虛胖而已！都是這一身貓毛的錯！」
慕錦歌挑眉，「那正好，我現在幫你把毛剃了吧。」
「！！！」燒酒驚恐的後退兩步，「妳別過來！」
「啊啊啊啊啊啊住手啊啊啊啊啊我胖我承認我胖還不行嗎快住手！」
呵呵，慕氏剃毛，專治各種不服。

◎◆※◆※◆◎

翌日，慕錦歌揹了個雙肩包，拉鍊稍稍開了個口，露出一小張憂鬱的貓臉。
侯彥霖見狀，問道：「牠怎麼了？」
慕錦歌言簡意賅：「被剃毛了，不開心。」
侯彥霖好奇道：「剃成什麼樣了？讓我看看。」
然而他的手剛要碰到拉鍊，燒酒就凶巴巴的張開貓嘴，威脅似的露出尖尖的牙齒。牠表情猙獰，恨恨道：「走開！我咬起人來自己都怕！」

侯彥霖樂了：「喲，脾氣還挺大。」

「你現在別招惹牠。」慕錦歌誠懇道，「還是給牠留點可憐的自尊吧。」

「嘖，說的也是。」

「……」燒酒感到前所未有的絕望。

——你們倆啥時變成同一個陣營的了！兩個虐貓狂魔湊在一起還能不能好了！

——你們這樣很容易失去我的知道嗎！我還只是個寶寶啊！

不過，無論牠內心怎麼吶喊，都改變不了被剃毛的事實。

在商場買完清單上的所有東西出來，慕錦歌終於忍不住主動問道：「現在你可以告訴我有關聽見燒酒說話的事情了嗎？」

「噓！」侯彥霖臉上雖然仍帶著笑，但眼神卻變了，他壓低聲音道：「師父，不要取下口罩。」

慕錦歌感到莫名其妙，「怎麼了？」

「有狗仔。」侯彥霖沒有看她，而是一直目視前方，輕聲道：「妳先去右邊那家甜品店找一個隱蔽點的位置坐下，等一下我就過來。」然後還不等慕錦歌回答，他就壓了壓棒球帽帽簷，提著兩大包東西快步朝相反的方向拐去，留下一貓一人有點懵然。

燒酒躲在背包裡喵了一聲：「怎麼辦？真的要按他說的做嗎？」

慕錦歌沉聲道：「不是說要問清楚嗎？那就等吧。」

此時還不到下午茶時段，所以甜品店裡人不多，慕錦歌很輕鬆的就找了一個角落的位置，是在死角的兩人位。大概之前很少有人會主動選這麼偏僻沒風景的地方坐，所以服務生帶路時再三好心提醒空位還有很多，這邊光線不太好，可以換個地方坐。

慕錦歌淡淡回道：「沒事，我們就是要找個見不得光的位置。」

服務生：「……」Excuse me?

慕錦歌點了份榴槤班戟（注七），等了差不多半個小時，侯彥霖才回來。他全身衣服都換了一套，帽子沒了，但臉上多了個黑色口罩，上面非常中二的印著一行「此人多半有病→」。

正好站在箭頭指著的方向的服務生：「……」他招誰惹誰了？

等對方點完東西後，慕錦歌問道：「買的東西呢？」

侯彥霖叉了她剩下的那一半榴槤班戟，放進口中，一邊道：「放回餐廳了。」

「繞了那麼遠？」

侯彥霖輕描淡寫道：「我讓高揚來接我，然後讓小趙開著車把狗仔引到另一區去了。」

聽起來經驗很豐富的樣子。慕錦歌看向他，問道：「你也會被記者追？」

「誰叫華盛現在是演藝圈裡一霸呢！」侯彥霖笑了笑，「雖然我上面還有一個哥哥、兩個姐姐，但不是聯姻成婚的，就是醉心學習的，搞不出什麼花邊新聞，所以那些娛樂記者啊、狗仔啊自然把注意力放到了我身上，一天到晚淨瞎扯，不是猜我和我哥關係不好要爭權，就是猜我不務正業生活糜爛……剛回國那會兒跟得厲害，後來看我沒啥料可以爆就老實多了，沒想到還有不死心的。」

慕錦歌不是很理解，「你又沒做什麼見不得人的事，他要拍就拍，何必花這麼大工夫去甩掉他？」

侯彥霖認真道：「拍我倒無所謂，但拍妳不行，我不能把圈外人牽連進來。」

這時燒酒從慕錦歌抱在身前的背包裡鑽了出來，站在了桌子上，搖了搖尾巴。牠嘖道：「沒想到你小子還有點良心嘛。」

侯彥霖看著牠，愣了一下，隨即爆笑道：「哈哈哈哈哈你這個樣子哈哈哈哈哈！」

只見剃了毛後的燒酒只有腦袋、尾巴和四隻爪子還保持著以前的樣子，灰藍色的身體卻像被脫了件毛大衣，看起來瘦了兩圈不止，襯得毛茸茸的扁臉格外的大，而爪子上明顯比身體厚實的茸毛就像牠穿了兩雙鞋子。

侯彥霖捂著肚子，毫不收斂的笑道：「哈哈哈哈瞧你這爪子哈哈哈哈哈還穿雪地靴呢你哈哈哈哈哈厲害了我的哥！」

燒酒暴躁道：「啊啊啊啊啊不許嘲笑我！」

侯彥霖笑得眼淚都流出來了，「哈哈哈哈好好好我不笑了哈哈哈哈哈！」

燒酒惱羞成怒，威脅道：「再笑我就抓你臉了！」

「啊哈哈哈哈哈哈！」

慕錦歌抱住要衝上去給對方一爪的扁臉貓，開始切入正題：「你說你也能聽到燒酒說話，是真的？」

侯彥霖擦了擦笑出來的眼淚，「當然。」

慕錦歌問：「就跟聽普通人說話一樣？」

侯彥霖描述道：「是吧，感覺像是還沒變聲的小男孩的聲音。」

燒酒平息下怒火，揚起圓潤得沒有下巴的下巴，哼道：「那這樣吧，我說一句話然後你重複一次，看你說的是不是真的。」

侯彥霖忍笑道：「行啊。」

嘿嘿嘿，報復的機會來了！燒酒道：「我是笨蛋。」

侯彥霖揚著嘴角，「你是笨蛋。」

「……」燒酒咬牙切齒的又說了一句：「侯彥霖是陰險狡詐自戀小氣性格惡劣的大混蛋！」

侯彥霖悠悠道：「侯彥霖是陽光帥氣英俊瀟灑高大威猛的好青年。」
燒酒憤怒的向慕錦歌舉報他：「靖哥哥，他是假貨！」
沒想到這時侯彥霖倒是完全複述了：「靖哥哥，牠是假貨。」
「你才是假貨！」
「你才是假貨。」
「不許學我說話！你這個變態！」
「不許學我說話，」侯彥霖脣邊的笑意更深了，「你這個大夏天穿雪地靴的變態。」
慕錦歌點評道：「非常完美，貨真價實。」
燒酒內心崩潰。
侯彥霖兩手交錯，放在桌子上，「所以，為什麼我的貓會變成這樣？」
慕錦歌反問：「你覺得是為什麼？」
「成精了，或者是……」侯彥霖看著燒酒頓了頓，「被別的什麼給附身了。」
慕錦歌道：「你不害怕？」
侯彥霖笑了笑，「有什麼好怕的？那張蠢萌蠢萌的扁臉一看就不是什麼厲害角色啊哈哈！」
燒酒：「……」
慕錦歌繼續問道：「高助理剛帶燒酒回去，你就知道牠能說話？」
侯彥霖答道：「是啊，回來的第一天就滿地打滾說想靖哥哥，吵得要命。」
燒酒忍不住問：「那你為什麼從不問我？」
「剛開始我以為是自己出現幻聽了。」侯彥霖不緊不慢道，「時間久了，才知道不是幻覺，還以為自

己突然點亮了某種技能，懂了貓語，覺得很神奇。」

燒酒：「……那後來呢？」

「後來就是第一次到Capriccio的時候，我一進去你就嚇得去撓門，然後師父開門時我聽見她叫了你的名字。那時我就納悶，怎麼她知道你叫燒酒呢？難不成養過你的都會聽貓語了不成？」

慕錦歌看著他，「所以，你試探了我。」

侯彥霖笑道：「是。」

慕錦歌沉默了幾秒，道：「一般人對於這種匪夷所思的事都會敬而遠之吧。」

「我就喜歡奇妙的事物，樂在其中都還來不及呢，怎麼會敬而遠之呢？」侯彥霖調整一下坐姿，「好了，你們現在能告訴我這是怎麼一回事嗎？」

燒酒與慕錦歌對視一眼，才回頭娓娓道來：「既然你能聽見我說話，說明你也是我半個主人，屬於保密協議範圍內的知情者，那我就勉為其難的告訴你吧，其實我……」

說來話長，長話短說，一說就是二十分鐘。

「……事情就是這樣。」燒酒說得有點渴，低頭舔了舔慕錦歌專門替牠倒的礦泉水。

侯彥霖道：「這絕對比我今年看到的任何一部劇本都要精采。」

慕錦歌問：「你不相信？」

「不，我相信。」侯彥霖捏了捏燒酒的扁臉，「這種倒楣的慘事一聽就像是會在你身上發生的。」

燒酒憤憤道：「小子你要打架嗎？」

侯彥霖悠悠道：「好男不跟蠢貓鬥，尤其是剛剃了毛的。」

「啊啊啊啊啊本喵大王跟你拚了！」

看著把燒酒調戲得團團轉的男子，慕錦歌低聲道：「真是一個奇怪的人。」

侯彥霖抬起頭，語氣輕鬆道：「所以我不是說了嘛，我們是『病友』。」

「……並不覺得這有什麼好高興的。」

「這樣師父就不會是一個人了啊。」侯彥霖一雙好看的桃花眼笑得彎彎的，瞳眸明亮，「以後要是再有人說妳有病、說妳騙人，起碼還有我相信妳看見或聽見的都是真的，不是嗎？」

慕錦歌一愣，隨即有些不太自在的移過目光，手上抓起了背包，道：「我去一趟洗手間。」

望著她的背影，燒酒舔了舔爪子，「呀，害羞了。」

侯彥霖模仿著牠的語氣：「呀，害羞了。」

燒酒炸道：「你怎麼又學我說話！」

侯彥霖笑咪咪道：「不學可以，讓我摸摸你的雪地靴。」

「滾！」

就在一貓一人鬧得歡快的時候，不遠處的雙人桌來了兩位客人。聽到那兩人說話的聲音，燒酒耳朵一動，突然道：「這個聲音有些耳熟！」

聽牠這麼說，侯彥霖也靜了下來，這時隱約可以聽到那邊的對話聲傳來——

「媛媛啊，妳看起來心情不太好，是在妳舅舅那裡工作得不順心嗎？」

「是啊，不只是工作，和軒哥也不是很順利。」

「怎麼會這樣？那個叫慕錦歌的不是已經被妳趕走了嗎？」

侯彥霖壓低聲音，悄悄問道：「他們是誰？怎麼會提到錦歌？」

燒酒死死的盯著那個方向，道：「女的叫蘇媛媛，男的叫蘇博文，兩個人是堂兄妹關係。」

「你都認識？」

「只要是關乎靖哥哥過去每個命運轉捩點的人物，我都能讀取他們的人物資料。」燒酒嚴肅道，「認定靖哥哥為宿主那一刻，我獲知了靖哥哥在遇見我之前的記憶片段，在其中聽到過蘇媛媛的聲音，所以我剛剛一下子就識別了出來，倒是那個蘇博文的聲音我沒有聽過。」

侯彥霖捕捉到了關鍵字，「你說命運轉捩點……這兩人對錦歌造成過什麼影響嗎？」

燒酒道：「蘇媛媛是鶴熙食園老闆的外甥女，搶了靖哥哥的前男友江軒，還在吃了她的料理後裝暈進醫院，讓大家都覺得靖哥哥做的東西有問題，把靖哥哥趕出了食園。至於蘇博文，資料顯示職業是醫生，工作地點正好是蘇媛媛當初住院的拉基醫院，既然是可讀取的對象，那麼我想他肯定和蘇媛媛那次進醫院的內幕脫不了干係……我要過去聽他們在說什麼，然後利用內設的自動錄影功能，說不定能捕捉到什麼有用的資訊。」

就在牠準備跳下桌子的時候，侯彥霖握住了牠的後腿，「等等。」

燒酒一個踉蹌，很是不悅的回過頭，「幹嘛！」

「我先打電話給錦歌說這邊出現狗仔，讓她在外面等我們。」即使戴著口罩，也能想像出此時侯彥霖脣角揚起的笑容，「在去找錦歌之前，你要不要和我一起搞事情？」

這邊蘇博文正好聽蘇媛媛講完江軒和慕錦歌比試落敗以及之後半個月的事情。

蘇博文開解道：「江軒應該只是工作壓力太大，妳體諒體諒他。」

蘇媛媛道：「我當然體諒。軒哥會突然那麼有壓力，全都是慕錦歌那個女人害的。」

蘇博文皺眉，「也不能這麼說……」

「堂哥，你能不能再幫我一次？」蘇媛媛看向他，語氣隱隱帶著一股狠勁，「慕錦歌做的東西那麼獵奇，本來就惹人懷疑，要是這次也有誰吃了後出點什麼事，那她不僅又要丟工作，好不容易靠朔月積攢起來的名聲一定也隨之一落千丈，到時候在圈子裡就徹底臭了，我看她在B市這一行還待不待得下去！」

蘇博文擔憂道：「可是媛媛，我不能再幫妳像上次那樣開假病歷了，風險太大。」

蘇媛媛笑道：「用同一個方法整垮她兩次肯定不行，所以堂哥，我都想好了，你幫我弄點藥過來。」

蘇博文：「藥？」

蘇媛媛點頭，「嗯，就是那種能讓人上吐下瀉的，症狀像食物中毒的藥。到時候再花錢找個陌生的托兒，去她那裡點個菜把藥下下去，這樣病歷肯定是真的了。」

蘇博文有些為難：「媛媛，這……」

蘇媛媛哀求道：「堂哥，你就幫幫我吧！拜託拜託！這對你來說應該是小事一樁，但對我來說是攸關幸福的大事啊！」

蘇博文猶豫了一下，還是道：「好吧，我試一試，最快下週末給妳。」

蘇媛媛臉上綻放甜甜的笑容，「謝謝堂哥！」

「喵——」

這時，兩人才注意到不知道從什麼時候起，旁邊的空桌子上趴了隻灰藍色的加菲貓，一雙茶色的大眼睛正直勾勾的盯著他們。

蘇媛媛蹙起了眉頭，「哪裡來的貓？」

蘇博文道：「可能是這家店裡養的吧。」

「喵。」燒酒跳下桌子，邁著四條短腿跑到他們這桌面前，仰著頭可憐兮兮的望向他們。

蘇博文把牠抱了起來放在桌上，撫了撫牠的貓背，「這貓什麼品種啊，臉可真扁。」

蘇媛媛有些嫌棄的笑道：「真醜。」不過，見扁臉貓在蘇博文手下十分溫順乖巧的樣子，她最終還是忍不住伸出了手。

可是她的手才剛挨到貓的腦袋，燒酒就猛地抬頭，齜牙咧嘴的朝她撲了過去！

「啊！」蘇媛媛一驚，下意識的就是揮手想把牠推開。然而明明手上沒用什麼力，可她的手剛一碰到貓，就見加菲貓如被重錘狠狠掄了一下似的，身體在半空中滑過一道拋物線，往旁一飛，最後重重的落在了隔壁座位的軟沙發上，不動了。

「兒砸！」

還沒等蘇家兄妹反應過來，就聽到一聲撕心裂肺般的痛苦叫喊，隨即見一個穿著灰色寬鬆T恤的高個口罩男從旁邊衝了過來，激動的跪在沙發前，以抱嬰兒的姿勢小心翼翼將一動不動的加菲貓抱了起來。

侯彥霖粗著聲氣，操著一口方言口音：「兒砸兒砸，你睜開眼睛瞅瞅，爹來了！兒砸你喵一聲啊，別嚇唬你爹！」

燒酒直挺挺的躺在他懷裡，扁臉朝上，小嘴微張，大眼渙散，尾巴無力的垂了下來。

蘇博文、蘇媛媛：「……」

兩臉懵然。

侯彥霖抱著貓站了起來，一臉憤怒的看向蘇媛媛，眼中隱隱可見淚光：「我剛才可都瞅見了！就妳！就妳這女的把我兒砸給撂地上的！」

蘇媛媛睜大了眼睛，「不是我！」

侯彥霖冷笑一聲，滿口方言：「不是妳，那貓還能自個兒哧溜飛出去咋地？！還整這麼個拋物線！摔

得整隻貓都癱成這樣兒了！」

蘇媛媛急道：「是牠先撲過來，所以……」

「妳瞅瞅妳瞅瞅，妳自個兒都承認了！」侯彥霖下半張臉戴著口罩，上半張臉皺成一團，額前故意弄亂的碎髮發遮住了點眉眼，不仔細看根本認不出是他，「牠撲妳，就牠那小樣兒，還能把妳咋地！妳瞅妳自個兒往那一站妳這麼大個人，下手一點兒不知輕重，一巴掌給打成這樣！」

蘇媛媛百口莫辯：「我……」

蘇博文勸道：「這位小哥，你冷靜一下。」

侯彥霖毫不客氣的衝他吼道：「冷靜個屁！癱的不是你兒砸你可不著急！」

見越來越多人的目光投了過來，蘇媛媛覺得臉上熱辣辣的，只想趕快息事寧人：「這貓可能只是摔暈了，緩一緩就好。」

侯彥霖冷笑：「緩緩？迴光返照一下就嗝兒屁了咋地？」

蘇媛媛委屈得都快哭了，「你、你怎麼不講道理啊！」

侯彥霖抬高了聲音：「喲呵，虐貓的還要跟我講道理了？！」

蘇博文也覺得很沒面子，出聲道：「小哥，這樣吧，我們賠你錢。」

「有錢了不起？有錢就可以虐貓了？」侯彥霖惡狠狠道：「今天我把話撂這裡了，我不稀罕你們那幾個臭錢，但是如果我兒砸真的有個三長兩短，我和牠做鬼都不會放過你們！」

說著，侯彥霖抱著燒酒，氣衝衝的離開了甜品店，留蘇家兄妹二人在原地尷尬的接受旁人或好奇或譴責的目光。

出門走得稍遠的時候，一直僵直的燒酒才動了動，在他懷裡靈活的翻了個身。牠不由得讚嘆道：「看

不出來你還是個演技派。」

「感謝一連串的電視肥皂劇。」侯彥霖騰出一隻手把凌亂的頭髮往後抓了下，變回平時說話的腔調，低聲問道：「錄影錄好了嗎？」

燒酒頗為得意：「還用你說，本喵大王可是影片音訊兩不誤的智慧系統，而且還可以連網發送！」

「記得發一份到那個男的工作的醫院。」

「那當然。」

「還有……」侯彥霖頓了頓，「這件事算是你我之間的秘密，最好不要讓錦歌知道。」

燒酒舔了舔鼻子，「知道了，我也沒打算說。」

侯彥霖笑道：「真乖。」

走到報刊亭，慕錦歌顯然已在那裡等了好一會兒，見侯彥霖抱著貓過來了，她問：「擺脫狗仔了？」

「嗯，稍稍嚇唬了一下，讓他們長點記性。」侯彥霖低頭看了眼燒酒，「對吧？」

燒酒懶懶的叫了一聲：「喵——」

慕錦歌：「……？」

注六：泡菜曲奇小點，引用嵐小新。

（http://www.xiachufang.com/recipe/1102503/）

注七：班戟，為pancake的粵語音譯，是一種以麵糊在烤盤或平底鍋上烹飪製成的薄扁狀餅，又稱薄煎餅、熱香餅。

7. 丘比鹹蝦

Capriccio新裝了液晶電視，三十二吋，掛在用餐區的牆壁上。

自從有了電視後，吃早飯時大家都不做低頭族了，而是陷入一種古老的謎之趣味中——永無止境的電視遙控器爭奪賽。

爭奪者主要是大熊、鄭明、侯彥霖和燒酒。

大熊喜歡看晨間新聞，鄭明喜歡看球賽重播，侯彥霖喜歡看娛樂報導。大熊嘲笑鄭明熱血中二，鄭明嘲笑侯彥霖沉迷八卦，侯彥霖嘲笑大熊像個小老頭；最後燒酒喵的一聲跳上桌子，肉掌一按，將頻道轉換到了動畫卡通節目。

結果可想而知，三個男生一起把牠趕下桌。

燒酒又氣又委屈，只有蜷在牠靖哥哥的腿上求安慰，可憐兮兮的嘴著慕錦歌餵給牠的碎蛋黃。

此情此景，用宋瑛的話來說就是：世上唯有男人和寵物像長不大的小孩。

最後為了避免爭端，她以餐廳老闆的身分決定，每個人輪流掌控遙控器的使用權。

這天是輪到侯彥霖，所以看的是火龍果臺的《娛樂速遞》。

電視上光鮮亮麗的年輕女主持人報導：「想必很多人已經知道羅宇導演即將啟動電影《將碑》的拍攝計畫，在此之前羅宇曾透露，這部電影的男主角將以歷史上飽受爭議的大將李陵為原型，而昨日《將碑》劇組確定了男主角的飾演者，正是今年憑藉電影《陰暗陷阱》獲得金肖獎最佳男配角的巢聞，該片預計將於九月中旬開機。自去年跳槽華盛之後，巢聞的事業進入直線上升期，他……」

聽完這條新聞最重要的部分，侯彥霖笑著說了一句：「厲害了梁熙熙，又拿下個大製作。」

坐在對面的鄭明問道：「你說的梁熙熙，是說巢聞的經紀人梁熙嗎？」

「哇，你竟然知道？」侯彥霖有些驚訝的挑眉，「難不成你是巢聞的粉絲？」

鄭明解釋道：「我和小紅都很喜歡他的電影，但小紅對他個人瞭解得比較多，還進了粉絲後援會什麼的，我昨天才聽她提起巢聞的經紀人叫梁熙。」

侯彥霖點點頭，「這樣啊……」

嚥了口三明治，鄭明問：「對了，你既然是華盛娛樂的二少爺，那和巢聞熟嗎？」

侯彥霖右手托著腮，懶洋洋道：「他是我青梅竹馬的死黨，你說呢？」

鄭明眼睛一亮，「那你可以幫我要一份簽名嗎？」

「行啊。」侯彥霖嘴角勾著一抹淺笑，「不過你要拿什麼跟我交換呢？」

「……」鄭明愣了一下，哭笑不得，「侯少，你自個兒說說，我有的你都有，你有的我做夢都不會有呢，我能給你什麼啊？」

侯彥霖用左手比了個數字，緩緩道：「之後遙控器主導權輪到你的時候讓給我，六次。」

「六次？！」鄭明一驚，「那豈不是一個月我都看不了球賽了！」

侯彥霖嘖道：「瞧你可憐的，那我給你點優惠吧，四次。」

鄭明十分痛苦道：「侯少……」

侯彥霖嘆了口氣，似乎很為難的樣子，「唉，那這樣吧，看在交情的分上，我就吃點虧，三次，一口價，不要拉倒。你可要知道，巢聞很少出席活動，一份簽名放到網路上不知道要炒到多少錢，而且要是你那好不容易同意復合的女朋友知道你竟然為了區區三次看電視的機會就放棄了巢聞的簽名……說真的，我都有點替你們的愛情擔心。」

一旁默默聽著的慕錦歌：「……」

——要是你的死黨知道你竟然為了區區三次看電視的機會就出賣了他的簽名……說真的，我也有點替你們的友誼擔心。

鄭明深呼吸一口氣，決定道：「好！成交！」

侯彥霖爽快道：「明天我就帶過來給你。」

鄭明詫然：「這麼快？」

「那當然，全是現貨。」侯彥霖笑得像一隻狐狸，「只要是華盛裡我看好的藝人，我在家都囤了他們的簽名以備不時之需。」

聽了這話，鄭明心頭剛剛湧起的感動與感激瞬間結冰。他痛恨道：「你這個奸商！」

侯彥霖悠悠道：「俗話說得好啊，無奸不商。」

鄭明轉頭用希冀的目光看向慕錦歌，「錦歌姐，我知道妳不愛看電視，可不可以讓給我幾次……這個月真的有很重要的球賽，我晚上要是看直播的話，早上就起不來了！」

慕錦歌用紙巾擦了擦嘴，「你來晚了。」

「啊？」

慕錦歌淡淡道：「我已經讓給了燒酒，牠喜歡看動畫片。」

「喵！」燒酒向鄭明得意的揚了揚扁臉：**就你小子還想跟我搶？**

鄭明：「……」他竟然活得還不如一隻貓！

當天中午顧孟榆光顧Capriccio，聽鄭明說了這件事，安慰道：「沒事，習慣就好，侯家的人都很狡詐，我從小被他姐誆到大。」

「……」鄭明突然覺得自己並不是那麼慘了。

「不過看來彥霖和你們已經打成一片了嘛。」出差了一段時間，顧孟榆比上次見到時要黑了點，「慕小姐呢？她和彥霖相處得還好嗎？」

鄭明想了想，說道：「錦歌姐和侯少關係還不錯吧，經常看他們倆一起逗貓。」

顧孟榆笑道：「是嗎？那就好。」

鄭明道：「不過挺出乎我意料的，沒想到侯少這麼能吃苦，幹活也挺俐落的。」

「嗯，這點他倒和他哥哥姐姐們不一樣。」顧孟榆喝了一口茶水，「彥霖小時候身體不好，總是不能像其他小孩一樣隨心所欲，行動受到嚴重限制，所以長大後身體好了，就格外不服從家裡的管制。他在海外留學的時候還經常瞞著家裡人去做那種洗盤子、炸薯條一類的兼職，有一次在路上發氣球被他二姐撞見了，據說追了他半條街。」

「……」真是個不讓人省心的富二代。

這時，一道清脆的女聲響起：「孟榆！」

顧孟榆和鄭明同時循聲望去，只見出聲的是一個穿著粉紅色連衣裙的女生，身材嬌小，模樣可愛，留

著整齊的瀏海和姬髮式，杏眸水靈，脣紅齒白，長得就像是精緻的瓷娃娃。

她就站在旁邊，望向顧孟榆的神情很複雜，似乎是喜悅，但又像是有點生氣。

顧孟榆驚訝道：「悅悅，妳怎麼在這裡？」

肖悅雙手抱於胸前，哼道：「我來見識見識妳在專欄裡誇讚的店是個什麼水準。」

鄭明心想這小蘿莉真是年紀輕輕口氣不小，但面上還是要微笑著招呼：「小妹妹，就妳一個人嗎？」

「小妹妹？」肖悅皺著眉毛看向他，「你多少歲？」

鄭明愣了一下，「二十。」

肖悅說話的方式和她甜美可愛的外形完全不符，她不爽道：「老娘今年二十五歲了！誰是你小妹妹啊！變態！」

——哈？什麼？！二十五了？！！

——妳明明看起來連十五歲都沒有好不好！

一臉震驚的鄭明在偽蘿莉鄙視的目光中石化了。

肖悅拉開椅子，坐在了顧孟榆的對面，一臉不高興道：「和服務生都可以聊那麼久，看來妳對這裡很熟了嘛。」

顧孟榆說：「還好吧。」

肖悅黑著臉道：「怪不得這麼久都沒來一味居吃了，原來天天都往這裡跑。」

顧孟榆說：「哪有天天，也就每個月兩、三次而已。」

肖悅的臉更黑了，她冷笑一聲：「能讓妳保持這個頻率，看來妳是真的很喜歡這家主廚做的菜了？」

顧孟榆微微一笑：「慕小姐的料理很獨特，我相信妳嚐了之後一定也會喜歡的。」

嘟，嘟，嘟，嘟，嗶——

不爽指數瞬間爆表！

肖悅回頭衝鄭明凶巴巴的喊道：「喂！」

鄭明上前：「呃，請問小姐您是要點餐嗎？」

「誰說要點餐了！」肖悅暴躁道，「你們什麼時候午休？」

鄭明道：「……兩點到三點。」

肖悅看了看手上的錶，「很好，那我等到那個時候。」

鄭明感到莫名其妙，「等什麼？」

肖悅指著顧孟榆道：「等著和你們那個姓慕的主廚比比看，誰的料理更能打動這個女人的心！」

顧孟榆：「……」

鄭明：「啊？」什麼情況？

顧孟榆扶額，「不用理她，大概是出門沒吃藥。」

肖悅不滿的瞪了她一眼，「孟榆！」

顧孟榆臉上沒了笑容，「我明白了，妳是來找碴的吧？」

肖悅道：「是又怎麼樣？」

「廚房裡只有慕小姐一個主廚，工作辛苦，休息時間是要拿來睡覺的，沒空陪妳鬧。」顧孟榆看著她道，「既然妳不服氣，那不如和我一起點道菜，吃完之後妳的心中自然就會有一個結論的。」

肖悅哼道：「我才不吃這家餐廳的東西！」

顧孟榆故意挑釁道：「不敢吃嗎？」

「誰不敢了！」激將法對肖悅這種暴脾氣來說格外管用，「吃就吃，把菜單給我！」
鄭明：「……」確定真的是二十五歲而不是十五歲嗎？
接過顧孟榆遞來的菜單，肖悅粗暴的翻了翻，語氣不耐道：「什麼破餐廳啊，怎麼海鮮那麼少？」
鄭明嘴角一抽，強忍住心中的不快，上前提示道：「您可以點今日特製創意菜，是蝦。」
「蝦？」肖悅臉上終於浮現出一抹笑意，「好，就這個了。」
論做蝦，那可是她一味居的看家本事！她倒要看看，這個姓慕的要怎麼在她面前班門弄斧！

鄭明憂心忡忡的拿著訂單進了廚房。
「錦歌姐……」放下訂單，他猶豫著開口：「顧小姐來了。」
慕錦歌低頭忙著做菜，只是應了聲：「哦。」
在一旁洗菜的侯彥霖道：「小明，聽你這語氣，似乎不太歡迎孟榆姐來？」
鄭明知道他和顧孟榆關係好，於是趕忙解釋道：「顧小姐幫了我們這麼大一個忙，人又好，哪裡會不歡迎。只是今天……嗯，稍微出了點狀況。」
大熊好奇的搭話：「怎麼了？顧小姐心情不好？」
「不是她心情不好……」鄭明頓了頓，「是她旁邊的人心情很不好。」
大熊問：「有朋友跟顧小姐同行？」
「與其說是同行，不如說是尾隨吧。」鄭明對侯彥霖描述起肖悅的樣子，「不知道侯少你認不認識，是一個長相很可愛、說話很粗魯的女生，看起來只有十四、五歲的樣子，但實際上年齡比我們都大。」
侯彥霖將慕錦歌需要處理的菜放好，然後趁機把手悄悄探進身旁人寬鬆的衣兜，把早上沒來得及替換

的進口糖果換進去，然後不動聲色的站回原位，漫不經心的答道：「應該是孟楡姐在美食圈內的朋友吧，我不認識。」

鄭明想了想，又道：「說起來，我好像聽見她提起過什麼一味居。」

「一味居？」大熊有些驚訝，「那不是B市有名的海鮮酒家嗎？你是本地人都不知道？」

「我對吃的這方面又不關注，而且我和我身邊的人都不常吃海鮮……」鄭明突然想起什麼似的，一副恍然的樣子，「怪不得她一拿起菜單就在找海鮮呢，原來是來砸場子的啊。」

侯彥霖笑了笑，「哇，砸場子，聽起來就很刺激。」

「真正刺激的早在你來之前就有過了，小三帶著渣男一起來鬧事什麼的，那陣仗……」鄭明嘴快，說了半句話才看到大熊的眼色，忙收住話頭，「錦歌姐，對不起……」

慕錦歌不以為意道：「沒事，你說吧。」

雖是這樣說，但鄭明卻不敢再繼續這個話題了，倒是侯彥霖一邊打蛋，一邊笑咪咪的問：「師父的前男友和我比，誰長得更帥？」

鄭明道：「……你。」

雖然他很不情願這樣回答，但事實的確如此，那個叫江軒的即便也是儀表堂堂，算是一枚帥哥不假，可惜放在侯二少面前就實在太普通黯淡了。

「師父，妳看，小明都這樣說了。」侯彥霖挑眉，「按照狗血劇本的套路，這時候妳應該找我做妳的男朋友，然後領著我在他面前走一圈，讓他發現妳竟然有了一個在外貌氣質財富才華上都碾壓得他粉身碎骨的優秀現任，頓時臉被啪啪啪的打到毀容，心如刀割……」

這時，慕錦歌用手指彈了一下菜刀，與刀面發出的清響一樣冷的是她的聲音：「閉嘴，不然我就讓你

被刀割。」

鄭明：「……」

廚房外是硝煙戰場，廚房內是案發現場。

二十五分鐘後，鄭明為顧孟榆一桌端上了今日特製的創意料理。

此時肖悅正蹺著二郎腿，背靠著椅子，手上刷著手機，而手機殼是與她形象完全不相符的金屬風。見鄭明端著托盤過來，她嘲諷道：「真慢，你們是在考驗客人的耐心嗎？」

鄭明忍住翻白眼的衝動，微笑道：「不好意思讓您久等了，請您慢用。」

菜還沒上桌的時候，肖悅先是聞到了味道，只覺得很是獨特，難以言喻，還算能夠引發她的興趣，對得起顧孟榆在專欄裡「菜有異香」的評價。

然而，當她看清盤中料理的尊容時，頓時整個人都不好了。

肖悅難以置信：「這是蝦？！」

只見盤中盛放的是一塊塊類似肉排之類的東西，呈奇怪的奶白色，表面有油煎發黃的痕跡，肉上還淋了一道道土黃色的汁液，似乎是花生醬，但仔細一看發現比花生醬要稀得多。

……總感覺有點，噁心。

鄭明負責任的介紹道：「這是本店主廚今日特製，藍紋味噌丘比蝦（注八）。」

「藍紋？」肖悅瞪大了眼睛，「難道是藍紋乳酪？」

鄭明回道：「是的，我們使用的都是法國進口的藍紋乳酪。」

肖悅震驚了。要知道，藍紋乳酪是出了名的重口味，亞洲人一般都無法接受。她在歐洲旅遊時曾嚐過

一次，當時就差點吐了，當下立即把這種乳酪拉入黑名單。結果現在……

——藍紋乳酪和味噌混在一起？！

——噢我的太陽啊，光是想想都讓人覺得可怕！

相較於肖悅的一驚一乍，顧孟榆的反應普通太多，語氣平靜道：「不愧是慕小姐，總能做出別出心裁的搭配……悅悅，不是妳點了這道菜嗎？怎麼不動筷呢？」

肖悅看了看她，又抬頭看了看鄭明，「你們是在耍我吧？」

「什麼？」

肖悅生氣道：「故意端這麼一盤亂七八糟的東西上來，想羞辱誰呢！」

「這位小姐，妳是不是有點太過分了！」鄭明忍無可忍，終於爆發了，「中午客人那麼多，廚房一直在忙，誰有空專門為妳做這麼一道菜來耍妳？廚師們都是看著訂單做菜，同一時段點今日特製的又不只有妳一個人，誰知道一道菜會端給其中的哪位顧客？我說妳未免有些自我意識過剩了吧！」

肖悅呵呵道：「厲害了，這就是你們這裡的待客之道？服務態度這麼差，你就不怕我跟你們老闆投訴你！」

鄭明道：「妳投訴啊！看是我先被開除，還是妳先被我們老闆娘拿著掃帚趕出去！」

「你……啊！」

顧孟榆趁肖悅張嘴反駁時，用筷子夾了盤中一塊淋了醬汁的肉排狀物體塞進她的嘴裡，一邊道：「妳這張嘴啊，只會得罪人！」

爭吵聲戛然而止，等肖悅反應過來的時候，自己已經閉上了嘴巴，下意識的咀嚼了起來。

「！」突然，她睜大了眼睛，漆黑的瞳仁映出室內的燈光，如同有星光在眼底閃爍。

顧孟榆看她終於慢吞吞的嚥下了嘴中的食物，笑道：「怎麼樣，是不是還不錯？」

「怎麼會這樣……」肖悅有些失神的喃喃道，「藍紋起司與味噌湯混在一起做配料，竟然不僅沒有敗口味，反而互相咬合得十分出彩，有一種……難以形容的味道。」

有點鹹，有點烈，舌尖殘留著刺激的口感，但在肉排嚼爛後，這份口感便與鮮甜滑嫩的肉排完美結合在一起，烙下深刻的美味，令人回味無窮。而這個肉排……

肖悅不由得讚嘆道：「這個作法是怎麼想到的？將蝦打成泥後，竟然是和了沙拉醬做成蝦塊，味道妙不可言！實在是讓人食指大動！」

雖然很理解這種被慕錦歌的料理刷新三觀的感受，但鄭明還是被她前後反應過大的反差嚇到了，他關心的問道：「這位小姐，您沒事吧？」

肖悅道：「我不姓『這位』，我姓『肖』。」

鄭明道：「肖小姐，您……」

肖悅逕自又夾了一塊放進嘴裡，頭都不抬道：「要搭訕等一下再來，現在是用餐時間。」

「……」正好其他桌客人結帳離開了，於是鄭明默默的過去收桌。

等到兩點結束午間營業的時候，餐廳裡只剩下坐在二號桌的顧孟榆和肖悅了。

慕錦歌從廚房走了出來，只見她摘了帽子，口罩取了半邊掛在耳朵上，一邊走、一邊喝水，身後還跟著一隻活蹦亂跳的大貓。

顧孟榆向她打招呼道：「慕小姐！」

聽到有人叫自己，慕錦歌腳步一停，看了過來，她身後跟著的扁臉貓也停下腳步並望了過來。

顧孟榆笑道：「新料理很好吃，十分有創意。」

慕錦歌嘴角稍稍往上翹了一點，淡淡道：「謝謝。」隨後，她打開裡間的門，進去換衣服了。

鄭明提著大袋的廚房垃圾出來，看到兩人還在，有些意外道：「咦，顧小姐妳們還在啊？」

顧孟榆指了指坐在自己對面的人，「悅悅說想和慕小姐見一面。」

鄭明道：「錦歌姐剛剛出來了，有看到嗎？」

「嗯，打了招呼。」顧孟榆奇怪的看了眼像是呆住似的肖悅，「悅悅？妳怎麼了？」

肖悅動了動嘴脣：「我……」

「嗯？」

「她……」

「啊？」

「妳……」

顧孟榆滿頭問號，「妳到底想說什麼？」

「妳沒告訴過我原來主廚長得這麼好看啊啊啊啊啊啊！」肖悅終於做了自進門以來最符合她形象的動作——少女似的兩手捂著臉頰，「剛剛那個微笑，那個說話的聲音，媽呀簡直太帥了！而且個子也高！做菜又好！啊啊啊啊怎麼能這麼棒！」

鄭明：「……」

慕錦歌換下工作服，抱著貓出來了，「發生了什麼事，外面怎麼這麼吵？」

肖悅站起來衝到她面前，十分激動道：「妳、妳好，我叫肖悅！妳可以叫我悅悅！」

慕錦歌感到莫名其妙，「妳好。」

燒酒歪頭，「喵？」

由於兩人的身高相差將近二十公分，所以肖悅要稍稍抬起頭看慕錦歌。只見她白淨的臉頰染上一抹紅暈，有些羞赧的笑道：「妳的藍紋味噌沙拉蝦真的很好吃，我能和妳拍張合照嗎？」

慕錦歌：「……哈？」

顧孟榆無力的扶額。她差點都忘了，先前肖悅之所以那麼黏自己，最主要的，是因為肖悅不僅是奉行顏即正義的外貌協會，還是一個高冷御姐控！

原來肖悅並不是一味居的廚師，而是一味居老闆的親妹妹。因為家裡人都慣著她，所以她的性格刁蠻又任性，只有對自己欣賞的人說話時才會稍微注意一下禮貌問題。

聽完顧孟榆的介紹後，鄭明皺著眉頭問：「那之前肖小姐說要和錦歌姐比試做菜什麼的……」

「我猜她大概是想跟慕小姐比誰的料理更黑暗吧。」顧孟榆在一邊悄悄告訴他，「悅悅雖然生在廚師世家，但完全沒有做菜的天賦，每次動起手來她哥都怕。有次不知道她熬什麼東西，把廚房都燒了，幸虧滅火及時，沒有燒及瓦斯管線，不然後果不堪設想。」

鄭明慶幸道：「還好當時沒有同意她進我們廚房。」

這邊慕錦歌雖是感到莫名其妙，但見對方是客人，也不好拒絕，於是點了點頭答應了。

肖悅明顯開心極了，這時正好見到侯彥霖和大熊收拾完廚房走了出來，於是她衝著走在前面的侯彥霖喚道：「喂，你！」

侯彥霖腳步一頓，「我？」

「對，就是你。」肖悅端出大小姐架子，頤指氣使道：「幫我拍個照。」

侯彥霖把口罩拉到下巴，倒也沒和她計較這種無禮的說話方式，而是微笑著接過手機，爽快的點頭答應道：「行啊。」

給出手機後，肖悅跑回慕錦歌身邊，頓時收起那副凶巴巴的神情，露出幾分少女似的羞澀，朝鏡頭擺出一個甜美可人的微笑；而身旁的慕錦歌沒戴口罩，臉上不見絲毫表情，只是有點不自在的偏過頭，將目光落在別處。

侯彥霖按了一下拍照鍵，滿意道：「可以了。」

肖悅走過來，「我看看。」

「喏。」侯彥霖拿著她的手機，遞到她面前。

看到螢幕上顯示的照片，肖悅起初愣了一下，接著疑惑的伸出手指在螢幕上滑動了兩下，然後抬起頭將手機螢幕轉向侯彥霖，氣衝衝道：「我讓你拍我和慕主廚的合照，誰允許你拿著我的手機自拍了？！」

而且竟然還是連拍！

侯彥霖拿過手機來看，一副恍然的樣子說道：「原來是讓我幫妳們拍合照啊……不好意思啊，我以為妳說『拍個照』是想要一張我的照片。」

肖悅怒道：「誰想要你的照片了！把手機給我，我找孟榆幫我拍。」

但侯彥霖並沒有把手機還給她，而是笑道：「換人多傷感情啊，犯了錯給一次將功補過的機會嘛。」

肖悅顧及慕錦歌在後面看著，所以沒有發作，收回手道：「好吧，那你這次給我好好拍，不許再開前置鏡頭！」

侯彥霖道：「知道了，我還不喜歡用別人的手機自拍呢。」

肖悅再次回到原位，細聲細氣的對慕錦歌道：「慕主廚，不好意思，剛才沒拍到，要再拍一次了。」

慕錦歌抱著貓，覺得好無聊。她簡潔道：「最後一次。我睏了。」

肖悅望著她淡漠的側臉，鼓起勇氣說：「那這一次……我能挽著妳的手嗎？」

「不能。」慕錦歌回答得乾脆俐落，「要抱貓。」

肖悅微笑道：「可以先把貓放下呀。」

慕錦歌有些不耐道：「不想，抱著很舒服。」

肖悅：「……」

燒酒：「喵……」**臥槽靖哥哥這個小蘿莉看著本喵大王的眼神好恐怖！**

侯彥霖十分體貼的問道：「站好了嗎？好了的話我就拍了喲。」

「等一下。」肖悅忙站得和慕錦歌更近了些，不忘叮囑道：「記得對焦。」

「知道了。師父，別害羞嘛，臉偏過來一點，正對鏡頭。」侯彥霖指揮道，「好，就這樣。三、二、一……OK了！」

拍完後，肖悅走過來，「給我看看。」

侯彥霖把手機給她看，「嗯，如果師父的表情能再開心點就好，不過我變換著角度多拍了幾張。」

這一次他的確開的是主鏡頭，也的確對好了焦，照片上的人有全身，也有半身，還有幾張是臉部特寫的。但是——

竟然沒有一張照片有她入鏡！

肖悅怒不可遏：「我呢！」

侯彥霖手指在螢幕上滑了一下，翻到一張，指了指，「這裡呀。」

那是一張打橫拍的照片，整張圖拍攝的比例十分奇怪，是從慕錦歌脖子處開始截取，天花板占了畫面的三分之二。乍一看以為照片裡只有慕錦歌一個人，仔細一看才發現原來慕錦歌身旁還露了一小半截腦袋，只有頭髮，不注意看的話很難發現，還隱約能看到淺色的髮旋。

侯彥霖用著飽含情感的語氣，如朗讀課文般道：「剛剛正好天公作美，一陣微風徐徐吹來，撩起了一縷妳的秀髮……哈哈哈妳看妳這呆毛多有存在感！」

肖悅咬牙切齒，「你故意要我是不是！？」

侯彥霖一臉無辜，「哪有？」

「你還不承認！我讓你幫我們拍合照，但你沒有一張拍到我的正臉！」

「我也不想這樣的。」侯彥霖露出一副遺憾的表情，「可誰讓我一眼看過去，就只能看到我師父。」

肖悅以為他是在羞辱自己矮，「有幾張直的連貓都照到了，怎麼可能拍不到我！你把手機還給我！」

然而侯彥霖充分利用自己的身高優勢，把手機高高舉起，任肖悅跳起來都搆不著。他用另一隻手從褲袋掏出自己的手機，不緊不慢道：「不急，我開個雲端上傳，把照片傳到我這裡來。」

燒酒：「喵。」**唉我終於也能成為一隻旁觀大魔頭欺負別人的貓了**。

慕錦歌打個呵欠，明顯對這場注定結局的爭奪不感興趣，乾脆趁這個時候抱著燒酒進裡間休息去了。

幾張照片的傳輸，一眨眼就完成了。等肖悅終於把手機搶到手的時候，點開相簿一看，發現無論是侯彥霖的自拍還是剛才那些只照到慕錦歌的照片，都已經被刪除了，而且在「最近刪除」裡也找不到恢復。

肖悅質問道：「誰允許你刪我的照片了？！」

侯彥霖聳了聳肩，「妳不是不喜歡我拍的照片嗎？所以我就幫妳徹底刪除囉。」

肖悅沒想到世間竟有如此氣死人不償命之人，「你你你你你！」

「不用這麼感激我。」侯彥霖做了個噤聲的手勢，笑容裡卻沒有一點溫度，「不過妳最好小聲點，要是吵到師父休息的話，她可是會有起床氣的。」說著，他不再理會氣得跳腳的肖悅，逕自拿著手機找個角落坐下休息了。

過了一會兒，送走了肖悅和顧孟榆，鄭明和大熊也坐了過來。

鄭明拍了拍侯彥霖的肩膀，佩服道：「侯少，真有你的，也幫我出了一口氣！那位肖小姐性格實在太糟糕了，點菜的時候我就想回她幾句了，但看在顧小姐的面子上，都沒好出口。就她那德行還想來和錦歌姐套交情呢，我看連貓都懶得理她……誒，你在忙啥呢？」

侯彥霖沒有抬頭就回道：「修圖。」

鄭明好奇的湊過去看了眼，看到對方選取的是一張自拍照，於是笑道：「侯少，你可真自戀！」

侯彥霖嘆道：「沒辦法，長得太好，人見人愛，我自己也是人。」

鄭明和大熊都無語的看著他，心想世上怎會有如此厚顏無恥之徒。

然而鄭明不知道的是，侯彥霖用的其實是拼圖功能，剛剛那張自拍照是選取的第一張圖片，而第二張圖片則是用肖悅手機傳過來的一張慕錦歌的照片，調了亮度和對比度後畫質好了不少。照片上的慕錦歌雖是素面朝天，但也十分漂亮，她薄唇緊閉，神色淡漠，一雙黑眸明澈清冽，就像是一場寂涼的秋夜。

——嘖嘖，這樣拼起圖來看，自己和那個人還真是俊男美女配一臉呢。

侯彥霖很是不要臉的如是想著，然後把這張拼圖設成了主視窗背景。

——有點小開心。

◎◆※◆※◆◎

肖悅後來又來過幾次，只要看她進來了，鄭明就進廚房換侯彥霖，讓侯家二少出去應付那位大小姐。

然後肖大小姐每次都是氣急敗壞走出餐廳門的。

這天鄭明甚至開玩笑道：「侯少，你說肖小姐會不會被你虐習慣了，然後移情別戀到你身上了？」

侯彥霖漫不經心道：「那你可以問一下燒酒，牠有沒有愛上我。」

鄭明道：「人怎麼能和貓一樣，況且現在那貓不也就只親近你和錦歌姐嗎？」

侯彥霖眨眼道：「那是因為我們有共同的秘密。」

「秘密？什麼秘密？」

「你猜。」侯彥霖笑了笑，然後拋下鄭明，跑到剛從裡間換好便服出來的慕錦歌面前，「師父，妳今晚是要回家住嗎？」

慕錦歌只是應道：「嗯。」

侯彥霖道：「那麼晚了，妳一個人回去不安全，我送妳回去吧。」

慕錦歌走出店門，「不需要。」

侯彥霖跟了上去，「那我送妳到車站吧。」

「不用。」

——哦豁，日常請求護送師父失敗。

然而侯二少並不會輕易放棄，透過這段時間的相處，他知道慕錦歌雖然是一個很難接近的人，但還是比較樂於助人的。於是他一本正經道：「靖哥哥，其實我夜盲，需要有個人和我一起走。」

慕錦歌面無表情道：「你明明是流氓。」

侯彥霖噎了一下。

「怕黑就直說。」慕錦歌停下了腳步，「去取車吧，霖妹妹。」

侯彥霖：「……」

燒酒忍不住偷笑。

雖然過程不盡如意，不過最後侯二少還是得以推著他的「汗血寶馬」，將慕錦歌和燒酒一路送到了公車站。此時公車站沒有其他人，看板的燈光與橘色的路燈交融在一起，耳邊只有車輛飛馳而過的聲音。

慕錦歌突然道：「已經超過一個月了吧。」

侯彥霖很快反應了過來，「是啊，現在已經八月了。」

慕錦歌問：「為什麼不走？」

侯彥霖笑了笑，「說不定很快了，我明天要回華盛開個會。」

慕錦歌點了點頭，「宋姨他們都挺喜歡你的，離開後多和他們保持聯繫。」

侯彥霖問：「那妳呢？」

慕錦歌淡淡道：「你如果想燒酒了，也可以來看牠。」

「師父，我是在問妳。」侯彥霖看著她，嘴角依然勾著笑，「妳會捨不得我嗎？」

慕錦歌也看向他，一時兩人四目交會。

「怦——怦——」

注視著那雙清冷的眼眸，侯彥霖可以聽見自己加速的心跳聲——掩藏在懶散笑容下的，是不自覺緊張起來的內心。

慕錦歌想了想，回了他八個字：「舊的不去，新的不來。」

侯彥霖：「……」

嘩啦，霖妹妹的玻璃心碎了一地。

燒酒在地上都快要笑瘋了。

天道好輪迴，蒼天饒過誰！

休假結束的隔天，週四早上慕錦歌帶著燒酒來Capriccio開門。

當她看到門前空蕩蕩的臺階時，有些意外。

按往常來說，這個時間侯彥霖應該已經到了，然後悠閒的坐在石階上，耳朵上戴著耳機，時不時還低聲哼哼幾句，看到她之後立刻取下耳機，陽光燦爛的跟她說聲嗨。

但是今天卻沒有。

慕錦歌腳步一頓，不由得感到有些奇怪。

燒酒繞過她的腳邊，輕輕跳上臺階，回頭問道：「靖哥哥，妳怎麼了，發什麼呆呢？」

慕錦歌道：「侯彥霖沒有來。」

「咦，真的誒。」燒酒晃了晃尾巴，「不過大魔頭不是說他昨天要去公司開會嗎?可能忙累了，就睡過頭了。」

「嗯，可能吧。」慕錦歌踏上臺階，從背包裡掏出鑰匙，把大門打開。

然而直到早飯做好，鄭明和大熊都過來的時候，侯彥霖還是沒有到。

宋瑛擔心道：「你們說小侯會不會出什麼事了呀?剛剛我打電話給他都打不通。」

鄭明摸了摸下巴，「應該不會吧，侯少能出什麼事啊，他一般都是惹事。」

大熊皺眉道：「可是不都說豪門恩怨多嗎?你看侯少現在每天就騎一小破自行車來上班，路上萬一殺

出幾輛黑頭車出來把他攔下了怎麼辦？」

鄭明：「真攔了也沒辦法，我們這幾個小老百姓能做啥呢？吃飯吃飯，侯少一定只是睡過頭而已。」

話是這麼說，但三個人明顯都陷入了焦慮之中。

這時，慕錦歌的手機響了，她站了起來，「我出去接個電話。」

她走出餐廳門，才按下接聽鍵：「喂？」

電話那頭是高揚字正腔圓的聲音：「慕小姐，我是侯少爺的助理高揚。」

慕錦歌道：「我知道。」

高揚對她的態度又回到最開始的客氣有禮：「這次打電話打擾您，是想告訴您一聲，少爺他這段時間可能都不能去餐廳上班了。」

慕錦歌問：「侯彥霖出什麼事了嗎？為什麼他不自己來說？」

「沒有，少爺一切都好，只是……」高揚頓了頓，很明顯不太方便透露具體細節，只是大略道：「因為這裡臨時出了點狀況，少爺一晚上都沒闔眼，東跑西走的，讓我先打個電話幫他請假，告訴你們不用擔心他，等他忙完了會親自打電話過去。」

——人沒事就好。

於是她淡淡應了一聲，便結束了這次通話，準備回去原話轉告，讓宋瑛他們安下心來。

◎◆※◆※◆◎

慕錦歌再見到侯彥霖，是第二天早上的事情了。

那時天濛濛亮，她起得比往常早一些，穿戴漱洗完畢後從裡間出來，隱隱約約望見玻璃門外蜷著一團黑影。

慕錦歌：「……」

她打開餐廳大門，就看見侯彥霖不顧形象的倒在石階上，竟然側著身睡著了。亂糟糟的碎髮遮不住他眼下明顯的黑眼圈，不知道是不是因為光線的關係，他的臉色看起來也不大好，嘴脣乾得有點起皮，平常光滑的下巴也冒出了淺淺的青色鬍渣。

這是慕錦歌第一次看他穿得這麼正經，但一身的西裝已經被他弄得皺皺巴巴，袖子和褲腿上還沾了石階的塵土。

——這是唱的哪一齣流浪記？

慕錦歌蹲下來推了推他，一邊喚道：「侯彥霖，醒醒。」

侯彥霖睜開眼，看到她的那一瞬間便自然的笑了起來，但笑容中仍帶著幾分疲倦，「早安，師父。」

慕錦歌問他：「你什麼時候睡在這裡的？」

侯彥霖撐著坐起來，伸了個懶腰，然後抬手看錶，「沒來多久，實在睏得不行，就睡了一會兒。」

慕錦歌皺眉道：「以後到了直接打電話給我，我手機晚上不關機。」

「師父……」侯彥霖看向她，笑咪咪的問：「妳這是在心疼我嗎？」

慕錦歌嚴肅道：「沒有跟你開玩笑，雖然你是男人，但一個人睡在外面還是很危險的。」

「危險？」侯彥霖低笑一聲，陰影覆住了他眼底複雜的情緒，他輕聲道：「師父，妳大概想像不到，剛剛我在這石階上睡的這麼一會兒，是我這兩天來最安心的時候了。」

慕錦歌站了起來，「進店裡說吧，我給你做點吃的。」

侯彥霖坐在臺階上仰著頭看她，雖然模樣狼狽，但那張笑臉仍在晨曦的勾勒下顯得俊美迷人。他挑眉問：「只為我一個人做的早餐嗎？」

慕錦歌道：「看你這樣子，好像撐不到一起吃早飯的時間了，就先做給你。」

「啊！心好痛，幸福來得太突然，但我卻不能接受它。」侯彥霖捂住心口，「師父，這頓留到下一次吧，高揚他們還在巷口等我，我一會兒就要回去工作了。」

慕錦歌瞥了他一眼，「既然工作這麼忙，那你與其跑這一趟，還不如找張床好好睡一覺。」

侯彥霖笑道：「因為想見妳嘛。」

慕錦歌盯了他一會兒，問道：「到底出什麼事了？」

侯彥霖還是笑道：「什麼事都沒有。」

「喵？」

聽到了外面的動靜，睡在櫃檯後的燒酒睡眼朦朧的走了出來。

「好，充電完畢，是時候回去善後了。」侯彥霖拍了拍褲子，站了起來，「幫我跟宋姨他們說一聲，以後我都不來工作了，但忙完之後一定會經常來光顧的。」

慕錦歌點頭道：「好。」

燒酒：「喵？」**總感覺今天的大魔頭有點不一樣？**

侯彥霖也朝牠揮了揮手，「乖，好好聽你靖哥哥的話。」

此後一個月，侯彥霖都沒有再來過Capriccio。明明只是來廚房打了一個多月的下手，但他一走，大家一時竟都有些不習慣起來。

早上開門再也看不到那個坐在臺階上戴著耳機的背影，吃飯時也不會再有人陰險的下套誆鄭明，工作

時廚房終於恢復了清靜，只有鄭明和宋瑛進來送單時才會時不時說起幾句……

但有一件事，慕錦歌無論如何都無法理解——

為什麼那個傢伙一走，連口袋裡的糖都變得不好吃了？

◎◆※◆※◆◎

侯彥霖一走，肖悅如同少了天敵，終於可以順利的跟慕錦歌搭上話了。

這天她趁慕錦歌還沒進裡間午休，搭話道：「慕主廚，妳收徒嗎？」

慕錦歌語氣冷淡：「不收。」

「可是我明明聽到那個討厭鬼叫妳師父。」肖悅有些不服氣，「難道慕主廚的廚藝傳男不傳女嗎？」

「……妳想多了。」

肖悅問：「那為什麼慕主廚收了那個討厭鬼做學徒，卻不能收我？」

慕錦歌道：「他不是學徒，只是來打下手的，稱呼也是他亂喊的。」

肖悅積極道：「那我也可以來廚房當妳的幫手！」

鄭明一聽，趕緊跳了出來急道：「咳，肖小姐，我可是聽說妳有火燒廚房的光榮歷史……」

肖悅瞪了他一眼，「你懂什麼，沒有失敗，怎麼會有成功？」

鄭明：「……那妳成功了嗎？」

肖悅沒理會他，繼續對慕錦歌毛遂自薦道：「慕主廚，其實我在黑暗料理上很有經驗的，我會板藍根泡麵、辣條炒飯，還有咖哩冰淇淋……」

聽她說出這幾道菜名，鄭明才驚覺原來黑暗料理也有高低之分——有些黑暗料理雖然獵奇，但還是上得了檯面，而有的黑暗料理一聽就只能是自己胡搞瞎搞的程度。

很明顯，肖悅是屬於後者。

慕錦歌道：「有經驗是好事，但我還是不需要。」

肖悅仍是不死心：「為什麼！」

「不缺人手。」

「不缺人手？」肖悅笑道：「慕主廚，我都調查清楚了，現在這餐廳裡除了妳和老闆娘，就只有兩個兼職的，都是在校大學生，這馬上八月底就要開學返校了。」

慕錦歌道：「他們走之前，老闆娘會提前招人接他們的班。」

肖悅道：「與其招那些來路不明的人，還不如招我呢。」

慕錦歌被她煩得不行，索性扔出殺手鐧道：「像妳這麼可愛的人，只需要乖乖坐下來吃就行了。」

肖悅：「！！！」

——慕錦歌撩我了？

——慕錦歌竟然撩我了！

——啊啊啊啊啊啊啊啊啊啊啊啊我的太陽啊！

慕錦歌：「……」

雖然她很不想承認，但不得不說侯彥霖教的這一招出奇的管用。

那天侯彥霖走了之後沒十分鐘，就發了一條長長的訊息過來，訊息內容一言以蔽之就是「如何圓滑拒

絕主動示好的男男女女（慕錦歌適用版）」。

然後訊息的最後，侯彥霖非常不要臉的寫道：「當然，以上所有應對方法對英俊瀟灑帥氣逼人陽光迷人的侯彥霖無效。」

慕錦歌：此人多半有病。

之後他時不時會發幾條訊息給她，沒什麼營養，她要麼不回，要麼回得很冷淡。然而，不管是再冷淡的應答，侯彥霖都會再回覆過來。

其中有好幾次，慕錦歌是白天回給他的，而他再回過來的時候已經是深夜了。

——看來工作的確很忙。

於是有次慕錦歌躺在床上回他一句：「既然忙，就不要玩手機了。」

應該是結束工作了，侯彥霖回得相當快：「這麼晚了還不睡，難道師父在想我（羞澀）？」

「……」隔著螢幕她都能想像到對方那張有些得意的笑臉，十分欠揍。

關手機，睡覺！

肖悅從陶醉中漸漸清醒過來，突然道：「對了，你們知道十月份我們市裡有一場新人廚藝大賽嗎？B市烹飪協會主辦的。」

大熊道：「昨天好像在網路上看到了。」

「規模挺大的，請了不少大牌評論家做評審。」肖悅從手提包裡拿出宣傳單，「他們邀請了我哥做嘉賓，我從我哥那裡拿張傳單過來。」

鄭明拿起來看了看，「哇，一等獎竟然是天川街的一家店面？還半年免租？」

要知道天川街可是相當繁華的地方，寸土寸金！

肖悅看向慕錦歌，「慕主廚，我覺得妳可以參加。」

鄭明和大熊皆附和道：「我也覺得。」

慕錦歌摸了摸燒酒的毛，不以為意道：「不感興趣。」

這時宋瑛出來了，「你們在說什麼呢？」

「宋姨，妳看。」鄭明把傳單給她，「我覺得錦歌姐應該去。」

宋瑛接過宣傳單，認真的看了一遍上面的內容，抬頭道：「錦歌，去呀，這是多好的一個機會啊！」

慕錦歌道：「我去了，店裡怎麼辦？」

「妳不用考慮餐廳。」

宋瑛嘆了一口氣，解釋道：「其實昨天我接到了通知，說我們這邊可能要進行都更拆遷，最快明年年初就開工，我原本還不知道該怎麼跟妳說……妳去參加這個比賽吧，贏了的話當然好，妳就能有自己的店了；輸了的話也沒關係，拆遷後我會得到一筆補償，到時候再找個新門面重開 Capriccio 也可以。」

鄭明驚道：「這裡竟然要都更？」

宋瑛點頭：「是啊，附近的住戶好像都很贊同。」

「怎麼這樣……」

宋瑛把宣傳單遞到慕錦歌面前，語重心長道：「錦歌，連妳那個師兄都獨立開餐廳了，我覺得以妳的能力，也應該有一間自己的店，宋姨支持妳。」

慕錦歌低頭看了眼那單子，剛想說些什麼，目光卻在掃到評審名單裡的一個名字時愣住了。

燒酒仰頭看她，「喵？」**靖哥哥妳怎麼了？**

半晌，慕錦歌沉聲道：「好，我報名。」

注八：藍紋味噌丘比蝦，藍紋味噌是在知乎網站上看過有人提到的搭配，丘比蝦改自香煎丘比蝦，引用BobTmg。（http://www.xiachufang.com/recipe/100358747/）

8. 鐵板柑橘

華盛娛樂，整棟大樓應該找不到比這間房更加具有個人色彩的辦公室了——牆上貼著各路明星和電視劇的海報，上好的紅木長桌上擺著兩個鋼彈模型，桌上型電腦後方貼著設計感極強且顏色鮮豔的貼紙，甚至天花板都不被放過，打上了幾處長釘，上面掛著幾架模型戰機。

這間辦公室的空間格外的大，像是把三間普通辦公室的牆打通，裡頭各種娛樂設備齊全：高爾夫球、撞球、電視、體感遊戲……華盛上上下下，只有侯二少的辦公室才敢如此張揚放肆。

此時正值中午，華盛的內部食堂人滿為患，又通宵工作的侯二少悠閒的躺在自己辦公室的長沙發上打瞌睡，臉上扣著一本看到一半的企劃書。

「咚，咚，咚。」

禮貌性的敲了三次門後，高揚推門而入，手上提著外賣一類的東西。他走到沙發前，喊了一句：「少爺，吃飯了。」

侯彥霖一動不動，只有胸膛因為呼吸而上下起伏。

高揚猶豫了一下，還是決定拿下他臉上蓋著的那本東西，「少爺，吃……」

沒想到就在他拿走那本企劃書的一瞬，侯彥霖突然伸手抓住他的手腕，一個借力從沙發上坐了起來，整個人猛然湊近他「哇」了一聲。

「啊啊啊啊啊！」

當然，高揚並不是被他這麼霸道總裁的舉動所嚇到，他之所以會嚇出了聲，是因為對方的臉——只見侯彥霖竟然戴著張慘白的面具，兩頰凹陷，雙目幽黑，兩行血淚驚悚的滑過面龐。

——臥槽，人嚇人，嚇死人啊！

高揚被嚇得一屁股跌坐在地上，等反應過來第一時間便抬起自己的手，看飯菜有沒有散出來，然後才發現不知何時飯盒已經不在自己手上提著了。抬起頭，他看到侯彥霖兩腿盤坐在沙發上，方才那恐怖的面具被轉到了頭側，露出那張熟悉得不能再熟悉的笑臉。

侯彥霖手上拎著幾秒鐘前還在高揚手中的飯盒，止不住的嘆氣：「高揚，不是我說你，怎麼做事總是一驚一乍、毛毛躁躁的？這樣不好，不好。」

高揚憋著喉間一口老血，「大白天的您為什麼要戴面具？」

「這個啊？」侯彥霖摘下面具，笑道：「我這不是看你跟著我加班那麼多天太勞累了，想給你點刺激調劑一下生活嘛。」

高揚：「……」日常想揍老闆。

侯彥霖下了沙發，提著飯盒放到了電腦桌上。飯和菜是分開用兩個飯盒裝著的，他揭開兩個飯盒的蓋子，滿意的吹了個口哨，然後坐下來撕開免洗筷就開吃。

高揚站在後面看了一眼，很不明白為什麼他們這位從小吃慣山珍海味的二少爺竟然吃這種顏值下線的料理能吃得那麼開心。明明昨天他和侯總去某知名大酒店應酬時還對菜品各種挑剔，一如既往的難伺候！

正當他在心底默默吐槽時，侯彥霖似是有所感知一般，回頭看了他一眼，「怎麼，你也想吃嗎？」

高揚忙道：「不不不，您吃，您吃。」

侯彥霖道：「獨樂樂不如眾樂樂，作為一個善待下屬的 BOSS，我決定與你共同分享。」

高揚：「……」

於是他不得不去拿了自己的筷子，硬著頭皮在那一盒紅的黃的白的裡面夾了個白的，放進嘴中——竟然是荔枝！

白白的荔枝肉內塞著混了胡蘿蔔絲的豬肉餡，一口咬下，荔枝的甜汁與鮮美的肉汁完美融合在一起，其中還夾雜著縷縷似有若無的檸檬的清香，匯成一股涓涓細流，在脣舌間潺潺流淌，直注入人的心田，沖去多日勞累的疲憊，使人感到神清氣爽！（注九）

即使已經吞嚥下肚，脣齒間依然縈繞瀰漫著那股清新的味道，就像是盛夏夢境的餘溫。

實在是太好吃了！他只恨自己剛才吃得太快，沒有更加仔細的體會！高揚終於明白為什麼他家少爺會如此熱衷於這些黑暗料理了。他毫不吝嗇的讚美道：「慕小姐簡直是有神來之手啊！」

侯彥霖道：「那當然，畢竟是我師父。」

高揚盯著飯盒裡的檸汁荔枝肉，嚥了下口水，「少爺，那……」

侯彥霖將飯盒移到自己另一隻手旁邊，離高揚遠了點，他微笑道：「好了，我已經與你分享完了。」

「……」您這不叫分享，叫打賞。

高揚暗暗握拳，決定以後幫侯彥霖去 Capriccio 打包時也幫自己多買一份！

吃了一會兒，侯彥霖道：「咦，這一份菜的胡蘿蔔怎麼比平時多那麼多？」

高揚回答道：「慕小姐說，多吃胡蘿蔔對夜盲好。」

「噗。」侯彥霖笑了，看得出心情大好，「然後呢？她還說了什麼？有沒有說一日不見如隔三秋，想我想得不得了？」

高揚無語的看了自家老闆一眼，「慕小姐說，讓您去醫院檢查眼睛時順便看看自戀有沒有得治。」

侯彥霖幽幽道：「可是如果不自戀，我就忍不住相思。」

高揚：「……」

「哎，我怎麼這麼有才華，隨口出來就是句名臺詞。」侯彥霖認真的提議道：「高揚，我真的覺得你可以準備一本小本子記我的語錄，然後送到編劇部或廣告部，造福人民。」

高揚：「……」慕小姐說得對，自戀是病，得治。

突然想起來還有一件事情，他開口道：「對了，少爺，慕小姐報名了一個廚藝比賽，已經獲得預選資格了，正賽在十月初舉行。」

「十月啊……」侯彥霖想了想，「看來要加快工作進度了。梁熙那邊繼續盯著，可以放任她鬥方敘，可是一旦有什麼過激的行為要立即阻止。」

高揚這段時間都跟在他身邊處理相關善後工作，對情形還是很瞭解的，他不解道：「方敘對巢先生做出這事，梁小姐必恨之入骨，整垮方敘對娛派也是重大打擊，可少爺為什麼總是擔心梁小姐報復方敘？」

侯彥霖放下筷子，長長的嘆了一口氣，「我擔心的，是她將來會後悔。」

不出意外，慕錦歌順利的通過了預選賽。為了慶祝，再加上鄭明和大熊快開學得離職了，所以宋瑛在

週三這天請大家去熟人開的火鍋店裡吃火鍋。來的人除了Capriccio固定搭配四人一貓外，還有同樣快要返校離開的蔣藝紅，以及兩位新招的全職員工小賈和小丙。

桌上氣氛正好，每個人都喝了點酒，蔣藝紅好奇的問慕錦歌：「錦歌姐，像妳長得這麼漂亮，氣質又好，肯定有不少男生追吧？」

此話一出，數道八卦的目光都集中到慕錦歌的身上。

慕錦歌如實道：「只有一個。」

鄭明問：「上次來找碴的那個江軒？」

「嗯。」

蔣藝紅對此事有所耳聞：「他是怎麼追妳的啊？」

慕錦歌想了想，道：「那時候我母親病逝，我很難過，他每天都會講一個笑話給我聽。」

「然後呢？」

「沒了。」

「？？？」蔣藝紅一臉難以置信，「錦歌姐，妳未免也太好追了吧！」

慕錦歌淡定道：「我也覺得，他笑話還沒我講的好。」

眾人：「……」

新員工小賈主動做起了話題轉移者，問道：「我聽說小明和小紅是青梅竹馬，那你們是怎麼意識到喜歡彼此的啊？」

鄭明臉一紅，有些結巴：「這、這麼遙遠的事情，我哪記得啊！」

蔣藝紅倒是落落大方，笑道：「他不記得，我記得。當時要趣味運動會了，他參加了兩人三腳項目，

放學後因為要練習，所以不能和我一起回家。因為這件事，本來我就有些惆悵了，沒想到有一次去看他練習，發現綁在他身旁的是一個長得很好看的女生，他還一直在那裡跟人家說說笑笑。」

鄭明尷尬道：「妳太厲害了吧，我都記不得那時站在我旁邊的是誰了。」

「有些事情男生不會在意，但女生會記得很清楚。」蔣藝紅回憶道，「因為我喜歡吃甜食，所以每天放學都會去學校外面的蛋糕店買一份小布丁吃。自他去練習之後，我那段時間每天都是一個人回家，還是習慣性的去買甜品，但就是覺得連平時喜歡的小布丁都突然變得不好吃了，那時候我才意識到，自己大概是喜歡他的。」

眾人一陣起鬨。

但慕錦歌聽到這話，夾菜的手一頓。

宋瑛聞言，也回想起自己的戀愛往事，贊同道：「說起來，我也有過類似的體驗，那時我和我老公還沒結婚，我和好友出門旅遊，雖然玩得還算開心，但總覺得提不上精神，吃東西也不是很有胃口，連家裡人給我帶的一些自製的果乾都吃不出什麼味道。」

蔣藝紅道：「果然，只有宋姨懂我，我跟小明提起這件事的時候，他竟然說可能是那家蛋糕店換了糕點師的關係。」

「嗯，女人的感情會更細膩一點吧，我以前就老嫌我老公不懂浪漫。」

「唉，宋姨，許叔已經很好，還會時不時做點好吃的給妳來點驚喜，我旁邊這位才是不懂浪漫，生日竟然給我網購了一箱蝦味條和巧克力醬餅乾……」

兩人越談越遠，而慕錦歌的思緒卻久久的停在了這幾句話上。

她想起了自己買的那袋糖。那個人來之前，她覺得那袋糖味道平平，算不上好吃，只是因為身體需要

糖分，所以既然買都買了一大袋，便索性將就每天在廚師服的口袋裡放幾顆。

那個人來之後沒幾天，口袋裡的糖就好像變得美味起來，只是一開始她以為是自己適應了這個口感，所以不是很在意。然而那個人走之後，那些糖又恢復回從前黏黏膩膩的口感，甚至感覺比原來更難吃了，逼得她丟掉了剩下的水果糖，重新買了一袋薄荷糖。

按照蔣藝紅和宋瑛總結出來的規律——她，難道喜歡上了那個二傻子？！

慕錦歌手一抖，差點把筷子掉到桌上。

「喵？」燒酒驚訝的看了她一眼，第一次發現慕錦歌臉上淡然的神色出現了幾絲裂痕。

◎◆※◆※◆◎

夜深了。十月的B市順應季節更替進入秋天，天氣逐漸轉涼，雖然月初幾天白天的氣溫還是會不認輸般的飆至二十七、八度，但是晝夜溫差大，到了夜裡盛夏的蟬鳴便都化作吹黃梧桐的秋風，吹過這個城市的大街小巷，覆蓋了喧囂，留下滿城的涼意與靜謐。

此時已是凌晨，天空漆黑一片，因為空氣品質不好，所以也看不到星星。

Capriccio打烊已經過了三個小時，但廚房的燈卻依然亮著。

「哆哆哆哆——」

聽到從廚房傳來的細微緊密的切菜聲，燒酒睜開了眼，打了個呵欠，從櫃檯後的小窩裡跳了下來。

牠走到廚房門口，望向慕錦歌，睏兮兮的開口：「靖哥哥，妳怎麼又這麼晚還不睡？」

只見慕錦歌站在廚檯前，睡衣外面只加了件方格襯衫當作外套，直順的長髮綁成一束搭在背上。她低

著頭，濃密的睫羽在眼下投下一片淡影，嘴唇緊抿，精緻秀麗的側臉看不出絲毫表情，無波無瀾。但她握著刀的手卻動作極快，一眨眼就將胡蘿蔔切成了細絲，刀法精湛嫻熟，切出的每一條胡蘿蔔絲都是相同的厚度，同一條胡蘿蔔絲也是厚度均勻。

她將切好的胡蘿蔔絲放入盤中，一邊低聲道：「吵到了你的話，就進裡間睡吧。」

燒酒舔了舔毛讓自己清醒點，說道：「沒事，其實作為一個系統，我本來是不用睡覺的，都怪這副貓的身體，把我慣懶了。」

慕錦歌淡淡道：「自己懶，不要怪身體。」

燒酒不服氣道：「我才不懶！我是世界上最勤快的系統！不信妳……啊哈……咳，哼我剛剛才沒有打哈欠呢！」

慕錦歌終於側頭瞥了牠一眼，「快去睡覺，不然會變得更蠢的。」

燒酒：「……」**妳那嫌棄的目光是怎麼回事！**

牠在廚房門口蹲坐了一會兒，見慕錦歌好像還沒睡覺的打算，於是又開口道：「靖哥哥，明天妳不是要去大賽現場確認場地嗎？」

慕錦歌應道：「嗯。」

燒酒道：「那個地方離這邊挺遠的，妳這麼晚睡，早上能起來嗎？」

慕錦歌道：「我又不是你。」

「……」燒酒炸毛道：「我才沒有每天睡懶覺呢！只是為了裝貓裝得更像一點，所以才表現出一副懶洋洋睡不醒的樣子而已！要是妳真這麼想，妳可就被本喵大王高超的演技騙了！」

「哦。」

燒酒站了起來，「哼，不管妳了，我進裡間去了。」

門口的扁臉貓走了後，慕錦歌仍在廚房裡反覆練習基本功。

說實話，新手大賽什麼的對她來說毫無意義，她對那間位於繁華街區的店面也沒有興趣，之所以會報名、會每晚努力的練習刀工，只是因為一個人——

她要讓那個人，親口承認她的料理。

翌日，Capriccio照常營業，只不過特製菜單上的部分菜品暫時停止供應。原因很簡單，因為這家餐廳的主廚即將參加一場廚藝大賽。

雖然睡得晚，但慕錦歌依舊起得早，出門的時候燒酒還側躺在地上呼呼大睡。

比賽場地的確離Capriccio很遠，坐地鐵的話要轉三條線，一趟下來差不多要一個多小時，等她到了的時候已經將近十點了。

大賽在一家豪華餐廳裡舉行，初賽是小組賽，場地分布在餐廳一樓的六間大廳裡，每一間大廳都劃分成十個區域並且編上了號碼，每一塊區域都安放了灶檯、洗菜池、處理檯和消毒櫃等，每一張廚檯上都分配了一模一樣的全新廚具。

在預選後，所有獲得初賽資格的選手都會抽得一個號碼，其號碼便對應著比賽場地。

因為場地確認僅限於今天早上九點至下午五點，所以慕錦歌到的時候，一樓已經來了很多同行，大家先在門口的公告欄查看自己號碼對應的房間和區域編號，然後再去找到地方並且檢查設備和器材是否有缺漏損壞。

慕錦歌很快就找到了自己的位置，她是第二組的五號。到處檢查了一下都沒有問題，簽完字後她便打

算離開了。

然而她剛走出餐廳，身後突然有人急切的叫了她一聲：「錦歌！」

她回過頭，只見江軒一身西裝革履的從旋轉門出來，小跑到她面前，「錦歌，沒想到真的是妳，妳也報名了這個比賽？」

慕錦歌面無表情道：「關你什麼事。」

江軒愣了一下，苦笑一聲：「錦歌，妳我好歹師兄妹一場，犯得著這麼針鋒相對嗎？」

慕錦歌道：「說得好像之前你對我有多客氣似的。」

江軒解釋道：「錦歌，妳聽我說，其實……」

「好了，一分鐘了。」慕錦歌看了看手機，「好歹師兄妹一場，我勉為其難看你一分鐘，現在時間到了，再見。」說著，她毫不猶豫的轉過身去，逕自往地鐵入口的方向走去。

不過江軒並沒有放棄，他追了上來，一邊走、一邊說道：「錦歌，我知道妳在生我的氣。」

慕錦歌沒有停下腳步，也沒有看他，「你想多了，我沒有生氣。」

江軒道：「妳要是沒有生氣，為什麼不願意理我？」

慕錦歌語氣平靜：「狗可以不理包子，人難道不可以不理狗嗎？」

江軒噎了一下，「……」他好像被罵了。

「錦歌，之前是我錯了。」江軒頓了頓，深深的看了身旁人一眼，「當初事情的真相我都知道了，原來是蘇媛媛捏造了假病歷故意陷害妳……」

早在兩個月前，鶴熙食園的所有員工都收到了一封來歷不明的郵件，裡面附了一段音訊和一段影片。最開始江軒以為是攜帶病毒的垃圾郵件，就沒有去管它，但食園裡終究有那麼幾個不怎麼注重防護安全的

人，把附件都下載下來了，結果打開後大為震驚，便四處傳播。

漸漸流言四起，他聽說後也半信半疑的下載了那段影片和音訊，沒想到竟然是蘇媛媛和她堂哥在甜品店裡談話的錄影和錄音。

他是見過蘇博文的，知道他是拉基醫院的內科醫生，當時蘇媛媛吃了慕錦歌的濃湯倒下後，他本想直接叫救護車的，但是蘇媛媛在他懷裡徹底暈過去前拉住了他，讓他把她送到附近的拉基醫院，找她堂哥就行了。當時他以為是蘇媛媛更放心親戚為她診治，便不疑有他，沒想到這從頭到尾竟然是一場騙局！

什麼單純善良不做作，都是假象！

因為這件事，他和蘇媛媛大吵了一架，雖然不久後就和好了，但從此蘇媛媛說的任何善解人意、天真爛漫的話語，在他聽來都是別有心機，他對她永遠保持懷疑態度，無法再像之前那樣真正的信任她了。

人與人之間稍有隔閡，之後便會矛盾不斷。

蘇媛媛的笨手笨腳再也不可愛，她的撒嬌任性只會讓他覺得心煩氣躁。

他開始後悔，時不時就會懷念起慕錦歌在身邊的日子，那時他做什麼都很順利，做什麼都不會被問東問西，那個人沉穩又獨立，話少但從不說假話，安靜的陪伴其實處處透著溫柔……

他想過在得知真相後馬上來找慕錦歌，但他不知道慕錦歌的新號碼，也不好意思主動出現在那間見證他輸過一局的餐廳裡找她。本想在自己的餐廳開業後以此作為藉口，向慕錦歌發出新店品嘗邀請，與她見上一面的，沒想到命運冥冥之中自有安排，竟然提前讓他們在這個比賽相遇！

這，難道就是傳說中的天意？

慕錦歌不知道他是怎麼得知那件事的真相，但也對此不感興趣。她道：「知道錯了就好，這次看在師兄妹一場的分上，就不追究名譽損失費了。」

江軒道：「錦歌，是我對不起妳，妳可以不追究，但就讓我請妳吃頓午飯吧？妳看，這個時間也快到午餐時間了。」

慕錦歌語氣冷淡：「你請的飯，不對我胃口。」

江軒表情一僵，「錦歌，妳真的要每一句話都那麼傷我嗎？」

慕錦歌沒有回答他，走自己的路讓旁邊的蚊子嗡嗡去吧。

江軒望著她的背影，深吸一口氣，孤注一擲般抬高聲音道：「錦歌，這場大賽過後我的店就差不多要開張了，我是店長，蘇媛媛不在我的店裡，如果可以的話，希望新店開張那一天妳能過來，點單全免！」

然而慕錦歌並沒有理他，依然自顧自的往前走。

這時，伴隨著一陣惹人注意的引擎聲，一輛風騷張揚的紅色藍寶堅尼開了過來，一個拐彎，正好停在了慕錦歌面前的那條路上。接著，就見藍寶堅尼獨特的剪刀門一開，駕駛座上走下來一個男子。

侯彥霖穿著量身訂製的深藍色西裝，優美精巧的裁剪襯得他寬肩窄胯，兩條長腿格外筆直。他額前的碎髮全都梳了上去，露出光潔飽滿的額頭，如此商務精英的髮型為他的氣質增添了幾分硬氣，英挺更勝俊美，兩刀劍眉如鋒，一雙桃花眼蘊含淡淡笑意。

他走近慕錦歌身前，脣角噙笑：「喲，師父。」

慕錦歌愣了一下，「你怎麼在這裡？」

侯彥霖伸手將她的亂髮撩至耳後，寶藍色的袖扣在陽光下流轉著漂亮的光輝。他低聲笑道：「路過，來炫富。」

慕錦歌：「……」

江軒也愣在原地，怔怔的望著與慕錦歌舉止親密的陌生男人。且不論那一輛十分惹眼的跑車，光是看

這個男人一身的行頭和氣質，就能看出他非富即貴，來頭不簡單！

接著，他就看見那個男人朝他這裡望了過來。

「既然江先生都如此盛情邀請了，那我們實在是卻之不恭。」侯彥霖笑了笑，語氣一如既往的有點漫不經心，「新店開業那天我和錦歌有時間一定過去，到時還希望江先生也能順便把我這家屬的單免了。」

江軒：「……」從沒見過如此厚顏無恥的有錢人！

大紅色的藍寶堅尼絕塵而去，只留江軒一人在轟鳴般的獨特引擎聲中凌亂。

——這個聲音，一聽就很貴。

後照鏡很快就看不到江軒的身影，慕錦歌坐在副駕駛座上，開口道：「你怎麼會在這裡？」

侯彥霖把車內的音樂聲音調低，彎著脣角道：「剛才不是說了嗎？來炫富。」

慕錦歌道：「以前怎麼不見你炫？」

侯彥霖十分謙虛道：「那是我低調。」

慕錦歌瞥了他一眼，「現在變高調了？」

侯彥霖一本正經的說：「錢是要用在刀刃上的。」

「……」雖然很想糾正這句話並不是這樣用的，但仔細想想好像也沒什麼問題。

「你不要以為胡扯幾句就可以混過去。」慕錦歌逼問道：「你怎麼知道我在這？」

侯彥霖握著方向盤，「我不都說了嗎？路過而已。」

慕錦歌道：「我不信。」

侯彥霖嚴肅道：「其實按照一般劇情，這個時候我應該打死不承認，但秉著誠實守信坦誠相待的做人

原則，我覺得還是要從實招來，希望師父妳能從寬處理。」

「……你說。」

「我知道妳報名了這個比賽，也知道今天是現場確認的日子。妳出門的時候，宋姨打電話告訴了我，於是我也同時出門，等妳要從餐廳出來的時候，我在餐廳裡安排的人看到也會通知我，然後我就能知道我的出場時間了。」侯彥霖頓了頓，笑道：「只是沒想到還遇上一個做直銷的。」

慕錦歌沉默了幾秒，「那是我前男友。」

侯彥霖道：「我知道，長得就是一張猛然識破白蓮花的真面目然後痛徹心扉回頭各種低姿態求復合的渣男臉。」

慕錦歌盯著他：「你調查我？」

侯彥霖誠懇道：「妳也知道，高揚這個人總喜歡調查別人資料，還非要給我看。」

「啊嚏——」遠在華盛絲毫不知自己又無辜替罪的高揚突然打了個噴嚏。

慕錦歌對於這種不負責任的甩鍋行為十分無語，索性轉過頭不說話了。

侯彥霖斂起了笑意，緩緩道：「或許妳不能理解，但對於我們這些人來說，在決定正式接觸一個人之前，先把對方背景調查清楚什麼的已經是一種習慣了，就像條不成文的規矩一樣。如果讓妳不快的話，真的很抱歉，以後我不會再這樣查妳了。」

聽了這話，慕錦歌重新看向他。

然而侯彥霖永遠正經不過一分鐘，只聽他恨鐵不成鋼般的嘆了口氣：「我會回去好好教育高揚的。」

「……」心疼高助理，簡直是揹鍋俠。

過了一會兒，侯彥霖又道：「不如這次就當我將功補過吧。」

慕錦歌忍不住開口問：「你有什麼功？」

侯彥霖語氣認真道：「妳前男友看我人傻錢多長得帥，肯定自慚形穢，沒有臉再來騷擾妳了。我的出現，絕對在精神層面給了他沉重的打擊，足夠他恍惚到初賽了。」

慕錦歌：「高助理怎麼還沒帶你去醫院？」

侯彥霖挑眉，「妳這是在關心我嗎？」

慕錦歌面無表情道：「勸病就醫，人人有責。」

侯彥霖輕笑了一聲：「我不要人人，有師父就夠了。」

慕錦歌愣了一下，隨即彆扭的別過頭，冷冷道：「少撩妹，多看路，直接回Capriccio。」

侯彥霖偷偷看了她一眼，笑著應道：「好。」

——原來還是知道我是在撩她的，嗯，有意識就好，不錯不錯。

侯二少十分知足常樂的如是想道。

由於最近幾天都是在廚房練習到很晚才睡，所以即使不太坐得慣跑車，沒過多久，慕錦歌還是靠著椅背睡了過去。等她醒來的時候，才發現車子不知道什麼時候已經停下了，車窗對面就是種著兩棵梧桐樹的熟悉巷口。她一回頭，就看到侯彥霖趴在方向盤上，正目不轉睛的看著她，也不知道這樣看了她多久。

「你……嘶！」因為一直保持著偏頭的姿勢睡，所以慕錦歌脖子的肌肉有點發僵，一活動就疼，像落枕似的。

侯彥霖伸手幫她捶了捶，一邊道：「沒想到師父的睡相竟然這麼差。」

「？」

「我還以為外面打雷了，沒想到是妳開始打呼了。」

「……」

「打呼也就算了，竟然還開始磨牙和流口水。」

「……」

「最可怕的，是睡著睡著突然說起了夢話。」侯彥霖說得跟真的似的，「說實話，我坐在旁邊聽著都有點不太好意思，因為師父妳一直在說什麼『霖霖好帥啊』、『我明明好喜歡霖霖卻為了維持人設不得不保持冷漠』什麼的……哎，真難為情！」

好的，聽到這裡，慕錦歌確定肯定一定是侯彥霖又在誆人了。她才不會如對方所願順著套路反駁，而是平靜道：「那你怎麼不叫醒我？」

侯彥霖笑咪咪道：「因為在我眼裡，妳什麼樣子都可愛。」

慕錦歌：「……」混蛋竟然還是被套路了。

「妳看妳，黑眼圈怎麼這麼重？」侯彥霖一副老媽子的語氣，「我從宋姨那裡聽說了，這幾天妳每天都在廚房待到凌晨才睡，都快比賽了，妳怎麼不好好休息呢？」

慕錦歌沉默了幾秒，才道：「就是快比賽了，所以才要多加練習。」

侯彥霖道：「妳每天工作的時候不就等於在練嗎？」

「那不一樣。」

「難不成……」侯彥霖頓了頓，「妳是在緊張？」

慕錦歌冷淡道：「沒有。」

侯彥霖卻道：「沒事的，我相信以妳的本事一定沒有什麼問題，加油！」

雖然慕錦歌很想反駁說自己根本沒把這場大賽當回事，但不知道為什麼，聽到這句溫柔的鼓勵時，原

本都到喉嚨口的冷言冷語卻出不來了。

半晌，她才悶聲道：「謝謝。」

侯彥霖露出兩排白牙，笑道：「跟我還客氣什麼，不用謝。」

看著對方燦爛的笑容，慕錦歌想起上一次見他的場景，忍不住問道：「你上次來 Capriccio 時看起來不太對勁，是發生了什麼嚴重的事情嗎？」

侯彥霖並沒有直接回答，而是問道：「師父，妳小時候有什麼朋友嗎？」

慕錦歌愣了一下，想了想後答道：「沒有。」

家裡母親管教極嚴，一放學她就必須回去練刀工，幾乎沒有什麼機會能和同齡人玩在一起，況且她性格孤僻，說話比較直，又有著他人覺得奇怪的嗜好，因此雖然讀書時有過幾個想和她結交朋友的女生，但後來沒過多久就都不來找她了。

國中時倒是有一段快要成功的友誼，班裡的國文小老師是一個熱情開朗的女生，有段時間一下課就來找她一起上廁所，對她也挺好的，於是對方生日的那天，她在家裡做了盒點心帶到學校，親手送了出去。

然後，對方就再也沒來約過她一起去上廁所。

再然後，某天她去上廁所時，隔著門聽到對方在外面和班裡其他女生閒聊，這才知道對方並沒有吃她做的點心，而是打開看了後就倒掉了。

她還聽到以對方為首的女生給她取了個外號，叫做「巫婆」。

——真幼稚。想耍心計能不能換個地方說閒話？女廁所永遠人很多這點道理難道都不懂嗎？

就算是現在回想起來，慕錦歌也還是覺得很無語。

這時，侯彥霖說道：「其實我也差不多，勉強算有一個吧。」

慕錦歌懷疑的看向他，「以你的性格，不該從小就有一群狐朋狗友嗎？」

侯彥霖失笑，「說出來妳可能不相信，我小時候可真的是一枚安靜的美男子。」

「……」這些年你究竟都經歷了些什麼？

「唯一算得上是我朋友的，就只有巢聞了。」侯彥霖幽幽的嘆了口氣，用著慕錦歌從未聽過的語氣說道：「八月的時候他被人綁架，險些丟了性命，我來餐廳找妳之前的那個凌晨終於找到他，但情況並不樂觀，天剛亮他就被送出國治療了，到現在還沒回來。那段時間梁熙……也就是他的經紀人，處於崩潰的邊緣，我必須全力支援和幫助她，但其實我心裡也怕得不得了，一時之間覺得哪裡都是危險，只有回到Capriccio我才覺得心能安下來。」

因為在那裡，他曾度過一段最平靜的單純日子。

沒有圈內的爾虞我詐，沒有黑暗的勾心鬥角，不用時時提防著誰，每天都能睡個好覺。

慕錦歌有點不習慣如此深沉的他，笨拙的安慰道：「一切都會好起來的，巢先生肯定很快就能健康歸來的。」

「但願吧。」侯彥霖臉上又重新掛回了熟悉的笑容，「下車吧，等一下我還有事，就不和師父妳一起進Capriccio了，代我向宋姨問好。對了，剛才說的要保密喲。」

「好，你自己也保重。」

然而慕錦歌下車還沒走出十公尺，突然又折返回來。

侯彥霖降下車窗，問：「怎麼了，落下東西了嗎？」

慕錦歌看著他，認真道：「不要老傳廢話訊息給我。」

侯彥霖露出一副受傷的表情，「師父，原來妳專門返回來就是為了說這個？唉，真是聞者落淚、見者

傷心！」

慕錦歌逕自道：「心裡有壓力、有害怕、有不開心，都可以跟我說，我只會回覆這些你真正想要傾訴的東西，其他毫無意義的水話就免了。」

侯彥霖一愣。

「就這樣。」慕錦歌揮了揮手，淡然道：「再見，你也加油。」

直到目送慕錦歌的身影消失在巷口梧桐樹的秋葉中，侯彥霖才回過神來。他關上車窗，整個人靠在座位上仰起頭，右手覆住眼，緊抿的嘴角漸漸揚了起來。

幾乎不會有人能想像到，小時候的他的確是一個安靜羞怯的病秧子。

侯家注重多國教育，家族裡的兄弟姐妹從小就被送到各個國家上學，就他身體差，需要中醫調養，所以一直在國內留到了十多歲才走。

出國前，他因為體弱多病，出行處處受限，只能和那群高幹子弟們一起玩。但由於他病懨懨的，年齡又是孩子堆裡最小的，所以大家都很排斥他，不僅不願意帶著他一起玩，還會背著大人聯合想著法子來欺負他。

有一年春天，他被推進湖裡，差點淹死，幸好巢聞出現，用大掃帚把他撈了起來。

而在兩個月前，當看到巢聞奄奄一息的被梁熙救出來的時候，他彷彿又回到了多年前的那座湖裡，變回那個羸弱瘦小的受氣包，在寒意刺骨的湖水中沉溺。

絕望，無助，恐懼。

冰冷的湖水固然可怕，但更可怕的是岸上暗藏著滿滿惡意的人心——不知道潛伏在何處，不知道會在何時爆發，不知道是不是就是身邊的何人。這種不安與恐慌就如同潮水一般，漫過頭頂，帶來溺水窒息

一般的痛苦與沉重。

從小他就知道，他所在的圈子表面光鮮亮麗，實際到處都是骯髒不堪。

不過還好，現在他有個能去的地方。

侯彥霖拿出手機，將螢幕解鎖後，看著螢幕上那張有些粗糙的拼圖，低聲笑了笑。然後他打開通訊軟體，進入置頂聯絡人的聊天視窗，打下一串字。

他說過，他喜歡奇妙的東西，所以在吃了慕錦歌為燒酒做的料理後，他便對做料理的人產生了極大的興趣。他也曾被排擠孤立，視作異類，所以很能理解同樣被視作異類的慕錦歌。正因為理解，所以當他真正接觸到那個人的時候，才會驚訝。

可以這樣說，他現在的性格會是這樣，大多都是拜兒時的經歷所賜，為了在這個人心險惡的圈子中自我保護，他習慣用笑容和玩世不恭的態度來武裝自己。但是慕錦歌沒有，即使一路受到再多質疑與打擊，她都依然我行我素，沒有改變——固執任性也好，不知變通也罷。

他真的是非常佩服這樣的慕錦歌，並深深為之著迷。

他動了動指頭，將剛剛打的那一行字發了出去。

「謝謝靖哥哥(*>﹏<*)好好休息，比賽加油！」

應該是正好在看手機，慕錦歌回得比較快：「不用謝，霖妹妹。」

侯彥霖笑出了聲，總感覺他們倆拿錯了男女主角的劇本呢。

◎◆※◆※◆◎

很快就到了初賽當天。

現今美食文化廣受年輕人追捧，這場大賽是由B市烹飪協會主辦，還受到政府支援，因此也是眾多媒體關注的活動，當地電視臺會轉播不說，一大早不少美食刊物的記者也前來蹲點，目標在於新鮮熱辣的一手新聞。

由於要全程確認是本人無誤，又要上電視，所以參賽的選手們只須戴上帽子即可，不用像工作時那樣還戴上口罩，有不少女廚師為此還特地化上了精緻的妝容。

二號廳內，慕錦歌穿著Capriccio的廚房制服，站在自己的區域，擰開水龍頭洗了洗手，雖然不太習慣曝光在多個鏡頭下，但她還是神色淡定，看上去與平時無異。

現在，還不到緊張的時候。她一定要順利晉級決賽，然後把自己的料理呈現在那個人的面前。

當大廳裡的掛鐘指向整點，初賽的主持人公布比賽開始，時長為四十五分鐘。

為了方便各個選手事先準備好自己需要的材料，此次比賽的主題早在前一天上午就通知了下去——小食。

很寬泛的主題，但未必容易。

所謂「小食」，原本只是指早餐，但現在泛指點心和零食。

在場參與比賽的幾乎都是在職廚師，絕大多數純粹將烹飪作為業餘愛好的非專業人士早在預選賽中就被篩了下去，而在這些專業廚師中，專攻小食的不能說沒有，但肯定是占少數，故而大家雖是會做，但拿手菜裡多半沒有把小食考慮進來，因此看到這個題目，大多數參賽者不能立即決定自己得意的菜式。

小食種類千千萬，沒有特別擅長的，也沒有特別不擅長的，然而卻要在一天之內決定要做什麼，這對具有選擇恐懼症的廚師來說簡直是難題，如果這個廚師又經驗豐富，懂得的菜品又很多，那麼這無非是一

場噩夢。

昨天得知這個主題之後，慕錦歌看了燒酒一眼，心裡很快就決定了主食材。

當然，不是貓肉。

主持人宣布開始後，所有參賽者都開始動了起來，一時間大廳裡充斥著流水聲、切菜聲、燃氣聲……電視臺的攝影機挨個輪流著取特寫鏡頭，到慕錦歌這裡的時候拍得格外的久。

與攝影小哥搭檔的是電視臺的一位年輕女記者，她好奇的看著慕錦歌翻炒著一鍋深色的東西，忍不住輕聲問道：「您好，請問您是打算做一道怎樣的小食呢？」

慕錦歌加糖之後又撒了把黑芝麻，垂著眼，淡淡道：「魚乾。」

只不過跟餵燒酒的不大一樣，這種魚乾很小，只比蝦米大一點，顏色就像魷魚絲。

記者點了點頭，接著道：「我看您放了巴旦木、杏仁和腰果這些堅果，您是想……」

「噓。」慕錦歌做了個噤聲的手勢，低聲道：「不要劇透。」

女記者只覺得心跳像是漏了一拍，短暫怔了幾秒後問道：「您看起來很年輕啊，是業餘愛好者嗎？」

慕錦歌道：「我是一名職業廚師。」

「請問您從業多少年了呢？」

「總之，我是有證照的。」慕錦歌抬起頭，面無表情的看向她，「妳對每個選手都問這麼久嗎？」

女記者臉一紅，「抱歉，打擾您比賽了。」

慕錦歌低下頭，沒有再理她，而是繼續有條不紊的做自己的事情。

四十五分鐘很快就過去了。慕錦歌是五號，所以是第五個送上料理給四位評審品嘗的，在她前面的四個分別是做蛋撻、蘋果派、雞翅和洋蔥圈。

每位評審吃完一口後便在打分紙上塗塗寫寫，時不時交頭接耳一陣，是否滿意不形於色，很難從他們的表情中捕捉到資訊。然而，在慕錦歌將自己做的小食端上去的時候，有那麼一瞬，評審們露出了遲疑的神色。

慕錦歌介紹道：「這是我做的柑橘堅果炒魚乾（注十），請各位老師品嘗。」

四位評審紛紛拿起了湯匙，從中舀了一匙，保證匙中柑橘、堅果和魚乾俱有。

幹一行愛一行，雖然心裡早已將這道菜淘汰，但他們還是很敬業的吃了下去——

「好吃！」坐在最邊上的一位男評審忍不住將心聲說了出來。

香脆爽口的堅果與細碎的乾魚翻炒在一起後，先後加進去的蒜與糖在調味上起到了一個推進作用，使食材將其所帶的味道發揮得淋漓盡致，極大的滿足了味蕾的需求。

而使這道菜味足卻不至於重口的地方在於分瓣散落的柑橘，令人驚異的是料理者對柑子的處理——從口感上來看，應該是掰開後放在鐵板上烙過，將表皮烤黃之後翻面，時間掌握得剛剛好，果肉溫溫熱熱的，在唇舌中散發出一股生吃時嚐不到的淡淡藥香味，帶著點澀意，卻令人欲罷不能，很好的解了料理主體可能會給品嘗者帶來的膩味。

真是太奇妙了，這種搭配湊在一起，竟讓人產生想要一直吃下去的欲望！

啊！多想在這個秋天，懶懶的倚在家裡的沙發上，手裡捧著這麼盆柑橘堅果魚乾，什麼都不用想，一邊看著電視劇打發時間，一邊一下接一下的從盆裡抓一把餵到嘴裡……

不能再想了！再想下去真的想立刻下班回家迅速躺著！

簡直是人生極樂好嗎！

雖然已經在極力克制了，但四位評審眼神中還是不由得露出了欣賞與喜愛。電視臺的攝影機自然不會

放過這難得的一幕，而後將鏡頭默默往旁邊轉了一下，對上慕錦歌的側臉。

鏡頭中，慕錦歌稍稍勾了一下唇角：「多謝品嘗。」

蘇媛媛覺得自己最近每天都在倒楣，無論看了多少星座運勢、配戴幸運物都不管用。

先是在甜品店因為一隻貓而丟盡了臉面，被該死的不明就裡的圍觀群眾拍了影片發布到網路上，將她扣上「虐貓」的罪名；然後等著拿藥的那一天突然得知堂哥蘇博文竟被醫院開除，不僅不能幫她收拾慕錦歌，還主動跟她斷了聯繫，像是在生她的氣一樣，沒有任何解釋；隨後一封郵件發到鶴熙食園所有員工的郵箱裡，附件竟然是那日她在甜品店談到病歷作假並且拜託蘇博文幫她拿藥的影片，圖像清楚，簡直就像坐在他們旁邊拍的一樣，令她啞口無言。

一時之間，她在食園裡單純善良的形象崩塌瓦解，走在路上總覺得有人在她背後指指點點，連一向縱容疼愛她的舅舅也因此狠狠的訓了她一頓。

而本來最近就一直和她爭吵不斷的江軒更是徹底翻臉，說要分手，即使她最後力挽狂瀾，讓江軒收回了分手的話，但她感受得出來，江軒對她已經遠不像從前了，不能說是和好如初。

如今江軒的餐廳一切都籌備完畢，即將開業，為了宣傳造勢，江軒在程安的建議下報名了B市舉辦的一場新人廚藝大賽。

作為一名體貼優秀的女友，無論是預選賽還是初賽，蘇媛媛當然都不會錯過。

餐廳二樓有一間寬闊的會客廳，內設六面顯示螢幕，分別顯示樓下六間大廳內的情景，選手們的親友可以待在這裡觀看比賽全程現況。但蘇媛媛沒有想到的是，竟然會在這裡遇上肖悅！

只見肖悅穿著一身暗紅色中國風 lolita 連衣裙，頭上戴著同色系緞帶髮箍，腳下踏著一雙鞋底加厚

的皮鞋，模樣就像未成年少女。就在蘇媛媛看到她的同時，她也看到了蘇媛媛，當即哼一聲，調轉視線，眼不見為淨，很是嫌棄的樣子。

蘇媛媛冷笑一聲，但隨即便掛上了自以為傲的白蓮笑容，主動走了上去，甜甜的打招呼道：「肖悅姐姐，好久不見。」

雖然相差六歲，但她和肖悅從認識起就互不對盤。

她的舅舅是鶴熙食園的現任老闆，沒有孩子，所以她相當於是食園的小公主，而肖悅是一味居的大小姐，可以說兩人分別是鶴熙食園和一味居的小輩代表；鶴熙食園和一味居長期以來都是B市有頭有臉的知名餐廳，管理層交流碰面的機會不少，因此兩人很早就彼此認識了。

肖悅為人傲氣，性格雖然任性刁蠻了一些，但也是個直爽的人，向來看不慣蘇媛媛這種做作、假惺惺的白蓮花，所以根本不想搭理她，沒想到對方那麼不識趣，非要貼上來。

她也懶得裝好臉色，犯刺兒道：「我當是誰呢，原來是妳啊……嘖，看妳這皺紋早生的臉，被妳叫姐姐什麼的感覺自己有七十歲了，心情真不好。」

蘇媛媛笑容一僵，不允許自己竟然未戰先敗，回道：「是啊，我倒是羨慕肖悅姐姐，一把年紀了還能穿這麼一身出來裝嫩。」

肖悅道：「我倒是同情妳，年紀輕輕就一點也不嫩了。」

蘇媛媛噎了一下，「肖悅姐姐，妳今天是吃炸藥包了嗎？怎麼火氣這麼大？」

肖悅翻了個白眼，「沒有妳的口氣大，快熏死我了。」

蘇媛媛：「……」這個女人是去報了什麼互嗆速成班嗎？怎麼突然就上了天？！

肖悅暗哼，雖然她每回在話頭上都輸給慕主廚和侯二那個混蛋，但是多虧這段時間的實戰經驗，她停

滯不前許久的「口才」才能更上一層樓。

這時，與她一同前來後援慕錦歌的鄭明和大熊找了過來，看到蘇媛媛時皆是一驚。

還沒等蘇媛媛認出他們來，大熊便先指著蘇媛媛道：「啊，我記得妳！妳就是上次那個搶人男朋友、潑人髒水的白蓮花！」

他的聲音不小，話音剛落，周圍其他人的目光便紛紛往這邊投了過來。

蘇媛媛的笑容徹底維持不住了，心裡無比後悔自己為什麼要找死的跟肖悅搭話！為什麼楣神就是不肯放過她！

將大廳內全部人的作品都品嘗完之後，評審們會打分排出名次。按照賽制，初賽裡每一個小組只能選出一人晉級決賽，如有兩虎相爭、特別難以抉擇的情況，允許破格晉級兩個人。

這種特殊情況並沒有在二號廳上演，慕錦歌是第二組成功晉級決賽的唯一者。

她脫下廚師服收好，一邊取下帽子、一邊走出二號廳，卻沒有想到被之前的女記者堵個正著。

女記者不由分說的便把麥克風遞向她：「慕小姐，恭喜您通過小組賽順利晉級決賽，請問您此時的心情是怎樣的？」

慕錦歌對突然湊近的攝影機不太適應，她往後退了退，回答道：「還好。」

女記者顯然對這個答案並不滿意，追問道：「看您的表現還是很淡定，是因為比賽前胸有成竹，所以最後出來的結果在意料之中嗎？」

慕錦歌有些不耐道：「妳的語文閱讀應該是滿分吧，這麼擅長過度解讀。」

女記者表情一僵，完全沒想到對方竟然這麼不留情面，要是換作別人接受採訪，早就各種歡欣雀躍，

然後像背出朗誦稿似的開始一番謙虛客套，對記者也肯定只有笑臉相待。

要知道，這可是電視臺直播哎！

不敢留太久的停頓，女記者話鋒一轉，問道：「這次初賽您做的柑橘堅果炒魚乾很是別出心裁，深得評審老師們的青睞，請問您是如何想到這樣的搭配與作法呢？」

慕錦歌淡淡道：「我養了隻貓，牠喜歡吃魚乾。」

「所以您經常做這道菜給牠吃嗎？」女記者驚奇道，「但是貓不是不能吃堅果類食物嗎？吃下去後不會有事嗎？」

「試做之後都是我自己吃，牠只能看著。」

「……」女記者在內心默默為燒酒掬了把同情淚。

由於慕錦歌的不配合，採訪不到五分鐘就結束了，而隨著其他小組的結果陸續出來，轉播的鏡頭也切去了其他晉級選手那邊。

餐廳大堂放置了一塊ＬＥＤ板，上面會及時更新各組進度完成情況以及晉級者名單。

慕錦歌正好路過，順便抬頭看了一眼，但尚未來得及看清楚除了自己以外還有誰通過初賽，肩膀就被人輕輕的拍了一下。

「嗨，妳就是Capriccio餐廳的慕錦歌小姐吧？」

她回頭一看，是一個陌生的年輕女子，比她還高一點，似乎有一百七十五公分的樣子，面容清秀，眉眼間透著一股英氣，束著馬尾，垂下的頭髮有幾縷挑染成了米白色，看起來酷酷的。

慕錦歌問：「不好意思，妳是哪位？」

「我叫葉秋嵐，也是參賽選手。」葉秋嵐指了指掛在牆上的電子板，「妳看第四組。」

慕錦歌望向ＬＥＤ板，果然在第四組的晉級者一欄裡看到了她的名字，只是——

第四組的晉級選手，有兩位。

現在所有小組賽的結果都出來了，這是唯一有兩名晉級者的小組。名字排在前面的正是她眼前的葉秋嵐，而另一位則是……

這時聽葉秋嵐說道：「本來我們組應該是最早結束的小組，但就是為了這個江軒破格通過的事情耽擱了好一會兒。講真的，要不是他的老師程安有點人脈，他哪裡能得到這個破格晉級決賽的資格啊。」

哦，江軒，都差點忘了這位熟悉的陌生人也在參加比賽了。

聽對方這樣說，慕錦歌還是有點意外，她在鶴熙食園待了那麼久，之前又和江軒交過手，自然是清楚江軒有幾斤幾兩重，雖是遠不如誇的好，但水準還是有的，既然葉秋嵐能如此輕鬆的贏過他，說明她的實力也不容小覷。

她看向葉秋嵐，開口問道：「妳找我有事？」

「其實沒什麼事，就是想交個朋友認識認識而已。」葉秋嵐解釋道，「我是朔月老師的忠實粉絲，看到她的專欄後便對妳印象深刻，但無奈工作實在太忙，總抽不出身來上門拜訪。剛剛看到妳的採訪，才知道原來妳就是那位慕主廚，真的是很有個性啊！」

慕錦歌問：「葉小姐是在忙自己的餐廳嗎？」

葉秋嵐笑道：「不介意的話叫我秋嵐就好……我不是開餐廳的，而是和朋友一起合資開了家咖啡廳，每天的工作就是給客人泡泡咖啡，會比較忙是因為同時還要負責店裡的帳務和進貨。」

慕錦歌的表情終於有了一絲變化，沒想到這個能贏過江軒的人竟然是預選賽篩選後剩下的為數不多的業餘人士之一。

果然高手都在民間。

慕錦歌誠懇道：「那妳真的是很厲害。」

「過獎了。」葉秋嵐眨眨眼，「過幾天我們要在決賽上見了，說實話，妳可是我認定的頭號勁敵。」雖然是下戰書，但從她嘴裡說出來，卻更像是朋友之間的一種小比拚，沒有挑釁或試探的意味，讓人聽了後不會有什麼不舒服。

慕錦歌微微一笑，「十分榮幸，我也很期待與妳在決賽中的較量。」

葉秋嵐從錢包裡掏出一張紙片遞給她，「這是我的名片，上面有我家咖啡廳的地址，以後要是想喝咖啡或是找個地方看書閒聊的話，歡迎來喲，給妳優惠。」

慕錦歌看了看，問：「可以帶寵物嗎？」

「主人自己能管好的話就可以。」葉秋嵐笑道，「妳養了一隻貓對吧，剛才聽妳接受採訪時說的。」

慕錦歌點了點頭，「嗯，牠還挺聽話的。」敢不聽話，輕則斷糧，重則剃毛，最重者直接送到侯彥霖那裡改善生活。

「啊嚏——」遠在Capriccio被客人逗得不亦樂乎的燒酒冷不防的打了個貓噴嚏。

就在兩人相談融洽之時，不遠處傳來肖悅興奮的聲音：「錦歌！」

在數次拜師失敗後，她終於放棄了要做慕錦歌徒弟的事情，但在稱呼上取得了慕錦歌的同意，可以直呼其名。

兩人的目光同時望了過去，葉秋嵐笑著吹了聲輕哨，「真可愛，妳朋友？」

慕錦歌道：「嗯，算是吧。」

肖悅踩著皮鞋啪嗒啪嗒跑了過來，護在慕錦歌的身前，頗有些敵意的看向葉秋嵐，毫不客氣道：「妳

誰啊？」

葉秋嵐兩手抱於胸前，似笑非笑道：「還以為是個可愛的軟妹，怎麼是開口跪？」

「反正是妳跪又不是我跪。」肖悅語氣不善道，「妳這眼神看起來就不像好人，我告訴妳，不許打我們錦歌的主意！」光是有侯二那個情敵都讓她一個頭兩個大，開始挑燈夜戰《孫子兵法》了，現下再來這麼個女的，一看就不是什麼好人。

葉秋嵐饒有興味的重複道：「打主意？」

慕錦歌拉開肖悅，面無表情道：「她沒吃藥，妳不用在意。」

葉秋嵐笑道：「沒事，還挺有意思的。」

慕錦歌往肖悅跑來的方向看去，看到了大熊和鄭明，於是道：「我和我的朋友先走了，決賽見。」

葉秋嵐點頭，「好，決賽見。」

肖悅凶巴巴的瞪了她一眼後，才緊跟著慕錦歌走了。

葉秋嵐忍不住笑出了聲。

◎◆※◆※◆◎

由肖悅親自策劃組織的後援活動非常完善，連返程時的車輛都準備好了。

一行人上了車後，鄭明才開口道：「錦歌姐，今天我們碰見了那天和江軒一起來找碴的女的，叫什麼媛媛的那個。」

慕錦歌並不意外，應了一聲：「嗯。」

大熊插嘴道：「沒想到肖悅姐竟然也認識她，之前好像結過什麼梁子。」

肖悅坐在一旁哼道：「誰要和她那種人結梁子啊！原本只是單純看她不順眼，沒想到她居然還陷害過錦歌，現在想想真後悔剛才沒再狠狠婊她一頓。」

鄭明嘆道：「不過她最後也挺慘的，因為第二組和第四組公布結果的時間差不多，所以我們是一起下到一樓，結果就目睹了一樁人間慘劇！」

慕錦歌漫不經心的問：「她從樓梯上滾下來摔了個狗吃屎？」

「……這倒沒有。」鄭明頓了頓，「江軒出來後她興沖沖的跑過去祝他成功晉級，沒想到江軒不知道是吃錯藥還是怎麼了，晉級決賽了還黑著一張臉，多不高興似的，聽了那什麼媛媛的道賀後更生氣了，當場把那女的推開，自己走了。」

慕錦歌了然。

江軒看起來謙和斯文，但其實好勝心和自信心都很強，況且他很快就要擁有自己的一家餐廳了，肯定不太把這種新人烹飪比賽的初賽放在眼中，然而萬萬沒想到小組賽遇上葉秋嵐，既不是什麼有名的人物，也不是職業出身，就這樣把他比下去，最後他還不得不倚仗程安的那點薄面獲得破格晉級。

真是丟臉丟大了，蘇媛媛那聲賀喜完全撞上了槍口。

不過這些都和她無關了。

車上三個人已經把話題扯得老遠，慕錦歌無心參與，逕自打開了手機。果然不出所料，通訊軟體視窗上有好幾條未讀訊息。

二傻子：［圖片］

二傻子：［圖片］

二傻子：［圖片］

二傻子：（捧臉）啊，我家師父真好看！

慕錦歌：「……」

只見侯彥霖連發的三張圖片都是電視臺轉播的截圖，第一張是她低頭做菜的，後面兩張都是她在接受採訪時的。

問題在於這神一般的截圖技術，三張圖不是截的她好像在翻白眼，就是正好閉眼，似乎很不開心的樣子。說是「真好看」，但每一張截的都不好看好嗎！

就在慕錦歌打算關掉手機直接忽視的時候，對方又發了兩張圖過來。

這次的圖還是截她接受採訪的時候，只是經過了修圖軟體處理，尺寸裁小了許多，然後加上了「我已經很想翻白眼」和「冷漠」的康熙綜藝體。

二傻子：啊╰(*°▽°*)╯師父做成表情包也還是很美！

慕錦歌嘴角一抽，只回覆了一個字：「滾！」

注九：檸汁荔枝肉，引用蝶兒sl。
（http://www.xiachufang.com/recipe/40767/）

注十：小魚乾炒堅果，引用苗媽小廚。
（http://www.douguo.com/cookbook/1448428.html）

9. 浪漫燉肉

鄭明和大熊是蹺了半天課來看初賽，所以在巷口下了車後就直接回學校了，而肖悅因為家裡有事，所以即使她很想跟著慕錦歌進Capriccio多待一會兒，但還是不得不坐車走了。

此時正值午休時段，小賈和小丙都進裡間休息了，只有宋瑛和燒酒待在在外頭，一個在織毛衣，一個則懶洋洋的趴在桌上看電視。

聽到聲響，一貓一人動作格外一致的回過頭看她。

「回來了呀。」宋瑛放下毛線針，笑著迎上去，「我在電視上看到了，錦歌啊，恭喜妳通過初賽！」

慕錦歌點頭道：「謝謝。」

宋瑛問：「吃過飯了嗎？」

慕錦歌道：「吃過了，和鄭明他們一起。」

趁兩人在說話，燒酒趕緊用肉掌在遙控器上按了一下，把電視頻道切換到另一臺。

宋瑛轉身見電視上在放廣告，有些奇怪道：「怎麼突然播起廣告來了？剛剛打毛線的時候還聽著好像是正說到要以一位勵志人物為原型拍一部電影來著。」

慕錦歌瞥了眼明顯因為心虛而開始不停舔毛的燒酒，淡淡道：「可能是燒酒不小心按到了吧。」

宋瑛道：「應該是……算了，反正比賽轉播也結束了，不重要了。錦歌，妳坐著休息一會兒，我泡了花茶，倒一杯給妳。」

「謝謝宋姨。」

慕錦歌在燒酒趴著的那張桌前坐了下來，伸手摸了摸牠的貓背——距上次剃毛已經過去了兩個多月，燒酒身上的貓毛早就長了回來，回到一副虛胖的模樣，毛茸茸的很有手感。

她開口低聲道：「為什麼轉臺？」

燒酒貓背一僵，乾笑道：「這不看妳回來了，一激動就不小心按到了鍵上。」

慕錦歌靜靜的盯了牠一會兒，然後拿起了遙控器。

「啊啊啊啊啊啊！」燒酒猜到了她下一步要做什麼，急得整隻貓抬起前爪，僅靠兩條後腿站了起來，拚命揮舞著兩隻前爪想要阻撓對方，「靖哥哥！妳看！外面好像有條狗！快看！長得好像大魔頭！」

然而慕錦歌並沒有理會，拿著遙控器的手抬高，直接按下了返回鍵，燒酒呼吸一窒。

「……傑克男科醫院，因為專注，所以專業，二十四小時免費線上諮詢預約，十年來成功解決各類男題，全力捍衛男性健康，電話……」

慕錦歌放下遙控器，冷冷道：「別想了，你早閹了。」

「……」不過不論怎樣，燒酒還是鬆了口氣。

「剛才只是開玩笑。」過了幾秒，慕錦歌又面無表情的說道，「你以為我不知道這是剛才的內容結束後才播的廣告？」

燒酒：「……」**臥槽，靖哥哥妳跟著大魔頭學壞了！**

這時宋瑛端著茶水出來，見燒酒這姿勢嚇了一跳，「我的天啊這貓不會成精了吧！怎麼還會直立？」

聞言，燒酒趕快裝作重心不穩，搖晃了兩下身體，往後一栽，滾到了地上。

「這貓不會摔出毛病來吧？」宋瑛走近，把茶杯放在了慕錦歌面前，憂心忡忡道：「這貓本來就夠蠢了，再摔變得更蠢就不好了。」

慕錦歌道：「沒事，牠已經達到了一個極致。」

燒酒：「……」**這大概是本系統被黑得最慘的一次。**

等宋瑛將桌面收拾乾淨、拿著毛線和針進裡間去了，慕錦歌才把趴在地上生無可戀的燒酒抱起來，揉著牠的小腦袋道：「你不想讓我知道就算了。」

「喵？」燒酒抬眼驚訝的看向她。

慕錦歌動作輕柔的點了點牠的鼻子，說：「每隻生物都可以有自己的小秘密。」

燒酒愣愣的注視著她的眼睛，心虛道：「可是我不是生物，我只是個美食系統啊……」

慕錦歌道：「但在我心裡，你就是一個獨立鮮活的生命，而不是冰冷的智慧系統。」

「！」燒酒睜大了眼睛，玻璃珠似的大眼睛氤氳出一層水氣，「靖哥哥……」

然而下一秒，那股感動就如退潮一般散去。

只聽慕錦歌補了一句：「因為你實在是一點都不智能。」

「……」燒酒在她的懷裡掙扎起來，「妳這樣很容易失去我的！」

如果此時牠抬頭，就能看見慕錦歌的嘴角微微翹起，眼底浮現著淡淡笑意，竟透著十年難見的溫柔，就像是有一陣春風或是一束暖陽，融化了冰山尖銳的稜角。

有一句話她沒有說出來，並且永遠不會說出口——

比起系統，她覺得這隻蠢貓更適合做她的親人。

五天後，便是決賽。

決賽舉辦的場地不再是初賽時的那家餐廳，而是慕錦歌很熟悉的一個地方——鶴熙食園。

不過想想也沒什麼可意外的，作為B市占地面積最大的餐廳，鶴熙食園真的是個「園」，招待客人的樓和廚師做飯的樓是分開的，各有兩層，中間用長廊連接，修建得頗為古雅。

後面的那棟樓第一層是正式開火的廚房，第二層除了各個辦公室外，還設有平時專門用來給學徒們練習比試的地方，名為「初犢堂」，蘊含著「初生牛犢不怕虎」之意，裡面廚具齊全，並且十分寬闊，能容得下觀眾。

決賽的地點，就在這個初犢堂。

慕錦歌站在自己被分配到的區域，撫過廚檯上的一器一物，有種懷念的熟悉感。

「嗨，錦歌！」葉秋嵐剛換好衣服進場，站在了她隔壁的區域，「沒想到原來是妳在我旁邊，昨天現場確認的時候還以為能碰上妳，結果我來的時候妳似乎已經走了。」

慕錦歌應道：「嗯，昨天來得早，走得快。」

葉秋嵐往這次比賽專門設的觀眾席看了一眼，笑道：「妳的小迷妹又來了啊。」

慕錦歌看了她一眼，「妳倒是很關注她。」

葉秋嵐坦然道：「因為她可愛嘛，我就喜歡這種有反差萌的妹子。」

慕錦歌誠實道：「嗯，妳們挺配的。」

之後，參與決賽的七位選手很快就到齊了，而評審要在比賽結束前十分鐘才入場。

江軒被分到的區域離慕錦歌有點遠，走過的時候他還特地向慕錦歌打了聲招呼，但她並沒有理他，於是江軒只有尷尬的走開了。

當主持人宣布開始的時候，慕錦歌面無表情的往觀眾席掃了一眼，然後才低下頭著手處理自己帶來的食材。

觀眾席上，肖悅用手肘捅了捅身邊的大熊，按捺欣喜，小聲道：「你說錦歌剛剛是不是在看我呀？」

大熊一臉懵然，「啊？有嗎？」

鄭明摸了摸下巴，「我倒是覺得錦歌姐剛剛那一眼好像是在找人……難道是在看侯少有沒有來嗎？」

「他？！」意識到自己太大聲了，肖悅下半句忙把聲音壓下來：「你腦洞也太大了，錦歌怎麼會在意那種混蛋，明明就是在看我好嗎！」

鄭明選擇性失聰，自顧自道：「忘了問侯少今天來不來，早知道幫他占個位置了。」

肖悅不高興道：「喂，你有沒有在聽我說話？」

大熊提醒道：「噓！肖悅姐，看比賽要安靜。」

然而就在幾分鐘後他們的目光全部集中到賽況上的時候，卻沒有注意到一道修長的身影翩然而至。

另一邊，蘇媛媛憑藉著主場優勢，占據了觀眾席最佳位置，正犯睏的打了個呵欠，餘光就瞥到身旁的人站了起來，不知道對誰畢恭畢敬的輕聲說了一句：「少爺，您來了。」

她稍稍側過頭，好奇的看了鄰座一眼，只見先前一直坐在她旁邊的小平頭把一早來搶占的位置讓給了一個高大的風衣男。

侯彥霖穿著一件卡其色的長風衣，在蘇媛媛身邊坐下。當察覺到旁邊那人投過來的視線後，他偏頭看向她，勾著脣角，沉聲道：「妳好。」

「！！！」蘇媛媛自認為不是個花痴，對男人更看重內涵而不是顏值，絕對和外面那些膚淺的妖豔賤貨不一樣。但是，在這一刻，她的臉卻不爭氣的立刻紅了起來！

——膚淺就膚淺！顏值即正義！

——媽媽這個人長得好帥啊啊啊啊啊啊！

侯彥霖看著她突然漲紅的臉，溫柔的笑道：「妳沒事吧？身體不舒服的話要說喲。」

要不是尚存幾分理智提醒著自己要矜持，蘇媛媛真想做一個捂心口的動作。

她遮遮掩掩的看了侯彥霖好一會兒，突然覺得對方看起來好像有點眼熟，似乎從前在哪裡見過。長得這麼好看的男人，要是她見過的話，肯定印象深刻才對呀。不過她怎麼想都想不起來，於是忍不住輕聲問道：「你好，請問我們之前是不是在哪裡見過面呀？」

侯彥霖輕笑一聲，「小姐，妳的這句話可真像搭訕。」

蘇媛媛臉更紅了，「我……」

侯彥霖眨了眨眼，故意用著低沉迷人的嗓音緩緩道：「或許，我們前世見過吧。」

「！」噢！她的小心臟啊！

蘇媛媛怎麼都不會想到，此時迷得她不要不要的男神，就是當初讓她咬牙切齒恨了許久的那個滿口方言的帶貓詐騙男。

當決賽進行到一半的時候，比賽區發生了一點意外——

「監督員！」只見葉秋嵐舉手示意，皺著眉頭，樣子有些著急，「我有一個瓦斯爐出現了故障！」

此話一出，在場的所有選手們都不禁抬起頭望了過去，觀眾席也開始議論紛紛。

每位選手都有兩個瓦斯爐，壞了一個，那就只剩一個能用了。

「四號怎麼回事呀……」

「啊，我記得她！之前初賽在第四組直接晉級的那個，做的鹹水焦糖片看起來特別好吃！」

「設備不是昨天就確認好了嗎？怎麼突然出問題了？」

「剛才一直在關注她做菜，好像是在一邊熬湯、一邊煎小排，煎東西那邊的火打不燃了。」

「我天，未免太倒楣了吧，你看時間只剩下二十分鐘了誒！」

「的確有點倒楣，但最後一排空著的設備是留著備用的吧？」

然而就在葉秋嵐獲得監督員的同意，轉移到備用設施時，卻發現備用的兩個瓦斯爐都是壞的，打不出火來！

監督員看向鶴熙食園派出的負責人，質問道：「怎麼回事！」

負責人也是一臉驚愕，「不對啊……明明昨晚最後一次統一檢查時都是好的啊！」

看到出事了，電視臺的工作人員顯然都很興奮，攝影機的鏡頭一直在負責人、監督員和葉秋嵐三人之間切換。

葉秋嵐好久沒體會過這種心急如焚的感覺了，本來熬煮高湯就是需要時間的，為了保證能在這麼短的時間熬出一份像樣的湯來，她選擇了最容易出味的魚湯，但怎麼也得三、四十分鐘，不可能現在關火把湯換下來、將平底鍋換上去，所以她必須同時使用兩個爐灶，而且時間緊迫，每一分一秒都很珍貴，容不得再這樣浪費下去了！

「監督員。」

就在這時，一道清冷的聲音響起，打斷了監督員與負責人之間的責任推卸。

只見慕錦歌舉起手示意，神色平靜道：「我只需要用一個瓦斯爐，可以把另一個分給四號選手。」

監督員皺眉道：「可是這不符合比賽規矩……」

「那按照比賽規矩，再這樣拖下去，四號選手失去的時間該怎麼補回來？」慕錦歌冷冷道，「設備是否是因為四號選手操作不當而損壞，這個得事後查明，而如果不是她的問題，那大賽該如何彌補？」

「這……」

慕錦歌語速加快：「所謂的規矩，不過都是在維護公平競爭這一原則，我只是將爐灶分與四號一半而已，除此以外我們彼此之間不會有絲毫干涉，在場的電視臺人員和觀眾們都是最好的監督者。事不宜遲，不要再耽誤下去。」

監督員終於鬆口道：「好吧，那麼四號就用三號空出來的那個瓦斯爐吧。」

葉秋嵐感激道：「謝謝！」

說罷，她趕緊把湯換到慕錦歌這邊空著的瓦斯爐上，開著小火繼續熬著，然後回到自己的爐灶前用原本熬湯的瓦斯爐繼續煎小排。雖然中間這麼停頓一下，肯定會影響肉質的口感，但既然問題得到了解決，那她就要全力以赴完成下去。

中途過來給湯加料的時候，葉秋嵐悄悄的低聲道：「謝謝妳，錦歌。」

「不用。」慕錦歌面無表情的盯著鍋裡的燉肉，嘴唇幾乎沒動，「不是妳的錯。」

鶴熙食園的設備她再清楚不過，全都是進口的上好廚具，葉秋嵐又不是廚房小白，怎麼可能這麼容易就把爐灶弄壞了。這件事情，背後一定有蹊蹺。

其實她已經有眉目了。

想一想，全場跟葉秋嵐算得上有過節的應該就只有江軒了，小組賽上敗給這麼一個野路子出來的外行人，他心裡肯定十分不甘。但慕錦歌相信，這件事絕對不是他做的，因為他並沒有能力在事後承擔起令鶴熙食園名譽受損的責任，所以不敢；況且，他向來行事小心謹慎，不會做出如此惹人起疑的事情。

恐怕在聽到葉秋嵐說設施故障後，全場最緊張和擔心的就是他了。

可是，有一個人與他同仇敵愾，並且仗著與園主的血緣關係便無法無天。

尚不知自己即將大難臨頭的蘇媛媛看到葉秋嵐又重新恢復從容不迫，開始有條不紊的處理小排，心裡十分不爽，暗自恨恨的想這個慕錦歌可真多事。

本來昨天她也想看看慕錦歌是被分在哪塊區域的，但沒想到等她過來的時候，慕錦歌已經確認完走人了，所以她只看到葉秋嵐。

——哼，要不是這個半路殺出來的小配角，江軒就不會在初賽被搶了頭籌，而我也不至於糊裡糊塗受了一頓氣！

懷著這樣的怨念，蘇媛媛利用自己的身分之便，在負責人最後一次檢查完設備鎖上門後，悄悄拿了鑰匙開門進來，在葉秋嵐的器具和備用設施上做了點手腳。她只動了葉秋嵐一邊的瓦斯爐，沒想到連老天都幫她，歪打正著，葉秋嵐用的不只是一個，而是兩邊的瓦斯爐都要同時開著。

她覺得自己要開始轉運了。

讓她再次確認這一點的，是坐在她身旁的高富帥——這麼大朵桃花，砸得她幸福得都要暈過去！

看見侯彥霖從相機包裡拿出單眼相機，對著某個方向不停的按下快門，蘇媛媛忍不住好奇問道：「參

加比賽的有你認識的人嗎？」

「有啊。」侯彥霖透過鏡頭注視著慕錦歌的一舉一動，揚著嘴角道：「我女神。」

蘇媛媛的表情一僵，「是哪位選手呀？」

侯彥霖笑道：「最漂亮的那個。」

蘇媛媛將場上所有女選手們都挨個打量了一遍後，表情更僵了。過了好一會兒，她才生硬的堆出個笑容，「該不會……是三號的慕錦歌吧？」

侯彥霖按下快門，答道：「就是她。」

「……」

不是她的桃花運就算了，可是竟然是那個慕錦歌的愛慕者？！

嫉妒之火熊熊燃燒，燒盡了憋在蘇媛媛喉間的一口老血。她開口挑撥道：「這位先生，可能你沒怎麼真正和慕錦歌接觸過，所以不知道她的真實性格和為人，雖然她的臉的確長得好看，但是……」

侯彥霖打斷她道：「妳認為我是個只看重外表、不注重內涵的膚淺男人嗎？」

蘇媛媛忙道：「不不不，我不是這個意思。」

「除了長相，她哪兒我都喜歡。」侯彥霖幽幽的嘆了一句：「太漂亮了，總是惹來居心叵測的妒忌和詆毀。」

蘇媛媛：「……」

侯彥霖放下單眼相機，笑著看向她道：「我的意思是，情敵太多，競爭十分激烈，而我又因為是其中佼佼者，所以承受了很多壓力。」

「哈，哈。」蘇媛媛心虛的乾笑兩聲，「原來是這樣啊。」

◎◆※◆※◆◎

比賽時間結束，全部人都完成了料理。

早在十分鐘前，五位評審就已經悉數入場完畢，主持人這時才開始介紹每位評審的名字和身分，主要是介紹給電視機前的觀眾認識。

這一場決賽的主題也是一個詞：浪漫。

慕錦歌是三號，所以很快就輪到評審品嘗她剛才完成的料理。

她將那一盤熱騰騰的燉肉端到了評審桌上，說道：「這就是我的作品，巧克力紅酒燉牛肉，請各位老師品嘗。」

然而還未有人動筷，就聽到一聲熟悉的嘲諷：「一聽題目是『浪漫』，就只知道把『紅酒』和『巧克力』這兩種浪漫元素混在一起，現在的年輕人都是這麼投機取巧、斷章取義嗎？」

慕錦歌抬眼，只見程安坐在評審席最右邊，用著一種近乎蔑視的目光看著她的作品。

早在看肖悅給她的宣傳單時，她就已經知道程安在評審之列，所以她對他是決賽評審的事情並不感到意外。

「程師傅，話不能這樣說。」

聽完程安的話後，坐在最中間的中年男評審溫和的開口道：「你這樣子說，不也是種斷章取義嗎？」

程安一愣，沒想到會被人反駁，一時間有些尷尬。但礙於說話人的地位，他不得不服軟道：「孫老師說得是。」

經剛才主持人的介紹，在場的所有人都知道，這位神色溫潤的中年男子便是當今美食界最權威的美食評論家——孫眷朝先生。

據說他吃遍了世界各地的美食，認識各個國家的有名廚師，經驗豐富，閱歷廣泛。和當下許多青年美食評論家的語言風格不同，他的點評就如同他給人的印象，春風細雨、溫潤如玉，但又有不容置疑的權威與距離感。

雖然年近五十，但從他的眉眼間依稀可見年輕時俊朗的痕跡，他對其他評審道：「各位，開始吧，一切都只有等吃下料理之後才能下結論。」

另外三人聽他都這麼說了，紛紛拿起筷勺，夾起一塊巧克力紅酒燉肉，餵進嘴中細細品嘗起來。見其他評審都吃下了這道詭異的燉肉，程安不得不硬著頭皮，十分不情願的跟著舀了一勺。但是眼看手都拿著湯匙湊到嘴邊了，他還是猶豫不決。

主持人發現了他的異狀，關切的問道：「程老師，怎麼了？」

「沒事。」程安深吸了一口氣，閉上眼睛，皺著眉頭，一鼓作氣把勺中的牛肉塞進嘴中。

主持人：「……」哥你這一點都不像是沒事的樣子好嗎？

閉上嘴的這一刻，程安終於回想起了曾一度被慕錦歌的黑暗料理所支配的恐怖，以及自己擁有的屬於正統料理界的驕傲被踐踏的屈辱——

紅酒的甜澀與巧克力的香醇同時浸入牛肉之中，一口咬下，鮮美溫熱的肉汁在舌上盡情鋪灑開來。牛肉的鬆軟爛熟被燉得剛剛好，既保持了一定的嚼勁，又保證肉能在咀嚼中很快化作肉泥，一時之間巧克力和酒精的味道濃郁起來，帶來一場不見不散的沉醉。

這種心情……

這種隨著牛肉味道的昇華而不斷推向高潮的心情，究竟是怎麼回事？！

心跳慢慢加速，如同小鹿亂撞，臉也微微有點發燙，難道這僅僅是因為菜裡加了紅酒的緣故嗎？

那這種彷彿心間都填滿蜜的感覺，僅僅是因為巧克力的香甜嗎？

在這一瞬間，他彷彿聽到了優美的和弦，聞到了甜膩的花香，看見了比翼的飛鳥……

啊，多麼浪漫啊！

如果可以，他真的想陶醉的說一句……

「程老師……」主持人看著程安一直閉著眼睛，有點擔心，「您還好吧？」

程安脫口而出：「Oh! Yes I do!」

主持人：「……」

孫眷朝笑道：「看來程老師已經十分生動的告訴了我們他對這道菜的滿意。」

程安這才意識到自己的失態，頓時老臉一紅，說不出話來。

慕錦歌看著孫眷朝，緩緩道：「那您覺得如何呢，孫老師？」

孫眷朝保持儒雅的笑容，比語言先回答她的是動作——只見他伸出筷子，在盤中夾了第二塊肉。嚥下後，他與慕錦歌四目相對，讚許道：「獨特而美味，我已很久沒有吃到能這樣帶給我驚喜的料理了。」

慕錦歌嘴角微揚：「您過獎。」

雖然五位評審裡程安給了最低分，但慕錦歌在孫眷朝那裡得到的分數卻是七位選手裡最高的，最後總分排下來，位居第一，榮獲本場大賽的冠軍。

由於中途耽誤了點時間，葉秋嵐亂了方寸，調味時沒把握好，把魚湯加鹹了，小排也因中途的停火而影響了口感，因此她的成績並不太理想，沒有進入前三。

江軒這次倒是發揮得不錯，一道意式水果肉醬焗飯獲得一致好評，總算是揚眉吐氣了一把，位居第三名，與排在第四的選手分數差距很小，有驚無險。

頒獎完後，選手與評審拍大合照，然後分別接受採訪。

◎◆※◆※◆◎

比賽結束，觀眾就都散了，蘇媛媛過去找江軒了，那一排只留侯彥霖一個人還在。

和其他觀眾不同，侯彥霖並不急著離開或是上去找人，而是繼續悠閒的坐在原位，時不時用著手中的單眼相機朝著前方抓拍幾張，臉上一直保持著笑意。

這時正好鄭明、大熊和肖悅離開了原本的位置路過，鄭明眼尖，發現了他，走過去拍上他的肩膀，驚訝道：「侯少，你什麼時候來的啊？」

侯彥霖漫不經心道：「早上開了個會，來晚了，進場時都開始十多分鐘了。」

鄭明更加驚奇了，「來晚了還能坐到這麼好的位置？」

侯彥霖挑眉道：「雖然我來得晚，但是我的助理到得早啊。」

鄭明：「……」我一定是傻了才會擔心這種有錢有勢的大少爺沒有座位坐。

肖悅抱著剛才從花店加急送過來的玫瑰花束，挑釁般看著坐下來之後終於比她矮了不少的侯彥霖，哼笑道：「兩手空空，座位都是別人幫忙占的，一點都不誠心！」

侯彥霖看向她，笑道：「花是別人種的，紙是別人包的，一點都不誠心。」

「你！」肖悅瞪大眼睛道：「這起碼是我買的！」

侯彥霖悠悠道：「助理也是我雇的。」

身經百戰後，肖悅知道自己絕對說不過對方，於是抱著花別過頭哼道：「錦歌得了冠軍，本小姐心情好，不和你多計較。鄭明、大熊，我們走！」

大熊看侯彥霖一動不動，疑惑道：「侯少，你不和我們一起過去找錦歌姐嗎？」

侯彥霖道：「你們先去吧，主角總是最後一個到。」

肖悅凶巴巴道：「跟這混蛋說這麼多幹什麼，還想不想繼續做我小弟了？」

大熊和鄭明：「……」從未想過。

待那三人走遠後，侯彥霖才掏出手機，撥了通電話給在外待機的助理小趙。

電話那頭很快就接通了：「少爺，有什麼吩咐嗎？」

「交代的事情都辦好了嗎？」

「已經跟今日到場的全部電視臺和媒體負責人打好了招呼，原本跟著您從華盛過來的那個娛樂記者也已經被引開了。」

侯彥霖低聲道：「叫高揚盯緊點，不允許有任何照片流出。」

小趙道：「是，我們一定會竭力捍衛慕小姐的清白的。」

侯彥霖沉默了兩秒，才開口：「小趙，你的國文老師還健在嗎？」

小趙老實交代道：「雖然不知道少爺您指的是小學到大學之間哪一位國文老師，但我想他們都還健在，只不過每次回學校他們都不願意見我。」

侯彥霖安慰道：「眼不見，心更念。」

掛了電話後，他重新望向正在接受採訪的慕錦歌。

只見鄭明他們已經走了過去，並且以親友團的身分成功混入鏡頭前，七嘴八舌的說了起來，成為記者們的救星——從初賽的採訪就可以看出來，慕錦歌並不喜歡出現在鏡頭前，因此原本就不健談的她一旦被攝影機鎖定，態度就會變得更加冷淡，話題經常被尷尬的終結，每一位想要從她口中撬出爆點的記者都需要有一顆格外抗凍的心。

所以說，肖悅等三人的到來簡直拯救了一場瞬間進行不下去的專訪。

——真好啊。

侯彥霖把相機放在大腿上，右手食指有一下沒一下的輕輕點著相機，心裡少見的湧現出些許羨慕。

真好。他當然也想像肖悅那樣捧著一束嬌豔的玫瑰，大步流星的走上前去，一邊慶賀恭喜，一邊把花獻給喜歡的人，順便還可以趁機吃個豆腐揩點油什麼的。

但他不能，他連像鄭明、大熊那樣自然的走過去和慕錦歌同框都做不到。

因為他有顧忌。

在前三名裡，慕錦歌的資歷和起點都是最低的，在不熟悉她的人眼中，這樣的她能拔得頭籌，完全是衝出來的一匹黑馬，這次能夠力壓群雄，除了運氣外，就只有不可否認的料理才華，十分勵志。

雖然事實的確如此，但如果在此時他公然出現在她身邊，那就說不清了。

現在的人大多好事，往往喜歡用惡意揣度他人，網路上的酸民和鍵盤俠又那麼多，一旦他入了鏡，就有可能之後被心懷不軌的人扒出身分，看圖說故事，造謠說是他拿錢買通評審或是說出其他更不堪入耳的話，就算事後他這邊的公關把流言壓了下來，可還是會給慕錦歌帶來平白無故的質疑與謾罵。

照理來說，他算半個公眾人物，慕錦歌完全是圈外人，事前又專門找人打點過，被曝出新聞來的機率並不高。

可即使只有百分之十的機率，他都不願意拉上那個人冒這個險。

所以直到採訪結束，慕錦歌和肖悅一行人走出初犢堂之後，他才站了起來，佯裝無事的穿過人群，跟了上去。

走在鶴熙食園的遊廊上，大熊興沖沖的問：「錦歌姐，妳拿了第一，那是不是天川街的那家店面就是妳的了？」

慕錦歌看起來有點心不在焉，「嗯。」

「好厲害！」大熊羨慕道，「那妳馬上就能經營自己的餐廳了嗎？」

肖悅插話道：「哪有那麼快，下週簽了合約後，弄裝修差不多要一個月，然後衛生起見通風散氣又一個月，這期間還要跑個人經營執照和衛生許可證，什麼工商登記啊稅務登記消防審核啊……手續多著呢，最快也要十二月才能開業吧。」

大熊聽得頭都暈了，「聽起來就很麻煩，錦歌姐一個人能張羅得過來嗎？」

慕錦歌道：「我家以前也是開餐館的，所以還好，不是很陌生。」

三人平時都沒聽她提起過家裡的事，因而聽到這話時都有些驚訝。

大熊問道：「錦歌姐，那妳怎麼不回家裡的餐館幫忙呢？」

慕錦歌輕描淡寫道：「我母親去世後，店就關了。」就算沒有關，她也沒有想過要去繼承，因為那是屬於慕芸的私房菜館，不是她的。

話題聊到這裡便有點尷尬，於是鄭明突然道：「其實，剛才侯少也在初犢堂裡。」

慕錦歌腳步一滯，抬頭看向他，「你說侯彥霖？」

「嗯。」鄭明撓了撓頭，「但不知道為什麼他沒有和我們一起來找妳，就一直坐在位子上玩相機，本來採訪結束想跟妳說的，但肖悅姐威脅我不許說。」

肖悅道：「侯二那混蛋不知道葫蘆裡賣的什麼藥，自己又不是沒有長腿不會跟過來。走吧錦歌，不用理他，我在一味居預留了最好的包廂，慶祝妳成功奪冠。」

「等一下。」慕錦歌還是拿出了手機，撥了通電話給侯彥霖。

「嘟——嘟——」

就在這時，如同有一陣風颳過，慕錦歌身邊突然躥過一道人影，緊緊的抓住她沒有拿手機的那隻手，拉著她直往前奔，轉眼兩人就一起消失在盡頭的拐角處。

大熊傻眼了，過了幾秒才道：「侯少的短跑成績肯定很好。」

鄭明嘆道：「厲害了我的侯少，是說之前怎麼沒啥表示，原來是在憋日劇跑。」

肖悅咬牙切齒：「啊啊啊那個混蛋！」

一路跑出食園門外，侯彥霖才拉著慕錦歌停了下來。

這時慕錦歌打給他的電話還沒自動掛斷，侯彥霖看了看手機，然後放到耳邊，笑道：「喂，師父？」

慕錦歌一邊喘著氣，一邊面無表情的看著眼前這個人接通自己的電話。

侯彥霖也笑著看向她，但話卻是對著手機說的：「師父，這可是妳第一次主動打電話給我，是不是想我了呢？」

「……」

「嗯？怎麼不說話，是訊號不好嗎？」

「……」

「難不成是思念成疾，不能言語了吧。」

「……」

慕錦歌抬起手，把亮著螢幕顯示正在通話中的手機挨到了耳邊，冷冷的開口道：「侯彥霖，你就是個二傻子。」

侯彥霖聽著電話，用手將她因為剛才的奔跑而散下的碎髮撩至耳後，笑得很高興，「只要是妳給的愛稱，我都喜歡。」

「二傻子。」

「哎。」侯彥霖答應的相當自然。

路人：「……」城裡小情侶真是會玩，面對面還打電話調情，真是話費不怕燒，狗糧到處撒。

慕錦歌無語的掛斷電話，皺眉道：「你無不無聊。」

侯彥霖把手機收進風衣口袋，可憐兮兮道：「這可是妳打給我唯一的一通電話，我怎麼捨得掛斷？」

「就算你這麼說，我以後也不會再打電話給你。」

侯彥霖笑咪咪道：「師父，妳打電話給我是在找我嗎？」

慕錦歌道：「不是，不小心按到而已。」

「哦……」侯彥霖拉長了聲音，意味深長道：「那師父和我還真有緣呢。」

慕錦歌道：「孽緣。」

侯彥霖失笑。

突然想起什麼，慕錦歌開口道：「你身上有沒有帶糖？」

侯彥霖道：「有，妳又低血糖了嗎？」

因為在Capriccio那段時間他天天掉包慕錦歌的糖，所以都帶出習慣了，即使現在不在餐廳打下手了，但他出門時還是會習慣性的往口袋裡放兩、三顆糖，特別是要開會的時候，感覺比咖啡還能提神。

看著對方攤開的手心上的水果糖，慕錦歌愣了一下，「你怎麼也吃這個？」

為了不露餡，侯彥霖早就想好了說辭，他認真道：「妳第一次獎勵我吃糖的時候，我不就說了很好吃嗎？所以後來我自己也去買了一盒。」

慕錦歌道：「一盒？這種糖不都是袋裝嗎？」

侯彥霖臉不紅心不跳的說：「有盒裝版，可能妳去的那間超市沒有，下次我可以帶給妳。」

慕錦歌道：「不用了，我現在改買薄荷糖了。」說著，她從侯彥霖手中拿起一顆水果糖，剝去糖紙，放進了口中。

「……」

看著慕錦歌瞬間僵硬的表情，侯彥霖關切的問道：「師父，妳怎麼了？卡到喉嚨了嗎？」

「沒有。」慕錦歌彆扭的錯開視線，垂下了眼。

——怎麼感覺這糖的口感，比侯彥霖還在Capriccio打下手那會兒，更好了呢？

——難道……自己對這個二傻子的喜歡又悄悄增加了一點？

慕錦歌甚至懷疑自己可能有一個分裂人格寄宿在味覺上。

正所謂有心栽花花不開，無心插柳柳成蔭。

決賽的七位選手裡，慕錦歌應該是最無心炒作宣揚自己的，卻不料就這樣在網路上竄紅了一把。

本來收看這場比賽轉播的大多都是B市本地人，受眾範圍有限，但有一個知名美食版版主全程關注了比賽，截取了慕錦歌比賽和接受採訪時的圖，並打上了「黑暗料理女神」的TAG發到了網路上——

@吃貨拉愛吃串串V：#黑暗料理女神#在家坐月子閒來無事，就看了下B市今年的新人廚藝大賽，沒想到收穫奇女子一枚↓明明能靠臉吃飯，卻偏偏要靠才華（攤手）做的菜很獨特不說，女神本人也好有個性！冰山面癱加點毒舌神馬的，以後我養兒子就努力往這方向靠齊！心疼女記者0.000001秒，估計是第一次遇見這麼耿直的girl～［圖片］［圖片］［圖片］［圖片］

轉分享很快就破千，很多關注這個版主的粉絲紛紛去網路上找了比賽的影片，補完後回來爭先當起了自來水（注十二）。分享的帖子一傳十、十傳百，很多平時根本不關注料理界的網友也都參與進來，有驚嘆慕錦歌的料理不可思議的，也有熱衷於把慕錦歌的各種冷漠臉和語句做成表情包的。

當然，配對黨也如雨後春筍般冒了起來。

像小當家X慕錦歌這種跨越次元和年代的拉郎配就不說了，在整場大賽裡，最熱門的兩種搭配分別是慕錦歌X女記者（簡稱歌姬黨）和葉秋嵐X慕錦歌（簡稱夜幕黨）。

歌姬黨的成立依據主要來自初賽時慕錦歌和女記者之間的互動，小白花笨拙又努力的想要融化冰山成為歌姬配對同人的主旋律；而夜幕黨的點主要在兩人都是各自小組賽的第一，強強雙王，決賽時慕錦歌主動分一半爐灶給葉秋嵐這一段，更是成為眾粉津津樂道的配對成立的最強證明。

對此，肖悅是極其氣憤的，換著帳號對刷配對的人挨個戰過去，在網路上筆戰得熱火朝天。

而與她形成鮮明對比的，則是侯彥霖——

二傻子：「圖片」

二傻子：QAQ 師父快看，這篇寫得真好，特別是妳失憶那塊，特別感人！

慕錦歌：「……」

那張圖片其實是一篇文，打開一看，題目叫做《夜深何處尋歌聲》——這是一篇夜幕同人小短篇。

文中兩人都被換了個身分，葉秋嵐是英姿颯爽的女警官，而她則是一個冷靜面癱的女法醫，是葉秋嵐的好友，一直默默幫助著葉秋嵐，後來還在一次醫院槍戰中為葉秋嵐擋了一顆子彈。

明明子彈打中的是背部，可是她被搶救過來後卻是腦袋失憶了。

慕錦歌：什麼亂七八糟的？

二傻子：QAQ 我都要看哭了！

慕錦歌：你是不是傻？

二傻子：一想到妳不僅為別人擋子彈，還躺在別人懷裡，還渾身是血昏迷不醒，我的心就好痛，既想成為那枚子彈，但又不想成為那枚子彈……

慕錦歌：……

二傻子：這篇同人文給我的真實感太強了，以至於我現在十分擔心妳是否平安，所以我決定蹺了等一下的招標會，去餐廳看妳一眼！

慕錦歌：……

二傻子：當然，如果能親口吃到妳做的東西，那我就更放心了！

繞了半天，原來目的是這個。

慕錦歌勾了勾唇角，正打算回侯彥霖一句「請不要為你的貪吃和擅離職守找理由」的時候，宋瑛進來

道：「錦歌啊，外面有人找妳。」

「誰？」

「不知道，但看起來不是壞人。」宋瑛道，「說之前跟妳聯繫過的。」

之前聯繫過？慕錦歌心裡感到奇怪，但還是跟著宋瑛從裡間走了出去。

只見來找她的是一名中年男子，西裝革履，臉有點長，眼睛有點小，戴著一副金邊眼鏡，看起來十分商務。他把名片遞給慕錦歌，微笑道：「慕小姐妳好，我是娛派影視的經紀人吳溢，之前我的助手有跟妳通過電話。」

聽到對方的來歷，慕錦歌明白了，但她並沒有伸手去接對方的名片，而是冷淡道：「吳先生請回吧，在電話裡我已經說得很清楚了。」

吳溢倒也不覺得尷尬，而是自然的把名片放在桌上，向慕錦歌做了一個請的手勢，「慕小姐，我們坐下來談吧。」

慕錦歌道：「沒什麼好談的，我只想好好做菜，對演戲沒興趣。」

「簽約娛樂經紀公司，不是只有演戲拍片。」吳溢幹這一行已經二十年了，什麼樣的人都見過，自然不會因慕錦歌這麼幾句話而退縮，他依然保持著微笑和手勢，「慕小姐，我們還是坐下來好好聊聊吧，最後不簽也可以，我相信妳也不希望之後一週每天我都登門拜訪吧。」

慕錦歌不想因為自己而給宋瑛他們添麻煩，所以即使很不樂意，但還是在吳溢的對面坐了下來。

吳溢臉上雖是不動聲色，但心中卻是勝券在握。作為一名優秀的經紀人，他當然擁有三寸不爛之舌，只要對方肯談，那他就能談妥。

「喵。」燒酒看了他一眼，跑過來跳到慕錦歌的腿上。

慕錦歌一邊摸著貓，一邊開口道：「你要說什麼就說吧。」

吳溢推了推眼鏡，道：「慕小姐可能還不知道，最近妳在網路上的熱度很高，網友們……」

「我知道。」慕錦歌冷冷打斷道，「有很多自來水，還有很多配對粉。」

吳溢一頓，沒想到對方看起來一副不理俗事的樣子，實際上還挺懂的。

其實這些詞都是侯彥霖每天說給她聽的，雖然對此她很是嫌棄，但聽多了自然而然就記住了。

吳溢道：「慕小姐，老實跟妳說吧，就算我不來找妳，也會有很多網紅經紀公司來找妳，與那些小公司相比，我們娛派是正經的影視公司，在演藝圈的地位可不是吹的。妳知道榮禹東和李茗詩吧？還有劉郁瑩、許翀……這些都是我們娛派的藝人。」

慕錦歌面無表情道：「不好意思，我不怎麼看電視。」

吳溢清咳一聲以掩飾尷尬，不氣餒的繼續介紹：「這幾年網紅文化興盛，我們娛派也順應時代潮流，專門設立了網紅部。妳要知道，雖然這只是一個部門，但是完全能碾壓其他那些網紅公司，因為公司內部資源是共用的，妳明白這意味著什麼嗎？意味著妳以網紅的身分被簽進娛派，公司就會捧妳，等到妳有了些成績後就會擴寬妳發展的平臺，讓妳的發展不僅僅局限於網路，還能正式進入演藝圈，拍電視劇拍電影拿代言，走上人生巔峰！」

慕錦歌道：「我只想好好做菜開店。」

吳溢：「……」

不科學啊！他說得連自己都快心動了，可這個小丫頭怎麼還是不為所動？

吳溢快速的轉著腦筋，終於找到了合適的切入點：「慕小姐，在現在這個時代，太多明星藝人開餐廳了，特別是在B市，妳要是沒有點名氣，怎麼拚得過他們？」

慕錦歌看著他，「做好自己就可以了，為什麼要去跟別人比？」

吳溢問：「那為什麼妳又要去參加那場新人比賽呢？」

「因為贏了有店面。」

「既然想擁有一家自己的店，那說明慕小姐還是有野心的才是，那麼何不為自己增加名氣，讓自己的餐廳更受歡迎？」

慕錦歌道：「你想太多了，只是這裡要拆遷了而已。」

吳溢：「……」年輕人妳知道自己現在這種不思進取的思想有多危險嗎！

吳溢仍不放棄道：「慕小姐，妳看，妳要開新店，這裝修得要錢吧？宣傳得要錢吧？這之後營運初期入不敷出妳得自個兒投錢進去發薪水給員工吧？這麼細數下來，對妳來說也是一筆不小的費用吧？只要妳簽了這一紙合約，配合我們做幾場直播，這些錢就都有了，完全是小意思。」

慕錦歌最煩這類東西了，不耐道：「我不做直播。」

吳溢見她沒有否認缺錢的事情，心下一喜，勸道：「慕小姐，妳看妳條件這麼好，黑暗料理這個噱頭也很新穎，做直播再合適不過。妳現在說不想，是因為沒有嚐到甜頭，嘗試一次後就能喜歡上了，我們娛派好多新人都是這樣過來的，現在誰還為錢的問題發愁啊！」

這時，門口響起一道透著懶散笑意的聲音：「誰說我們慕主廚為錢的事情發愁了？」

一聽這聲音，燒酒下意識的用尾巴纏住了後腿，低下了頭。

吳溢回頭望去，頓時一愣，「你是華盛的……侯總監？」

身為一名經紀人，認人是必須的，更何況對方是演藝圈龍頭華盛娛樂的二公子，想不認識都難。

侯彥霖穿著一件駝色的大衣，兩手悠閒的插在口袋裡走了過來。他在吳溢旁邊的那個位置坐下，笑吟

吟的看了他一眼，「一直都聽說娛派經紀人拉客很厲害，今日一見，果然名不虛傳。」

吳溢微笑道：「只是跑業務而已，我們這種人哪能和侯總監比，就算不工作也能錦衣玉食的生活。」

侯彥霖道：「那不如你也去做直播吧。我剛剛站門口聽了一會兒，覺得你們娛派新增的那個網紅部相當不錯啊，不是很快就能讓你走到人生巔峰嗎？」

吳溢：「那也得像慕小姐一樣有才有貌，具有吸引觀眾的特質才行。」

侯彥霖：「我看你口才挺厲害的，可以和方敘組一對雙簧，用他的貌、你的才……雖然不得不說方敘在口才上也比你好，但我想他應該不介意讓一讓你，圓你人生贏家的夢。」

方敘是娛派的知名經紀人，兩年前從藝天跳槽過來的，現在正和昔日的同門師妹、華盛娛樂的經紀人梁熙鬥得如火如荼。

很不巧，在娛派內部，他和方敘也是死對頭。

吳溢：「侯總監怎麼就這麼想讓我上直播呢？比起幕前的工作，我更喜歡現在這份幕後的工作。」

侯彥霖笑道：「那你為什麼非要讓慕主廚上直播呢？明明比起幕前的工作，她也更喜歡現在這份幕後的工作。」

吳溢一噎，沒想到自己堂堂一個經紀人竟然被一個人傻錢多的富二代套了話！

「慕主廚的比賽我看了，相當有意思。」侯彥霖說得好像自己是最近才認識慕錦歌，「我決定投資慕主廚的餐廳。」

吳溢再難保持笑容，他對慕錦歌道：「慕小姐，妳可要想好了，投資這種事，能來多少錢都是由別人掌握，可是一旦妳簽了我們公司，我來做妳的經紀人，到時候要賺多少錢，則是全看妳的想法。」

侯彥霖嘲笑道：「真是佩服你，能睜著眼把話說得這麼滿，同時也同情你手下的那些藝人，整天被你

灌輸些不切實際的白日夢。」

吳溢語氣有點急了：「是不是真的，只有慕小姐來了後才知道。」

「既然你覺得這是你的籌碼，那這樣吧——」侯彥霖挑了一下眉，「作為投資方的同時，我很樂意代表華盛娛樂簽下慕主廚，合約期限和細則由慕主廚來定，而我這個總監來做她的專屬經紀人。」

吳溢咬牙道：「侯總監，你這未免有點犯規了吧……」

「犯規？」侯彥霖輕笑一聲，「雖然我知道你叫什麼，但看你這樣子應該也不是什麼圈內新人了吧，怎麼連演藝圈裡最基本的規則都不知道？」

吳溢冷笑：「還請侯總監賜教。」

侯彥霖看著他，緩緩道：「就是誰有資源誰說話呀，親。」

吳溢：「……」

燒酒豎著耳朵聽完全過程，抬頭對慕錦歌道：「大魔頭又仗勢欺人了真不要臉！」

慕錦歌摸了摸牠的肉掌，低聲道：「要臉幹什麼，臉是要用在刀刃上的。」

燒酒一臉懵然：「喵？」**靖哥哥我怎麼覺得妳好像變了呢！**

最後吳溢終於被侯彥霖氣走了。

侯彥霖懶洋洋的坐在位置上，笑著朝燒酒勾了勾手，「燒酒，過來。」

燒酒抬起那張苦大仇深的扁臉，狐疑的看了他一眼，警惕道：「你要我過去我就過去，那我豈不是很沒面子？」

侯彥霖從口袋裡掏出一袋分裝的餅乾，晃了晃，「丹麥進口的貓餅乾，我車裡有一整包，你要是嚐著

喜歡，我就拿進來給你。」

燒酒扭頭，哼道：「你未免把本喵大王想得太簡單了！」

「還有一桶山羊奶貓布丁。」

「……」燒酒悄悄嚥了嚥口水。

「以及一包烤雞胸脯肉。」

燒酒轉回頭來，目光炯炯的看著他，「都給我？」

侯彥霖點頭道：「當然。」

於是燒酒很沒骨氣的爬上了桌子，走到侯彥霖面前，抬起毛茸茸的前爪去搆對方手中的貓餅乾，「說話算話！」

侯彥霖把包裝撕開，體貼的將貓餅乾掰碎，然後一邊餵著燒酒，一邊挑眉道：「不是說沒面子嗎？」

「若為美食故，面子皆可拋。」吃到了想吃的零食，燒酒饜足的用貓舌舔了舔嘴，「況且靖哥哥都說了，臉皮是要用在刀刃上的。」

慕錦歌：「……」

侯彥霖抬頭看向她，一雙桃花眼亮晶晶的，脣角勾著笑，「怎麼我覺得這句話有點似曾相識啊？」

慕錦歌依然面無表情，沒有對此做出任何解釋，而是站起來淡淡道：「來者是客，我去做些點心。」

餵完餅乾後，侯彥霖拍乾淨手上的碎屑，然後兩手陷入那層灰藍色的貓毛中，貼在燒酒的身體上，心滿意足的嘆了一聲：「真暖和。」

吃人嘴短，燒酒只有乖乖趴在桌上任他摸，有些無語：「敢情你叫我過來，就是想讓我給你暖手。」

侯彥霖道：「對啊，這麼方便持久的暖暖包，不用白不用。」

「……」

侯彥霖又道：「難道你沒發現天冷下來後，錦歌抱你的頻率變多了嗎？」

「……」燒酒身體一僵，想一想確實是這樣！

以前靖哥哥總是嫌牠重，就算牠主動跳到她腿上，沒一會兒也會被趕下來，晚上更是只有可憐兮兮的睡在櫃檯後的貓窩，偶爾進裡間睡都是睡地板上。可是自從入秋以來，靖哥哥就經常把牠抱在懷裡摸毛，也不說牠胖要將牠剃毛了，晚上睡覺甚至恩准牠可以睡床上！

——**寶寶心好痛，原來寶寶只是個暖暖包！**

然而侯彥霖不忘再補一刀：「不是挺好的嘛，你看你，除了賣蠢當吉祥物外，又多了一個用處，你的貓生多麼有價值。」

「……」**可是人家明明應該是一個更有價值的系統！**

侯彥霖玩著牠的肉墊，突然道：「你靖哥哥她剛才是不是說『來者是客』？」

燒酒動了動耳朵，繼續生無可戀的趴著，沒有理他。

「剛剛那個娛派的經紀人在這裡坐了那麼久，也不見錦歌說要去幫他倒杯水什麼的。」侯彥霖低笑兩聲，藏不住好心情，「可是我一來，她說要去做點心……你說她是不是喜歡上我了？」

燒酒看了他一眼，「你想太多了。」

侯彥霖握著牠的小爪子揮了揮，悠悠道：「還沒談過戀愛就被閹了的你，是不會懂的。」

燒酒：「……」**真想一爪子下去把你送進傑克男科醫院！**

這次慕錦歌進廚房的時間格外短，就這說一會兒話的工夫，她已經端著盤子出來了。

她把東西放在桌上，道：「吃吧。」

盤子一放到桌子上，一人一貓便動作出奇一致的伸著脖子看了過去——

只見盤上盛著四份一模一樣的甜點，然而每一份都十分簡陋，看起來就是直接把奇異果、起司片、蘋果、花生、藍莓乾和薄荷堆疊在一起罷了。

這未免也太過隨意了吧！

燒酒抗議道：「靖哥哥，妳真是越來越懶了！」

侯彥霖按了一下牠的頭，「又不是做給你吃的，你別說話。」說罷，他用牙籤戳起一塊水果夾起司，毫不嫌棄的吃了下去。

雖然僅僅是簡單的重疊在一起，但這幾樣食材搭配起來的味道卻出乎意料的扣人心弦。

奇異果的酸甜、起司片的香鹹、蘋果的爽口、花生的酥脆、以及藍莓和薄荷作為點綴的獨特口味……明明看起來互不相關，但入口時卻讓人覺得是個整體，清新的味道在嘴中蔓延，驅趕午後的疲倦與睏意，使食客如身處在最純淨的自然之中一般，空氣清新，心曠神怡。

侯彥霖讚嘆道：「妙！師父妳是碰巧把這些東西都加在一起的嗎？」

慕錦歌重新坐了回來，語氣與平常無異：「如果我說我有一種天賦，能夠感知食材之間的聯繫，從而做出僅僅只是放在一起就能很好吃的搭配，你信不信？」

侯彥霖單手托著下巴，目不轉睛的望著她，認真道：「我當然信。」

慕錦歌沒想到對方竟然不假思索的給出了肯定的答覆，不由得一愣，雙眸看向他，一時竟然不知道該說什麼好，只是怔怔道：「真的？」

「真的。」

「為什麼？」

侯彥霖問：「什麼為什麼？」

慕錦歌蹙起眉頭，「為什麼你能相信這種事情？」

侯彥霖指了指燒酒，「我的貓體內住進了一個美食系統，並且我還能聽到牠說話，這種事情我都能相信，為什麼不能相信妳呢？」

慕錦歌抿了抿嘴角，不說話。

「妳肯定覺得我是個很奇怪的人吧。」侯彥霖笑了笑，「要是別人這麼跟我說，我多半也覺得他是在胡扯，但正因為說這話的人是妳，所以我才深信不疑。」

慕錦歌半晌才出聲道：「謝謝。」

——謝謝你給了我從未有人給過我的信任。

此時慕錦歌的心裡彷彿有枝紅筆和小本子，翻開來給某人加上了二十分。

誰知道這加上分數代表著什麼呢？

對此毫不知情的侯彥霖一口氣將盤中的起司水果一掃而光，滿足的用紙巾擦了下嘴角，開口道：「對了，剛剛我對吳溢說的話，都是講真的。」

慕錦歌回過神來，「建議他上直播的事？」

侯彥霖失笑：「師父妳真可愛，我指的是投資妳的新店和做妳的專屬經紀人的事。」

慕錦歌的注意力全放在後半句的話上了，因此忘了開口駁斥對方的前半句話，而是說道：「你不用這樣幫我。」

侯彥霖很瞭解她的性格，於是道：「師父，妳還記得嗎？來Capriccio第一天我就跟宋姨說過，未來我想發展餐飲業，所以這次投資，妳可以理解成只是一種商業行為。我看好妳，覺得有利可圖，所以提

供資金給妳，將來再從妳這裡賺錢。」

燒酒瞬間就炸了：「好啊你，竟然打的是這個算盤！坦白交代，你是不是一早就計畫好要利用靖哥哥賺錢了？」

侯彥霖捏了捏牠的扁臉，「蠢貓就是蠢貓，你有聽過商人會盤算著做賠本的買賣嗎？」

哪會有人為了這點蠅頭小利，如此大費周章，最後還把真心搭了進去？那可真是太不划算了。

慕錦歌聽了這話，以為對方指的是投資自己的店是椿虧本買賣，便道：「既然這樣，還是算了吧。」

侯彥霖一本正經道：「靖哥哥，妳這種心態實在是太消極了，要是不想辜負我的話，那就好好工作，努力讓餐廳賺大錢，而不是只想著賠錢。」

慕錦歌想了想，道：「那這樣吧，餐廳的所有權一半歸你，算是我們倆合開了一家店。」

「……」

「怎麼了？」慕錦歌看向侯彥霖，「也對，像你這種身家的人，應該不把這種小店放在眼裡吧。」

侯彥霖忙道：「沒有的事，我現在都是坐享前人的財富，能自己開餐廳什麼的，這可是邁出自己創業的第一步，求之不得！只是……」

「什麼？」

侯彥霖雖是神色不改，但耳根卻悄悄紅了，他清咳一聲道：「合夥開店什麼的，那以後員工對我們的稱呼，是叫我老闆，然後叫妳老闆娘嗎？」

慕錦歌道：「現在連裝修還沒開始，你倒是先想員工的事情了。」

沒有否認，那就是默認了！

雖然知道對方並不是那個意思，但侯彥霖還是忍不住竊喜一下。

燒酒奇怪的看了他一眼，心想大魔頭今天是不是嗑錯藥了，怎麼淨在那裡自己傻樂。

慕錦歌看著他問道：「你怎麼耳朵這麼紅？」

侯彥霖伸手摸了摸，睜眼說瞎話一點都不含糊：「可能是凍的吧，天一冷就這樣。」

慕錦歌道：「哦，這樣啊。」

「既然投資的事情妳同意了——」侯彥霖努力收起心中氾濫的粉紅泡泡，言歸正傳，「那專屬經紀人的事情也希望師父妳能好好考慮一下。」

慕錦歌排斥道：「我不想當藝人。」

侯彥霖耐心道：「沒有說讓妳當藝人，我也不想妳去做直播那種事情，太不適合妳了。但是那個經紀人有句話說得不假，這次比賽給妳帶來的人氣如果好好利用，對妳將來的餐廳百利而無一害，既然有個現成能用的資源，那我們為什麼不用呢？」

慕錦歌面無表情的看了他好一會兒，才妥協似的開口道：「聽起來你已經有打算了。」

侯彥霖道：「我想拍下妳做料理的過程，不拍全身，只會拍到手，不用露臉，偶爾可以讓燒酒出出鏡賣賣萌什麼的，然後每道菜剪輯成一段只有兩、三分鐘的小短片，放在網路上，這樣既可以把料理作法教給大家，破除質疑妳料理科學性的謠言，又可以為妳保持人氣，為餐廳招攬生意。」

一聽可以出鏡，燒酒明顯興奮起來，牠渴求的望向慕錦歌，翹著尾巴道：「靖哥哥，我看大魔頭的主意很棒！以前我也經常幫我前宿主在網路上宣傳什麼的，效果都不錯。」

慕錦歌沉默了一陣，終於道：「好吧。」

燒酒歡喜道：「耶！靖哥哥我愛妳！」

慕錦歌揉了揉牠的腦袋，嘴角帶著淺淡的笑意。

侯彥霖：「……」

——糟糕，我最大的情敵，好像是這隻蠢貓！

注十一：中國大陸網路流行用語「自來水」的意思是「不請自來的水軍」，指的是真心喜歡並支持某個作品或某個人或某個話題，而自發自願在網路上發表讚賞和維護言論的網友；區別於現在很多藝人或公關為了炒話題而僱傭來為他們刷留言的網友，而這些收錢做事的網友則稱為「水軍」。

10. 太極蒸蛋

張小莉最近有些不開心。

月初的時候她參加本地舉辦的一場新人廚藝大賽，一路過五關斬六將，殺進了決賽，最後拿了第二名的好成績，獲得了一筆獎金和一套高品質的廚房設備，照理說應是心滿意足、風光滿面才是。但作為本場大賽的亞軍，無論在賽場上還是比賽後，她的存在感都低得不可思議，受到的關注度還不如排在第五名的外行人葉秋嵐，更別說和冠軍慕錦歌比了。

那個慕錦歌可謂是把風頭搶盡，比賽當天一群記者圍著她團團轉不說，比賽後她在網路上竟然還竄紅起來──當張小莉某天打開網路一刷，發現自己關注的幾個版主竟然都在轉發慕錦歌的照片和秒拍時，內心受到了強烈的衝擊。

沒有對比，就沒有傷害！

憑著一場比賽，第一名眼看都要成網紅了，她這個第二名卻還是無人問津，在入口網站搜索自己的名字，出來的都是一群同名同姓者的痕跡，並沒有提起過在B市新人廚藝大賽上贏得亞軍的張小莉。

──真的是太受傷了！

她今年二十五了，在一家五星級飯店的廚房工作，獲獎後雖然同事們都恭喜她，但之後沒有多久，慕錦歌就成為了廚房裡男生們之間的話題，還有學徒悄悄問她認不認識慕錦歌，可不可以幫忙要個聯繫方式什麼的。

——這群膚淺又愚蠢的男人！

本來張小莉在比賽時不覺得有什麼，可大賽結束之後的落差感實在是太強了，她內心的不服迅速膨脹，並且越來越覺得慕錦歌之所以會贏過她，是因為她長得沒有慕錦歌高，也沒有慕錦歌漂亮，自然而然沒有像慕錦歌那般討評審老師們喜歡。

在這種思想作祟下，她越發懷疑起慕錦歌的菜來。

——那種黑暗料理，怎麼可能好吃？

——一定是評審們慾令智昏，明明沒有那麼好吃，卻偏偏演出一副十分滿意的樣子！

——對，沒錯，一定是這樣！

於是心裡極其不平衡的張小莉開始用新註冊的帳號在各篇讚賞慕錦歌的帖子下方留言，發表自己的觀點，指出慕錦歌的料理並不科學，大家不要被這場扭曲事實的比賽騙了。

最開始並沒有人理她，於是她只有換著帳號為自己的留言按讚，之後漸漸就有人注意到她了。有沉淪美色至今不肯自拔的蠢貨嗆她無中生有，這是大多數，但可喜的是，還是有一小部分人和她意見相投，質疑慕錦歌的菜，覺得慕錦歌的奪冠存在水分。

其中，和她最聊得來的是一個ＩＤ名為「靖哥哥今天愛我了嗎」的網友。

那人是主動私訊她的，說看到了她在某帖的留言，覺得十分贊同，並且開心終於找到了觀點相同者，想要交個朋友，然後研究研究怎麼一起揭穿慕錦歌的真面目。

雖然對方沒有說明，但張小莉從對方說話的語氣來看，應該是一個妹子。

她問妹子怎麼稱呼她比較好，妹子說自己的暱稱叫做羔羊。

透過聊天，張小莉發現自己和羔羊妹子在對很多事情的觀點上不謀而合，十分投緣，短短一天就成了好朋友，而對方也會漸漸會跟她聊些現實中的事。例如羔羊說她自己現在是一名大學生，暑假的時候會在熟人的餐廳裡打工，所以對做菜什麼的比較感興趣，受不了慕錦歌那樣亂來，做出一盤黑暗料理還被人捧瘋了。

對方的態度和觀點實在是太戳張小莉的心了，於是她終於放下防備，忍不住主動告訴羔羊，其實她就是那場比賽的亞軍。

靖哥哥今天愛我了嗎：啊！心疼莉莉姐QAQ原來妳才是最大的受害者！

世風日下：_(:3)∠)_

靖哥哥今天愛我了嗎：摸摸，遇上這種事的確挺讓人生氣噠！

世風日下：唉，也不是生氣吧，就是對這個看臉的世界絕望了……

靖哥哥今天愛我了嗎：當時妳怎麼不對這個結果提出異議？

世風日下：當時沒想太多……我太單純了……

靖哥哥今天愛我了嗎：摸摸～

世風日下：現在越想越不服氣，有點想向主辦單位提出申請，讓慕錦歌公開食譜，然後大家按著食譜做她那道什麼巧克力紅酒燉牛肉，要是做出來真好吃，我的名字倒著寫！

靖哥哥今天愛我了嗎：要是公開作法的話，妳也會跟著做嗎？

世風日下：當然會，然後我要寫一篇長文好好記錄，狠狠打那女人的臉！

靖哥哥今天愛我了嗎：❤❤❤莉莉姐我支持妳！

世風日下：萌萌噠！

說是這麼說，但張小莉在現實中並不是個行動派，磨蹭了好幾天才開始準備聯繫主辦單位，提交名次質疑和食譜公開申請。

可是她還未寫完申請資料，就得知慕錦歌開通了個人網站的消息！

而且發布的第一篇文不是別的，正是錄製了慕錦歌製作巧克力紅酒燉肉全過程的小短片，食材用量和作法都交代得很詳細！

張小莉有點懵。本來打算主動出擊，現在反被主動出擊，讓她有點疑惑。但她還是根據影片上所說明的，當天準備好相應食材，下班後回家在廚房裡按部就班的處理起來……

於是，第二天——

靖哥哥今天愛我了嗎：啊！莉莉姐！妳怎麼改名字了？！

下日風世：……

——別說話，我需要靜靜。

◎◆※◆※◆◎

大賽獎勵的店面，的確是一間好店面。

位於繁華商業區天川街中間地段的醒目位置，馬路對面就是一間購物商城和電影院，店面兩邊分別是一家裝修得格外文藝的書店和一家體育用品店；離最近的地鐵入口不超過兩百公尺，出門右拐五十公尺就

是公車站，四通八達，十分便利。

關於新店裝修的事情，慕錦歌的諮詢對象除了宋瑛之外，還有另一個人。

「哇，很不錯嘛。」葉秋嵐長得高，穿風衣尤為好看，高束的馬尾俐落幹練，整個人散發著一種偏中性的魅力。

她在慕錦歌的店裡走了一圈，四處打量了一下，「這地方應該有六十多坪吧，比我那裡還大一點。」

慕錦歌站在她身後，穿著一件灰藍色的外套，披著直髮，本來就精巧的瓜子臉在頭髮的修襯下像是只有巴掌大，眸色幽黑，像是蘸了夜色。她道：「七十坪。」

葉秋嵐點了點頭，「還好我不是第二名，不然得遺憾死。」

慕錦歌看了她一眼，問：「主辦單位向妳說明了嗎？」

「說是鶴熙食園內部有人搞鬼，詳細的就沒有多透露了。」葉秋嵐倒是很看得開，「不過他們補償了我一筆錢呢，這波也不虧。」

慕錦歌沉默了幾秒，開口道：「如果不是臨時出事故，這間店面可能就是妳的了。」

葉秋嵐笑了，語氣輕鬆道：「錦歌，妳未免太看得起我了，決賽時就算我的瓦斯爐沒有出毛病，我也不可能和妳爭第一名。說實話，其實那道菜我並不熟練，純粹是看了妳的初賽影片後異想天開，一時興起想學妳來個創意料理，結果玩過頭了，出來的味道並不怎麼樣，還好有其他選手發揮失常，這才沒讓我淪落到墊底的地步，保住了老臉。」

慕錦歌認真道：「妳已經很厲害了。」

葉秋嵐微笑：「謝謝，每次被妳誇都覺得不是客氣話，很開心。」

兩人又聊了幾句，像是突然想起什麼似的，葉秋嵐提道：「對了，我看到短片了，還關注了妳！」

慕錦歌愣了一下，「短片？」

葉秋嵐道：「就是那個製作巧克力紅酒燉牛肉的短片啊！我看了後也跟著做了一次，雖然在手法上肯定不及妳，但沒想到做出來的味道真的很好，有種自己錯失了二十多年燉牛肉正確方法的感覺！留言和彈幕也有不少和我一樣真的去做了的，好多人一開始都是不信邪，放下狠話後沒過多久就來自己打臉了哈哈哈哈！看著真有意思。」

慕錦歌想起來了，昨天侯彥霖的確在訊息上跟她說過，晚上會在個人網站發布重現決賽作品的短片，今早還截了些圖給她看，說反響不錯，很多人都愛上了她的手。

最近她忙著跑各種手續，每天還要留半天時間回Capriccio工作，比較忙，所以沒怎麼把這件事放在心上，也沒有登入過自己的個人網站，全都任由侯彥霖打理。

慕錦歌誠實道：「那個，不是我做的。」

「誒？」葉秋嵐有些驚訝，「短片裡出鏡的那雙手不是妳的嗎？」

「是我。」

葉秋嵐反應了過來，「那妳的意思是，短片是別人幫妳做的？」

慕錦歌：「嗯。」

葉秋嵐又問：「那把短片上傳的人是妳嗎？」

「不是，是我的……」慕錦歌一時竟不知該怎麼形容侯彥霖，頓了頓，「一個朋友，短片也是他請人幫我拍攝和剪輯的。」

葉秋嵐聽了後，佩服道：「妳的這位朋友很用心嘛。其實網路上有很多關於做料理的短片，也有不少美食部落客會拍這樣的短片，但看了那麼多家的短片，我覺得妳朋友幫妳做的這個無論是調色、剪輯還是

背景音樂，都是最精良的，節奏掌握得也剛好，很能調動觀眾的興趣，現在轉分享都上五千了。」

慕錦歌沒告訴她其實這轉發量背後有行銷的成分，只是道：「謝謝，我會幫妳轉達這些誇獎的。」

雖然這篇文的熱度有一半是侯彥霖動用資源的結果，但不可否認，短片本身就是好短片，擁有十足的魅力。

短片是大前天拍的，用的是Capriccio的廚房，負責拍攝的是侯彥霖帶來的一位朋友，留著鬍子、紮著小辮，是個打扮得十分藝術的年輕男人，看起來比侯彥霖要大好幾歲，但侯彥霖卻總是笑嘻嘻的叫人家「小波」，說之後慕錦歌的料理短片都是這個人負責拍攝。

拍攝比慕錦歌想像中要順利，除了開頭因為不適應而出了次錯外，之後一氣呵成。她就按著平時的樣子做菜，淨是那個叫小波的攝影師來適應她，不斷的調整角度，看得她都有點過意不去了，想著要放慢手速配合一下，卻反而被說自然的做下去就好，無須顧及其他。

如果慕錦歌再多一點好奇心，跟侯彥霖打聽出這個小波的全名，去網路上搜一搜的話就會知道——這位性格有些古怪的男子就是當今國內有名的新銳攝影師于平波，曾多次獲得國外大獎，尤擅民俗片和文藝片。由他拍攝的一部關於流浪漢的紀錄片，今年年初剛在國內攝影界得了大獎。

但是頒獎當天他並沒有去領獎，而是在路邊攤和朋友開心的吃著燒烤。

而侯彥霖，就是他的燒友之一，並在吃燒烤的過程中，在燒烤店油膩膩的桌子上，讓小波在華盛的合約上心甘情願的簽下了名字。

短片上傳到網路之前，慕錦歌抽空看過成品。

整部短片只有短短兩分鐘，悠揚的小提琴配樂，畫面色彩的明度與飽和度調整到讓人覺得非常舒服，每到一個步驟，會有簡短的字幕在短片上提示，時不時還會插進幾個燒酒的片段——一隻灰藍色的加菲

貓懶懶的蜷在桌子上，或是站了起來，抬起憂愁的大餅臉四十五度仰望天空，或是瞇著眼睛凝視鏡頭，扁扁的臉十分滑稽。

最後在做好的燉牛肉被熱騰騰的放在桌上後，燒酒緩緩的從一側入鏡走來，好奇的低頭注視著盤裡的菜肴，一副因為吃不到而愁苦的樣子。

葉秋嵐拿出手機，裡面還有看短片時看到燒酒的截圖。她翻出來給慕錦歌看，問道：「短片裡出現的那隻異短，就是妳養的那隻貓嗎？好可愛，鏡頭感也強，就像個小演員一樣。」

實際上，燒酒期盼上鏡已經期盼很久了，錄製前一晚牠興奮得睡不著覺，一直在理自己的毛，還不斷擺各種奇葩的 pose 問慕錦歌哪樣好看。

慕錦歌的回答很簡單——直接把牠拎起來，扔出了房間。

作為一隻貓，竟然還想在鏡頭前擺《鐵達尼號》女主角蘿絲的招牌動作，這不明擺著告訴鏡頭前的大家你是隻貓妖嗎？

想起燒酒，慕錦歌拿出平面規劃圖和一枝筆，指了指一個角落，道：「我想把這一塊劃出來，做個專區，裡面的座位專門留給帶寵物的客人，這樣不會打擾到其他客人用餐。」

「可以呀。」葉秋嵐看了看，「妳打算後廚放哪裡？」

慕錦歌圈個大概區域，「這裡，然後廚房前再設一個日式料理那樣的開放廚檯，做油煙不大的菜。」

葉秋嵐建議道：「那妳把攜帶寵物的客人專區設在這裡吧，離廚房遠，走的路也少，避免生事。」

慕錦歌接受道：「好。」

「既然妳要劃分區域，廚房占地也多，那桌椅的設置就要好好想一想了，盡量在有限的空間裡能容納更多的人，裝修和座位的風格要根據餐廳的定位來確定……」說到這裡，葉秋嵐問道：「對了，最重要的

忘記問了，妳店名取好了嗎？」

「取好了。」說著，慕錦歌在紙上寫下三個字。

她很早就不唸書了，字都是在鶴熙食園當學徒時練出來的，剛進食園的時候她還不能直接進廚房，得在外場擔任服務生兩個月，其中有項日常工作就是要把厚厚的一本菜單從頭到尾抄一遍，等她抄下差不多一百遍後，寫字終於能比較熟練的連筆了。

只見她在紙上寫下一個簡單的名字——

奇遇坊。

◎◆※◆※◆◎

十月底，B市步入深秋，氣溫直降，冷風已顯露出幾分肅殺之意，如一雙乾燥的大手，冰冷的指尖穿過分岔光禿的枝杈，觸碰枯黃發脆的落葉，驅趕著候鳥不斷揮動著羽翼南飛。

這裡空氣不好，一連下了好幾天的霾，將整座城市籠罩在一片灰濛濛的慘澹之中，路上的行人皆戴著厚重的口罩，瞇著眼睛快步前行，神色凝重得像是在進行一次逃生。

和天氣一樣糟糕的，還有身邊瞬息萬變的人情世故。

侯彥霖看完桌上的一堆資料，疲倦的靠在辦公椅上，長長的舒了一口氣，然後將椅子轉了半圈，面朝巨大的落地窗，兩手交握放在腿上，表情頗有些嚴肅的望著窗外朦朧昏暗的世界，似是陷入了沉思。

高揚幫他把看完的企劃案和簽好的文件收拾好，見他一語不發，以為是出了什麼事，於是關心的叫了他一聲：「少爺？」

侯彥霖背對著他，嘆了口氣，語氣沉重的帶著一股遺憾的意味，緩緩道：「我現在是不是散發著一種高貴而憂鬱的氣質？」

高揚：「……」為什麼我要關心他為什麼我就不長記性！

侯彥霖站了起來，伸了個懶腰，一邊活動肩膀、一邊道：「哎，現在終於少了一樁煩心事了！」

高揚立即明白過來他是在說巢聞綁架案一事，於是跟著感慨道：「折騰了兩個多月，真相終於水落石出，這件事也總算可以畫上句號了。」

「是啊，畫上句號，就只等巢聞回國了。」侯彥霖回頭看了他一眼，「對李茗詩的封殺令，今天正式下了嗎？」

高揚答道：「是，已經執行下去了。」

侯彥霖點了點頭，像是自言自語般道：「梁熙一定很難過。」

除了幾個當事人和他這種與當事人關係密切的人之外，幾乎沒有人能想到，藝天金牌經紀人蔡宏敏和娛派花旦李茗詩身敗名裂的背後，是一齣螳螂捕蟬、黃雀在後的好戲。

蔡宏敏、方敘、梁熙，這三個經紀人之間的明爭暗鬥，因為牽扯進一個無辜的巢聞，所以爭鬥升級，在下半年的演藝圈內掀起不小的風浪，讓人實在難以想像數年前他們曾一起共事——蔡宏敏是方敘和梁熙的老師，而方敘和梁熙曾是感情頗好的師兄妹。

真是一段牽扯不清的孽緣。

好在現在都已經結束了。

在結束前的這短短半個月，事態突變，鬧得他不得不每天老老實實的待在公司工作，加班慘況都要趕上巢聞剛出事那會兒了。不過他每天還是會留足夠的時間來打理慕錦歌的個人網站，時不時開著分身帳號

混進慕錦歌的黑粉裡面打探敵情，放鬆放鬆心情。

現在個人網站上的料理短片已經放上了第二集，他由於工作的問題一直抽不開身，所以第二集的錄製只好讓小波一個人去，還派出小趙在一旁盯著情況。

說來慚愧，他連新店裝修的事情都還沒有空去現場看一看。不過好在工作到現在終於告一段落，他今早在通訊軟體上跟慕錦歌打了招呼，說晚飯會到Capriccio吃。

對方的回應一如既往的冷淡，只有一個「哦」字，連標點符號都不帶。

但和最初不一樣的是，當他在這個「哦」字後面繼續發送各種沒有營養的水話或是表情包時，那個人沒有再裝作看不見和置之不理，而是又回了他一句話。

她問道：「最近工作是不是很忙？」

咻——

這一句簡單得不能再簡單的問候，卻像是一簇溫柔的火，點燃他心中的煙花，直沖雲霄，漫天炸開絢爛的花火。

一想到這裡，侯彥霖便心情大好，疲憊感頓時減輕了大半。

收拾完東西，他乘著專用電梯下到一樓，剛走出電梯門沒幾步，就看見不遠處的普通員工電梯也停住了，門一打開，一個穿著正式套裝、精明幹練的短髮女人走了出來。

即使化著成熟的妝容，女人依然看起來十分年輕，走路時脊背筆直，姿勢很正，高跟鞋在地板上踏出嗒嗒的響聲，每一步都極其沉穩。在這大冷天也不見她手上拎件大衣，一點都不怕冷的樣子，雖然看起來十分消瘦，但身體卻是出人意料的強健。

侯彥霖喚了她一聲：「哎，梁熙熙！」

聽到聲音，女人停下腳步，望了過來，頷首示意：「侯少。」

侯彥霖走到她面前，笑著問道：「工作結束了？」

梁熙點頭，「嗯，是的。」

侯彥霖上下打量了她一番，半開玩笑道：「嘖，平時近了看沒覺得什麼，剛剛遠遠看妳，才發現妳真的是太瘦了，就跟個火柴人似的，巢閨回來不得心疼死。」

聽到最後一句話，梁熙眼神一黯，抿了抿嘴角，沒有說話。

侯彥霖知道她還在擔心巢聞的身體，於是沒有再說下去，而是話鋒一轉道：「正好我要去吃飯，捎妳一個唄。」

梁熙不好拒絕他，只有問道：「去哪裡？」

侯彥霖笑了笑，露出兩排整齊的白牙，一雙桃花眼像是綴閃著星光。

他眨了眨眼，說道：「我最喜歡的一家店。」

◎◆※◆※◆◎

可能是因為天氣冷再加上空氣品質不好的緣故，最近梧桐巷附近的居民和學生們都不太出門吃飯了，Capriccio的客人也因此少了一部分，高峰時段沒有像過去那樣繁忙了。不過宋瑛覺得這不是壞事，來的客人慢慢少了也好，這樣之後關店拆遷的時候也不會有太多愧疚和牽掛。

客人少了，廚房自然也沒那麼緊張。

「錦歌，侯先生來了。」

小丙進到廚房，把訂單拿了進來。她和小賈都是在鄭明和大熊開學後來接班的全職員工，比慕錦歌歲數要大，所以兩人對慕錦歌都是直呼名字。

雖然兩人沒有和侯彥霖共事過，但因為經常聽宋瑛提起，前段時間也經常見侯彥霖帶貓糧過來，所以還是認識這麼一號人物。

「知道了。」慕錦歌接過訂單，看了後有些奇怪，「他一個人怎麼點這麼多？」

小丙說：「侯先生這次不是一個人來的。」

慕錦歌應了一聲，心想那傢伙大概是和高揚或小趙一起來的吧。

可是小丙卻道：「他今天帶了個女伴，一個留著齊肩短髮的女生。」

慕錦歌也不稀奇，以為是顧孟榆。

然而小丙按捺不住一顆八卦的心，繼續描述起來：「那女的看起來不大，二十出頭的樣子，但穿著打扮有點老氣，說話很客氣，感覺像是ＯＬ。」

慕錦歌的動作一頓，聽這描述並不像是她想的那個人。

一旁的小賈忍不住開口道：「嘖，該不會是侯二少的女朋友吧？」

小丙見終於有人理她了，頓時打開了話匣子：「有可能，點完單離開時我故意走得慢了些，就聽到侯先生對那個女生說什麼『照顧好妳』、『心疼妳』、『好好吃飯』什麼的，笑得特別溫柔！唉，為什麼我就找不到這樣風趣體貼又英俊多金的男朋友呢？」

「世界上哪裡有這麼完美的男人啊！」小賈撇了撇嘴，「像侯二少條件這麼好，情史肯定不簡單。」

小丙看了他一眼，「呵，你肯定是嫉妒了吧。」

小賈哼道：「不信妳自己去八卦論壇查，前段時間有個扒Ｂ市富二代和高幹子弟的帖子，侯二少可是

光榮上榜，名列前五，上面說他和演藝圈裡許多女明星都關係匪淺，一年十二個月換下來的女人可以繞我們梧桐巷一圈！」

「有沒有這麼誇張啊？網路上那些人亂寫你也信？」

「無風不起浪，我看侯二少肯定是個撩妹高手！」

「咚——」

這時，一把菜刀重重的剁進了木質砧板裡，發出的聲響把兩人嚇了一跳。

慕錦歌冷冷道：「這裡是廚房，不是茶水間。」

「……對不起！」

小賈和小丙在這之後大氣都不敢出一聲。

梁熙感到有些意外。剛開始聽侯彥霖說要帶她到他喜歡的店吃飯時，她的腦海裡自然而然想到的都是B市內那些有名又奢華的高檔餐廳，卻沒想到對方一路開車進了老城區的小巷，然後帶她走進了這家其貌不揚的餐廳。

侯彥霖夾了口菜，笑著對她說道：「妳看起來似乎很驚訝。」

「是的。」梁熙坦白道，「我以為以你的性格和眼光，看上的應該都是那些很高檔豪華的地方。看來我看人還是片面了點，沒發現你還有低調親民的一面。」

侯彥霖問：「妳覺得這裡的東西好吃嗎？」

梁熙嚥下一口菜，認真的評價道：「嗯，出人意料的美味，比知道你會來這種樸素的地方吃飯還讓我驚奇……不，可以說是驚喜。」

侯彥霖托著下巴，悠悠道：「我還在這裡打過工呢。」

梁熙一愣，「打工？」

侯彥霖懶洋洋道：「唔，準確來說是願賭服輸，在這裡義務勞動了一個多月。」

「……不懂你們這些有錢人的想法。」梁熙只覺得有些莫名其妙，隨後她突然想起什麼，問道：「對了，我聽周婧說你前段時間總問她網路包裝宣傳上的事情？」

周婧是她經紀團隊的公關助理，當初跟著她一同從藝天跳槽來華盛。

侯彥霖承認道：「是啊，我還找她要了一些小程式，沒事可以查查ＩＰ、搜搜用戶什麼的。」

也就是用這些小程式，他自力更生的查出網站上那個叫「世風日下」的黑粉是張小莉的事實——早在張小莉對他坦白前。

梁熙奇怪的問：「你要這些來幹什麼？」

侯彥霖只是笑咪咪的說：「有用。」

正說著話，這時小丙又端了盤菜上來，一邊說明：「侯先生，這是我們主廚額外送您的一道菜。」

侯彥霖有些受寵若驚，「錦歌給我的？」

小丙遲疑的點了點頭，「對。」

只見這份額外贈送的料理是一道侯彥霖從未見過的新菜——粗壯的白蘿蔔被切成了一塊塊厚片並挖去了心，然後空出來的部分被填滿了黃綠黃綠的食料。更加稀奇的是，一向懶得管料理外觀的慕錦歌這次竟然用胡蘿蔔雕了一朵花放在盤邊，看上去並不比大餐廳師傅的雕花技術差。

梁熙指了指白蘿蔔塊的中間，問道：「妳好，可以告訴我這裡面都是什麼嗎？」

小丙目光不由自主的瞟了眼侯彥霖，然後答道：「青花菜，花椰菜，桂花。」

侯彥霖：「……」

梁熙看向他，含蓄道：「侯少，你是不是和這裡的主廚有過節？」

這道菜，明眼人都可以看出具有兩大要素：蘿蔔和花。

慕錦歌這道菜，其實是一道一眼就能看破的謎題——蘿蔔「心」裡塞滿「花」。

……打一俗語。

將梁熙安全送到家後，侯彥霖重返Capriccio，卻被宋瑛告知慕錦歌已經帶著燒酒回去了，走了快二十分鐘了，估計已經上了公車。

慕錦歌即將擁有自己的餐廳，每天忙著弄裝修和跑手續，自然不能像以前那樣全天待在Capriccio工作，所以她也不好繼續在宋瑛這裡繼續領著全職的薪水，每天這幾個小時的工作就算是幫忙了，晚上不一定都會留到打烊，有時候如果第二天要早起辦事情的話，七、八點的時候就會帶貓離開了。

因為忙著處理公司的破事，侯彥霖有一段時間沒來這裡，再加上慕錦歌也不是會沒事把這些細節掛在嘴邊的人，所以他此時撲了個空也是正常。

向宋瑛告辭後，侯彥霖駕車直往慕錦歌住所的方向。

然而就在快要到社區的時候，他卻突然轉了下方向盤，臨時起意拐進了對面馬路上某家餐廳的地下停車場，付費辦理了停車業務。

不一會兒，一輛自行車從停車場的斜坡騎了出來。

坐在值班室的保全就這麼眼睜睜看著這位客人開著四個輪子進，騎著兩個輪子出。

明明開車窗繳費時還穿得西裝革履，一副社會精英的打扮，這會兒出來時卻是一身休閒，身上穿著有

點走嘻哈風的印花寬鬆棉質T恤，褲子不怕冷似的捲了一截露出腳踝，腳上踏著一雙騷氣十足的大紅色滑板鞋，從頭到腳散發著青春的氣息，學生氣十足。

保全：「……」在停車場換裝不怕被監視器拍到嗎？

侯彥霖看起來瘦高瘦高的，沒想到身體卻很健壯，騎著自行車上坡一點都不吃力，輕巧極了，上平地不帶喘的。他繞到值班室的窗口前用腳煞了一下，抬起頭笑咪咪的問道：「請問可以給我點水嗎？」

保全很想說要喝水請去便利商店自己買，但所謂抬手不打笑臉人，對方是那種笑起來極其好看的人，帶著一股莫名的親近，實在讓人難以拒絕。於是他只好委婉道：「我這裡只有半杯涼掉的茶水，已經喝過了，還沒來得及去接熱的。」

侯彥霖道：「沒事，我不是要來喝的。」

聽他這麼說，保全懷著幾分疑慮，將茶杯遞了出去。然後就見侯彥霖拿起茶杯，用杯蓋抵住茶葉，伸出頭將那小半杯冷茶嘩啦一下淋在了自己的腦袋上。

經過了一整天的浸泡，杯中的劣質茶葉味道已經很淡了，倒出來的水如白水似的。

「謝謝。」侯彥霖把茶杯還給對方，接著用手捋了把濕淋淋的頭髮，頗有幾分明星拍攝洗髮精廣告的風采，隨後他從口袋裡掏出一張鈔票，溫聲道：「天氣涼了，茶冷傷身，去買杯熱飲吧。」

——你還知道茶冷傷身？！

保全一臉懵然。

不等他做出什麼反應，侯彥霖已騎著自行車，消失在行人與車燈之間。

◎◆※◆※◆◎

Capriccio 離慕錦歌現在住的地方不近，公車又比較繞路，相當於要兜一圈，一趟下來差不多四十分鐘，尖峰時期碰上大塞車可能要一個小時。

等到站下了車，燒酒急不可耐的從慕錦歌的背包鑽了出來，張著貓嘴，一臉愁苦：「唉，憋死本喵大王了，終於能呼吸一口清新空氣了！」

慕錦歌戴著口罩說：「你覺得 PM2.5 很清新？」

「……並不。」燒酒貓身一頓，隨即鬱悶的鑽了回去，「還好我具有自動調節身體的功能，真不知道普通的貓貓狗狗是怎麼挺過這霧霾天的。」

慕錦歌問：「既然你能調節身體，為什麼不把自己調輕一點？」

燒酒委屈道：「明明都把我當暖暖包了，還嫌棄我！」

慕錦歌：「暖暖包？」

「是啊，大魔頭都告訴我了。」在她看不到的背面，燒酒轉了轉圓溜溜的眼睛，露出幾分自以為的狡黠，然後帶點挑撥離間的小意圖說道：「他說妳最近都不剃我毛了，還老愛抱著我，是因為天冷了後妳要拿我暖手。」

然而慕錦歌只是淡然的乾脆道：「不，我只是懶得買啞鈴鍛鍊。」

燒酒：「……」**那還不如暖暖包呢！**

就這樣，慕錦歌揹著燒酒進了社區。

就在即將走近她所住的公寓時，慕錦歌看到慘白的路燈下鎖著一輛眼熟的登山車，而車前靠著一道熟悉的身影。

「師父！」看到她走來，侯彥霖站直了身，語氣有些急切的叫了她一聲。

聽到聲音，燒酒動了動耳朵，奇怪道：「咦，大魔頭怎麼來了？」

慕錦歌並沒有理他，而是揹著貓逕自上了大門前的小臺階，掏出鑰匙打開了公寓的大鐵門。

她現在有點煩躁。

平時我行我素慣了，情緒少有受旁人影響，就算是被蘇媛媛和程安誣陷而感到憤懣的時候，她也能很快恢復一種近乎心平氣和的狀態，不受外界的干擾。

但是今天不知道怎麼了，不過是聽小賈和小丙碎嘴了幾句話，她竟然一直煩躁到現在，坐在公車上時還破天荒的在網路上搜索了某個人的名字，然後越看越不爽，恨不得派燒酒去把那張笑盈盈的臉抓破，讓某位花花公子失去招蜂引蝶的一部分資本……

雖然她知道，網路上很多八卦都是假的，沒有證據，不過是捕風捉影，但她還是不可抑制的感到一陣焦躁，這種陌生的情緒讓她很是不適。

所以，在調整好自己的心態前，她並不想見到侯彥霖。

然而就在她打開門準備進去的時候，身後突然傳來一聲悶響。

燒酒圓乎乎的腦袋從背包裡探了出來，一雙茶色映著昏暗的路燈，流轉出幽幽的綠光。牠驚愕的叫了一聲：「啊！大魔頭怎麼跪在地上了！」

慕錦歌聞聲回過頭——只見燈光之下，侯彥霖一手扶著車座，一手虛弱的撐在地面上，身體前傾，兩膝著地，汗濕的頭髮貼著他的臉，覆上一層濃厚的陰影，讓人看不清他的側臉，但是從他起伏的胸膛和顫抖的背脊來看，不難想像那張臉上應該是布滿痛苦的神情。

看到這副景象，慕錦歌倏地睜大了雙眼，快步下了石階跑過去。

燒酒被顛得不好受，於是從背包裡跳了出來，走上前，抬起前腳用厚厚的肉墊拍了拍侯彥霖的手，瞪大眼睛道：「大魔頭你要不要叫救護車啊？怎麼這個氣溫下出汗出得那麼厲害，頭髮都濕成這樣了。」

慕錦歌抓住侯彥霖的胳膊想要將他拉起來，但奈何身形差距在那裡，她拽了好幾次都沒把人拽起來，還差點把侯彥霖弄倒了。

她皺起了眉頭，「你怎麼了？」

「沒事，妳讓我緩緩就行了。」侯彥霖抬起頭，面帶虛弱的苦笑道：「應該是剛才騎車騎得太急……最近工作太忙，沒休息好，沒想到身體竟然虛成了這樣……」

慕錦歌斥道：「身體不舒服就回家好好休息，你騎車過來幹什麼？還好你是在這裡倒下的，萬一騎到半途，過馬路時難受怎麼辦？」

侯彥霖扯了扯嘴角，拉出一個勉強的笑容，他輕聲道：「師父，妳回去吧，讓我一個人在這裡跪一會兒就好了，妳帶著燒酒回家吧……」

「閉嘴！」

說罷，慕錦歌蹲了下來，左手越過侯彥霖寬闊的後背，摟住他的腰，讓他的右手搭在自己的肩上，然後有些吃力的將他架了起來。

侯彥霖半個身體的重量都壓在她身上，一時之間兩人的距離拉近，他呼氣的聲音都能噴到她耳邊。

「師父……」

慕錦歌身體一僵，不自然的神色一閃而過，最後還是回歸冷漠。她不動聲色的稍稍偏過了頭，冷淡的說道：「自己用力著地，單靠我扶不住你。」

雖是有意保持距離，但在上樓梯的過程中，還是避免不了意外。

在邁某層臺階的時候，侯彥霖搖晃了一下，身體沒長骨頭似的往右傾，頭在晃蕩中湊了過來，把臉貼到了慕錦歌的脖頸處。他悶悶的說了一句：「師父，妳身上有點酸。」

「……」

「是醋的酸味。」

「……」

見身旁人沒反應，侯彥霖又壓低聲音，在她耳邊緩緩道：「師父，今天和我一起去吃飯的是我之前跟妳提起過的梁熙，我死黨的女朋友。我死黨出事後，她心情就一直不好，今天下班正好遇到她，所以我就邀請她一起來了……我們倆真沒什麼，就是普通朋友的關係。」

本來他是打算吃完飯後，當著面向慕錦歌介紹梁熙的，想著兩人性格有共通處，應該能聊得來，哪知道店裡新來的服務生那麼嘴碎，多半是添油加醋的在廚房說了一通，結果讓慕錦歌還沒見到人就誤會了，不僅送了那麼一道菜出來，還拒絕出來見他們。

至於為什麼事前沒有在來的路上跟慕錦歌傳個訊息說一聲，那是因為他存了一點試探的小心思。

沒想到好像玩翻了。

「安靜。」慕錦歌目不斜視，面如冰雕，「不然我就把你從樓梯上摔下去。」

侯彥霖乖乖收了聲，他知道此時沒人會注意他的表情，於是一抹笑容悄然又放肆的在他脣邊綻開，如同一株在夜間靜謐而生的曇花。

明明是平時一、兩分鐘就能上完的樓梯，現在多扛了個人，硬生生的磨到五、六分鐘。

當慕錦歌用右手掏出鑰匙，打開家門後，燒酒率先衝了進去，並且很體貼的跳上桌子，把客廳的大燈

按開了。

慕錦歌把侯彥霖放到沙發上，臉上沒什麼表情，「躺好，我去給你沖感冒藥。」

侯彥霖平躺著，一臉虛弱，說話有氣無力的：「師父，不該是沖葡萄糖嗎？怎麼沖起感冒藥來了？」

「不要小看廚師的鼻子。」慕錦歌從抽屜裡找出一條新毛巾甩給他，冷冷道：「汗味和茶水味，我還是能分清的。」

侯彥霖表情一僵，「……妳什麼時候發現的？」

「當你故意倒過來在我身上亂蹭的時候。」

侯彥霖：「……」

但是就算這樣，靖哥哥還是沒在半路拆穿他，而是把他帶進了家門！

事已至此，侯彥霖也不打算繼續扮病號了，他俐落的撐著坐了起來，和數秒之前完全是兩個人。他十分感動道：「師父，妳人真好，我可以以身相許作為報答嗎？」

「拒絕。」

慕錦歌進廚房後，侯彥霖坐在沙發上，雖是臉上沒什麼表示，但心裡卻是喜孜孜的。

燒酒還沒搞懂究竟是怎麼一回事，半驚奇半疑惑的盯了侯彥霖一會兒，都快懷疑他體內是不是也有個系統在自動調節身體了。牠問：「你是吃了什麼藥，怎麼這麼快就生龍活虎了？」

「想知道？」侯彥霖揚了一下眉，笑著朝牠招了招手，「過來。」

燒酒毫無防備的走了過去，卻不料被他一下子抱了起來。

侯彥霖兩手把牠舉了起來，十分滿意這溫暖的手感，並且不忘給個好評：「真暖和。」

燒酒喵喵直叫：「放手！不然本喵大王可就對你不客氣了！」

侯彥霖：「都這麼熟了，還跟我客氣什麼。」

燒酒對他的偷換概念十分無語，正打算好好批評一下，就見舉著牠的侯彥霖突然站了起來，瞬間牠離地的距離更高了。情急之下，牠抬高了聲量，叫喚起來：「你……啊啊啊啊啊靖哥哥！這裡有人要摔貓了！救命！」

侯彥霖嘲笑道：「嘖，作為一隻貓，你竟然還懼高。」

燒酒振振有詞：「懼的不是高，是把我舉這麼高的你！」

「安靜，不然就把你們趕出去。」聽到吵鬧聲，慕錦歌端著一碗感冒沖劑走了出來，冷冷的掃了他們一眼。

她聲音雖不大，但足以把一人一貓震得沒聲了。

等她把碗放在櫃子上，轉身重新進到廚房後，侯彥霖一手牢牢圈住不斷掙扎的燒酒，一手空出來把藥端起來喝了。就在他把空碗放下、抬眼的時候，不經意間瞥到了放在立櫃上的一個相框。

侯彥霖目光一頓，把相框拿了起來，「這張照片……」

燒酒掙扎累了，索性不動了，牠抬頭看了眼相框中的照片，說道：「噢，這是靖哥哥國中時和她媽媽的合照，來這裡這麼久，我就只見過這麼一張。」

照片拍攝時應該是冬天，國中時代的慕錦歌比現在矮一些，穿著黑色的羽絨外套，圍了條大紅色的圍巾，顯得有些臃腫。那時她還不是現在的髮型，而是留著整齊的齊瀏海和學生樣式的短髮，其中一邊的頭髮撩到耳後，露出小巧的耳朵，一張瓜子臉白白淨淨，雖然五官尚未完全長開，但已經是一枚小美人了；她面無表情的對著鏡頭，幽黑的眼眸下依稀可見淡淡的黑眼圈，估計都是被作業禍害的。

而站在她身旁的女人穿著一件深藍色的大衣和黑色高領毛衣，束著長髮，下巴尖尖的，和慕錦歌是相

同的臉型，但長相卻不太像——慕錦歌有一雙漆黑如夜的杏眸，但是女人的眼睛卻近似丹鳳，眼角微微上挑，鼻子也要更秀氣點，嘴唇薄薄的，沒有塗口紅，看起來有點氣色不佳。

母女倆最像的一點應該就是神情了，拍照時一分笑容都不給，就是一座大冰山帶著一座小冰山。

因為之前調查過慕錦歌，所以侯彥霖對她家裡的情況是有所瞭解的，知道慕錦歌從小都是由慕芸獨自帶大，家裡沒有父親的存在。

盯著照片上那個稚嫩的女孩看了一會兒，侯彥霖突然覺得有種熟悉感，總覺得慕錦歌沒長開的時候長得有點像某個人。但或許那個人在他心裡並沒有留下太多的印象，只是匆匆一瞥，所以一向記憶力不錯的他此時竟然怎麼想都想不起來。

慕錦歌不知道什麼時候走了出來，「你們在看什麼？」

侯彥霖回過神來，臉上迅速掛上了那副有些漫不經心的笑容，「在看妳放在櫃子上的照片。」

慕錦歌並不怎麼介意的樣子，淡淡道：「那是我和我媽的合照。」

「我知道。」侯彥霖掏出手機，替數年前的小錦歌拍了張照，像是要留作紀念似的，「靖哥哥國中時真可愛，要是我當時在你們班，肯定每天無心學習，想著法子追妳。」

慕錦歌嘲道：「就用你這種把茶水澆在頭髮上裝老弱病殘騙取同情心的伎倆？」

侯彥霖：「……」

專業套路二十年，沒想到今天在陰溝裡翻了船。

慕錦歌剛才幫他沖好藥後，回廚房又做了一碗蒸蛋出來，說完話後便坐下來沒再理他，自顧自的在茶几前吃了起來。

只見她的這份蒸蛋長得和一般的蒸蛋不一樣，表面有一道道白色的痕跡，像是沙拉醬，除此之外還密

布著深褐色的點點，仔細一看，才發現原來是麵包渣。

她一勺舀下，柔嫩的蛋白破了個口，糖心的蛋黃液急不可耐的湧了出來，混著細膩的胡椒粉和打蛋前在碗中擠入的番茄醬，散發出一股奇妙的香氣，帶著新鮮出爐的熱氣，在整個客廳蔓延開來。(注十二)

燒酒：「……」

侯彥霖：「……」

一人一貓同時嚥了一下口水。

過了一會兒，侯彥霖坐在慕錦歌旁邊，小心翼翼的開口問道：「師父，妳生我的氣了嗎？」

慕錦歌專心吃宵夜，沒有看他，「沒有。」

「那為什麼……」侯彥霖舔了舔嘴唇，似乎在回味那個味道，「妳會做那道菜給我？」

慕錦歌問：「哪道菜？」

侯彥霖道：「花心大蘿蔔。」

慕錦歌點評道：「這個名字取得不錯。」

侯彥霖：「……」

慕錦歌說：「廚房正好剩下那些食材，就湊合著做了一道菜給你，不合口味嗎？」

「不，挺好吃的。」侯彥霖懷著點試探的意圖，「就是有點酸。」

慕錦歌半真半假道：「是之前鄭明做的酸蘿蔔，他第一次做，把蘿蔔片得太厚，所以之前一直沒用，今天正好清罈子，我就拿出來用了。」

侯彥霖看著她，不死心的問道：「真的只是這樣嗎？」

慕錦歌抬頭迎上他的目光，波瀾不驚，「不然你以為呢？」

侯彥霖沒想到自己竟敗下陣來，笑了笑，換個話題：「好吧……那我剛剛騙了妳，妳怎麼不生氣？」

慕錦歌道：「多虧你這次騙了我，讓我想通了一件事。」

侯彥霖愣了一下，「什麼事？」

慕錦歌看了他一眼，回想起剛才在樓下回頭發現他跪在地上時那一瞬間自己的心情——驚異，慌張，焦急之中甚至還有些恐懼。

這是比糖果口味的改變更加直白明顯的徵兆，就像是一陣狂風，猛地吹散了縈繞在她心牆前的重重迷霧，顯現出刻在上面靜候已久的答案。

她想，自己大概是真的喜歡著這個人吧。

因為已經喜歡上了，所以不管心裡的那本小手帳上扣了這個人多少分，都不能改變已經不知道在哪個時刻定死的滿分成績，所有的減分都只是在自欺欺人，給自己徒增煩惱。

例如今天困擾她很久的那股煩躁。

雖然真的很不想承認她因為一個二傻子而變得喜怒不定，但現實就是這麼殘酷。一想到這裡，慕錦歌及時斂住了即將浮於臉上的笑意，低頭吃了一口蛋，沒有說話。

許是因為心虛，侯彥霖主動坦白道：「我是怕我來了後妳不理我，所以才出此下策的。」

慕錦歌抬眼瞥了他一下，似乎在說你也知道是下策啊。

「看到了那道菜，實在是難以不讓人多想。」侯彥霖頓了頓，一本正經道：「靖哥哥，雖然我的確是個紈褲，但真的沒有亂七八糟的情史，在我眼裡，圈裡圈外那些妖豔賤貨還沒有燒酒對我的吸引力大。」

慕錦歌：「哦。」

侯彥霖像是在進行業績彙報似的，詳細的報備道：「我一共就兩個前女友，都是在國外讀書時談的。

第一個是華裔，有年大選她十分關注，而我們兩人看好的候選人恰好互為敵對，因此她覺得道不同不相為謀，怒而分手。第二個是白妞，是個中國文化迷，但經過一段時間的相處後，我發現她最感興趣的是粵語，於是只能偶爾跟她示範一下相聲和繞口令的我，很識趣的把她介紹給一個會講粵語的同學，非常和諧的結束了這段關係——前段日子他們結婚了，還想請我做伴郎。」

慕錦歌：「……」

侯彥霖認真道：「我真的沒騙妳，他們的婚禮邀請函還在我那裡收著呢。」

「知道了。」慕錦歌神色冷淡，語氣更加冷淡，「說完了，你可以走了。」

侯彥霖試圖撒嬌：「師父……」

慕錦歌絲毫不吃這一套，「需要我幫你打電話給高揚讓他來接你嗎？」

——女人啊，妳的名字叫狠心！

侯彥霖長這麼大，第一次體會到追人的不易。

明明前幾分鐘似乎是對他動了心，不然也不會明知是套路卻還是配合的讓他進了屋，但沒過多久就又翻臉不認人，冷漠又無情，拒人於千里之外。

路漫漫兮其修遠，吾將上下而求索。

懷著這種深沉的感悟，侯彥霖以退為進，主動打開門走了出去。他轉過身，朝慕錦歌擺了擺手，試圖找回來之前的瀟灑，笑道：「師父，拜……」

然而還沒等他第二個「拜」字出口，兩道門就一道接一道的在他面前毫不留情的關上了。

侯彥霖剛揚起的嘴角抽了一下。

……吾將上下而求索。

門關上後，燒酒覺得奇怪的看了過來，「靖哥哥，妳今天怎麼對大魔頭……誒，靖哥哥？」牠望著慕錦歌，怔了怔，隨後有些難以置信的睜大了眼睛。

——**是天要下紅雨了嗎？**

只見慕錦歌靠在門後，稍稍低著頭輕輕的笑了一聲，像是被什麼事情逗樂了似的，十分愉悅的樣子，和侯彥霖的鬱悶形成鮮明對比。

一時之間冰雪消融，像是有明媚燦爛的陽光灑了下來，照亮了她的眼角眉梢，精緻的五官頓時鮮活生動起來，草長鶯飛，繁花似錦，和平常面癱時截然不同的好看。

——真有意思。

她心想。

——那就來比比誰的套路更深吧。

注十二：太極蒸蛋，引用螃。（http://www.xiachufang.com/recipe/1072527/）

11. 極樂排骨

十一月底，奇遇坊裝修完畢，開始招人。小丙和小賈工作能力不錯，會跟著慕錦歌一起過來，但除此之外還要招幾個人——和侯彥霖商量後，慕錦歌決定招兩個廚房人員、兩個外場服務生。

然後，在面試這一天，她一點都不意外肖悅會來應徵。

但她驚訝的是陪肖悅來面試的人，以及肖悅的表現。

桌上放著的是一盤西式燉菜蓋飯，這道菜先後加入了洋蔥、番茄醬和牛肉高湯，再放切成塊的牛肉、馬鈴薯和胡蘿蔔後煮爛，接著加入半瓶番茄醬煮至濃稠，最後加鹽、糖、胡椒和辣椒醬調味，起鍋後直接淋在煮好的白米飯上。很簡單普通的一道菜，但其色香又能充分勾起人的食慾。

而這道再正常不過的料理，竟然是肖悅做的——那個被顧孟榆稱之為廚房殺手的肖大小姐。

慕錦歌舀了一勺，只嚐了一口，便大概猜到誰是肖悅的烹飪師父了。

雖然作法中規中矩，但或許是學習時間尚短的緣故，這道菜還是有些粗糙，反映出料理者基本功不牢的缺陷——牛肉高湯放得太少，牛肉切得太厚，馬鈴薯和胡蘿蔔沒有完全煮軟，糖放得有點多，辣椒醬放下去後起鍋太急，沒有攪拌均勻。

不過，這種水準在廚房打打下手，還是勉強可以的。

慕錦歌抬起頭，看見站在面前的肖悅低著頭，似乎有些緊張，不停的在搓她自己的手。

明明一個月前還是不沾陽春水的纖纖玉手，現在竟已傷痕累累，貼了好幾處ＯＫ繃。這情況看起來有些狼狽，還有點勵志。

「完成的不錯。」放下湯匙，慕錦歌淡淡道：「恭喜妳，被錄用了。」

喜從天降，肖悅睜大了眼睛，像是不敢相信似的，「真的？！」

慕錦歌點頭，「真的，妳得好好感謝妳的老師。」

關於肖悅學藝這件事，還得追溯到一個月前的某個夜晚……

「……哥，我是真的想要找一份廚房的工作，你不收我可以，怎麼還不允許我往別家跑呢？哈？工作要找學以致用的？哥，你開玩笑吧，你又不是不知道當初我學新聞是為了跟爸媽賭氣，我這脾氣你還不清楚嗎？沒說兩句話就把人得罪光了。」

「我不就只燒過一次廚房嗎！噢我的太陽啊，你竟然把我摔了多少碗都還記著，還是親兄妹嗎！啥，不止？哎，我說多少次了那個抽油煙機是自己壞的，微波爐也是，再說了，你怎麼能因為過去的失敗就斷定我未來不會成功呢？！你目光未免太短淺了吧！」

「反正就這樣，你不好好教我手藝，我就不回去了！」

「你說誰是五歲小孩？！肖斌，你不信是吧，我這就離家出走給你看！」

雖然通話的過程中，講話者已經極力的壓低了聲音，但其憤怒的語調還是引來了咖啡廳內其他客人時不時的注目，特別是掛了電話後，如同發洩一般，無辜可憐的智慧型手機被「啪」的一聲重重砸在了桌子

上，頓時將室內所有人的視線聚集了過來──

只見坐在窗邊的是一個打扮可愛的女生，穿著一件淺咖啡色的連衣裙，裙邊和袖口滾著蕾絲，裙面上繪著繁複精美的花紋，肩上還加了一件巧克力色的小斗篷，兩條細腿穿著過膝的黑色長筒襪，腳上踏著一雙深褐色的皮鞋，鞋底起碼有五公分厚，身邊放著一個二十六吋的粉色行李箱。

她的臉上化著淡妝，瀏海整齊乾淨，兩頰處還留著兩片不過下巴的齊髮，腦袋後面的烏黑長髮紮成了兩條麻花辮，像是從童話裡走出來的角色。

肖悅此時十分不悅，胸腔內的怒火在烈烈燃燒。她今年二十五歲了，賦閒在家已有小半年，大學畢業後她嘗試過許多工作，但最後都因為性格問題而離職──

進雜誌社當編輯，因為看不慣主編收了別人的賄賂而把版面讓出去，犧牲掉一個頗有潛力的新人出頭的機會，所以她當場和主編吵了起來，把對方罵了個狗血淋頭後怒而辭職；進了一家公司做管理，因為在廁所聽到一群同事七嘴八舌的在潑組裡一個高冷御姐的髒水，她頓時火了，鬧了一齣女廁所扯頭髮大戰。

再後來，她想著開一家網路商店，賣點小裙子什麼的，卻沒想到設計圖被一家關注多、名氣大的店抄襲了，申訴對方抄襲不僅沒用，還反被對方的粉絲咬一口，給了她好幾個差評，氣得她牙疼了好幾天，最後懶得理這群混帳，遣散了設計師和客服人員，關了網店。

她也清楚自己有些小姐脾氣，性格刁蠻，言行粗魯，和外形與興趣相反，是個火爆難相處的人，也只有對著符合自己審美的人才能和顏悅色。她嘗試過改變，但江山易改本性難移，有段時間裝乖裝得她都快憋出病來了，幾經試驗後，她不堪痛苦，放棄了。

一味居是從她父母那輩傳下來的產業，她的脾氣與她那個前主廚老爸一脈相承，都招人嫌，據說肖主廚在開店之前也換過很多工作，但都以失敗告終，只有在廚房做得長久，一待就是小半輩子，也沒和周圍

人怎麼發生過口角。於是肖悅從以前就在想，要是實在不行，留在廚房裡說不定是個明智之選。

正好慕錦歌的新店快開了，肯定缺人手，能在自己欣賞的人的餐廳裡工作當然是求之不得的事情，但肖悅自認管不住自己的脾氣，不想當前檯服務生給慕錦歌惹麻煩，可想要應徵廚房的工作，自己又沒有經驗和能力。

其實她也有點怕把慕錦歌的廚房燒了。

想到這個問題，她就一個頭兩個大，火苗越燒越旺。這時正好咖啡廳的服務生拿著菜單走了過來，開口問道：「這位小姐，請問妳要喝點什麼？」

肖悅十分煩躁，連頭都懶得抬起來，氣衝衝道：「給我來瓶啤酒。」

服務生輕笑兩聲，提醒道：「小姐，我們這裡是咖啡廳，不是酒吧。」

「……」肖悅心想自己真是被氣糊塗了，她終於抬起了頭，「那就要……」

這不看不知道，一看嚇一跳。

葉秋嵐穿著西式的店服，微笑看著愣住的肖悅，眨眼道：「看在熟人的分上，我給妳打個五折吧。」

肖悅睜大了眼睛，「妳怎麼在這裡？」

葉秋嵐笑道：「這是我和朋友一起開的店呀。」

「嘁，出門不利。」肖悅別過臉，想要站起身拖著行李就走，但又不知道能走到哪裡去，於是自我妥協道：「來一杯卡布奇諾吧。」

葉秋嵐並不計較她的態度，好脾氣道：「好的，請稍等。」

現在是晚上，咖啡廳內人不多，從肖悅這個位置抬起頭，正好可以看到吧檯上泡咖啡的全過程。

她原以為葉秋嵐是老闆，負責沖咖啡的另有其人，可沒想到回到吧檯的葉秋嵐竟開始駕輕就熟的沖泡

起咖啡來。不一會兒，一杯熱騰騰的咖啡就由製作者親自端了上來，只見表面撒著細碎的肉桂粉末，五個rosetta拉花精緻完美，最中間的樹葉拼湊出一個完整的愛心形狀。

葉秋嵐就像對待任何一位客人似的，說道：「請慢用。」

肖悅難以置信的看著這杯咖啡，「這是妳做的？！」

葉秋嵐脣角勾著一抹笑，「對啊，妳不是全程都關注著嗎？」

被發現的肖悅如同被踩到尾巴的燒酒，炸道：「誰說我一直往那裡看了，我只是在發呆而已！別自作多情了！」

「噢，這樣啊。」反正現在也沒什麼新客人進來，葉秋嵐乾脆在肖悅對面坐了下來，做了個「請」的手勢，「那妳嚐嚐看，我的手藝怎麼樣。」

「多半是經看不經喝。」肖悅哼了一聲，不太情願的端起杯子喝了一口。

濃縮咖啡的苦澀與牛奶的香甜充分融合在一起，一股纏綿的香氣撲鼻而來，再加上奶泡的順滑，入口後液體溫柔細膩的流淌在脣舌間，對每一個味蕾如同在進行情人之間的低語，戀戀不捨，流連忘返。

與咖啡逆行而上的是一股強烈的不甘與羨慕，肖悅語氣嫉妒、又有點落寞的喃喃道：「妳的手真巧，又會做菜，還會泡咖啡和拉花。」

葉秋嵐溫聲道：「妳要是想學的話，我可以教妳。」

「真的嗎？」肖悅抬頭看向她，這才意識到自己的口氣太過驚喜，於是又傲嬌的畫蛇添足道：「咳，別誤會，我只是給妳捧個場挽個尊，我才沒有特別想學做菜。」

葉秋嵐失笑：「嗯，不是妳想學，是我正好想要傳授一下手藝。」

肖悅努力讓自己的語氣顯得不那麼迫切：「妳能在十二月前教完我嗎？不用太難，就是一些基本的技

巧和手法，最好……最好還能教我做點炒菜、小食什麼的，能端得上檯面的。」

「十二月？」葉秋嵐剛才有聽到她講電話，所以很快就反應過來，「妳是想趕在錦歌的店開業前？」

被戳中心事，肖悅瞪道：「妳有意見？！」

「沒有沒有。」葉秋嵐看了眼她的行李箱，「剛剛聽妳講電話，妳這是離家出走了？」

肖悅糾正道：「我這是獨立！」

哦，那就是離家出走了唄。葉秋嵐心下了然，問道：「那旅館訂好了嗎？還是說住朋友家？」

肖悅這個脾氣，哪裡有能夠借住一宿的朋友啊？葉秋嵐的這句話再次踩到了她的痛處，於是她咬牙道：「要妳管！」

「那要不要來我家？」葉秋嵐十分善解人意的說，「我一個人住，就在這附近，住在我家的話教妳做菜也方便，我不在的時候廚房隨便妳用。」

肖悅愣了一下，皺起了眉頭，懷疑道：「妳會這麼好心？」

葉秋嵐笑了，「肖小姐，我只是覺得妳一個人孤身在外挺危險的，既然相識一場，那就是朋友，該幫的我都會幫。妳要是不放心，可以把我的聯絡方式和住址都發給妳朋友或家人，通知錦歌也可以。」

肖悅想了想，覺得這個姓葉的確實不像壞人，應該比住旅館要安全。思考完畢後，她點了點頭，「好吧，既然妳這麼熱情，那我就勉為其難的答應妳吧。」

葉秋嵐露齒一笑，「那行，麻煩妳先在這裡看看書，多等我一會兒吧，下班了我就帶妳回我家。」

多年後，當肖悅回想起這段往事，只有一個感想——地球套路深，我要回火星。

當然，那是多年後的事了，現在的肖悅還沉浸在順利加入奇遇坊的喜悅中，哪裡想得到琢磨地球火星的事情。在她的眼中，現在B市的霧霾都像是天堂聖潔的雲霧，大街上的人車喧鬧都是金色豎琴撥弄出來

的美妙和弦，而站在她身旁的這個人，就像是插著翅膀的小天使。

從奇遇坊走了出來，肖悅得意道：「看吧！失敗是成功的親媽，我就說過，肯定不是後媽！我哥就是居心叵測，我懷疑他和我才不是親生的！」

葉秋嵐已經聽她得意一路了，有些無奈：「肖大小姐，妳有必要這麼高興嗎？」

「當然了！」肖悅道，「妳知道侯彥霖那個混蛋吧？一看就對我們錦歌不安什麼好心，我現在成功混進去了，有我保護錦歌，那個混蛋就不敢下手了。」

葉秋嵐：「……」妳確定是妳保護錦歌而不是錦歌保護妳？

「啊嚏——」剛向自家兄長遞了辭呈的某人在華盛大樓的走廊上突然打了個噴嚏。

——唔……難道是靖哥哥想我了？

◎◆※◆※◆◎

平安夜這一天，是奇遇坊試營業的日子。

員工招齊後，慕錦歌和侯彥霖對他們開展了為期兩週的培訓，培訓結束後彼此之間都認識熟悉了。在廚房工作的除了慕錦歌、小賈和肖悅外，還新招了一個綽號叫問號的漢子，而負責外場服務的除了原來的小內外，多了一男一女，女的外號叫小山，男的外號叫雨哥，都是二十出頭的年輕人，很有幹勁和活力。

至於收銀員——

「歡迎光臨。」

聽到這個熟悉的聲音，晚上一下飛機就趕來捧場的顧孟榆猛地煞住腳步，驚詫的往左側看了過去——只見侯彥霖站在收銀檯後，臉上掛著標準的微笑，身上穿著一套合身的深藍色制服。

因為店裡開了暖氣的緣故，他將兩邊的袖子都挽了上去，露出肌肉緊致的小臂，骨節分明的修長手指有一下沒一下的撫摸著趴在桌上的加菲貓。

「喵——」燒酒懶懶的叫了一聲，已經允許了這種互取所需的行為，並且十分享受。

「彥霖？」顧孟榆難以置信道：「你怎麼在這裡？」

侯彥霖道：「孟榆姐不會不知道吧？這家店是我和錦歌一起開的。」

「不是……這個我知道，可你怎麼在這個位置？」

侯彥霖笑道：「孟榆姐，妳是在擔心我數錢會數不清楚嗎？」

說真的，這點顧孟榆倒是一點都不擔心，侯家的人生來就是做奸商的料，一個比一個還精明，就算上至富豪下至百姓全都破產了，她相信華盛侯家也會是排在最後的那戶。

她疑惑道：「我以為你只是在幕後當老闆……現在年末了，華盛應該很忙才對，你怎麼溜出來的？」

侯彥霖漫不經心道：「我辭職了。」

顧孟榆大驚：「你哥准了？！」

「遺憾的是，沒有。」侯彥霖看似煩惱的嘆了一口氣，但顯然其實並不太在意，「他允許我半掛名，但重要場合一定要出席，例如之後的年會。」

顧孟榆能夠理解，這是為了避免兄弟不和的流言傳出，影響公司形象。她道：「不過真嚇了我一跳，沒想到你對這家店那麼上心。」

侯彥霖勾著脣角，意味深長道：「因為這裡有值得上心的人。」

奇遇坊位置好，具有地理優勢，再加上這段時間侯彥霖幫慕錦歌在網路上積攢的人氣，今天的試營業可謂是非常成功，生意十分好，忙得廚房幾乎沒停過火，甚至出現了需要拿號等位的情況——幸好侯彥霖有遠見，裝修時特地建議慕錦歌在門口劃一塊等候區，並且提議準備一些新品小食，免費贈送給等位的客人品嘗，這樣既能安撫客人焦躁的情緒，又能為新菜式做宣傳。

顧孟榆來的時候已經過了晚飯高峰時段，所以直接進來就有位置。

讓小丙把顧孟榆帶去座位後，侯彥霖看到雨哥正好從廚房端著菜出來，看他腳步邁的方向，應該是送到坐在東南角的客人那裡。於是他朝雨哥招了招手，笑咪咪的喚了一聲：「小雨雨！」

雨哥打了個激靈，培訓期間在某人那裡吃的苦頭記憶猶新，以至於現在一聽到這個稱呼，就有種想夾尾巴躲起來的衝動。他調轉方向，硬著頭皮走了過來，問：「老闆，怎麼了？」

聞到菜的香味，燒酒忍不住抬起了扁平的大臉，直勾勾的望著托盤底部，似乎是在琢磨著該怎麼製造一起意外將這盤菜成功搶奪過來。

然而就在牠站起來準備伸出前爪去搆托盤的時候，一隻大手把牠按了回去。

「喵！」**大魔頭，我要代表小魚乾詛咒你！**

侯彥霖對燒酒的泣訴置若罔聞，他指了指雨哥手中的菜，「這道菜是十號桌點的嗎？」

「呃，是。」

侯彥霖道：「那一桌的人我熟，我去送吧，你站這裡幫我看著一會兒。」

說罷，侯彥霖接過雨哥手中的托盤，特意放輕腳步，往十號桌走去。

這一桌坐著的是一對男女，不知道是不是情侶裝，兩人都穿得灰溜溜的，跟泥鰍似的，很不起眼。說他們是情侶吧，但這兩人只是進店後的一段時間內看似互相熟絡親暱的進行了交談，吃了兩道菜後就像回

到交往前，開始各刷各的手機，也不怎麼說話了。或者說，之前的親密更像是做出來的樣子，在確定不會有人注意到他們後，便自以為潛入成功，卸下偽裝。

大概是等得有點無聊了，女的看了看兩邊，從背包裡拿出一個尺寸較大的波點化妝包，拉開三分之一的拉鍊，左手手指伸進去夾了個口紅出來，然後一邊盯著化妝包拉開的縫隙，一邊動作輕微的塗抹起來。

旁人乍一看，肯定都以為是化妝包裡裝了鏡子，她在一邊照鏡子、一邊塗口紅。

「這位小姐，您的口紅塗出唇線了喲。」

原本塗得好好的，突然響起的聲音令女人手一抖，雖然並沒有像喜劇片裡演的那樣在臉上劃上一道，但是現實更悲劇，豆沙色的膏體直接磕在了門牙上，頓時口紅表面凹了個小坑。

——我好不容易託代購搶到的ＹＳＬ星辰！

女人悲憤交加，恨恨的回過頭，卻對上一雙似笑非笑的桃花眼。

在看清來人的瞬間，她就已經認慫了。

侯彥霖把托盤放下，接著十分紳士的從口袋裡掏了張紙遞過去，微笑道：「如果您想要補妝的話，我們餐廳是有洗手間的，雖然比較小，但乾淨亮堂，並且洗手臺裝有鏡子。」

女人接過紙，慌亂的擦了擦牙齒，別過視線，「謝……謝謝，不用了。」

一見有狀況發生，男人立即放下手機，有模有樣訓道：「就是，菜還沒吃完化啥妝呀，就妳事多。」

這時，侯彥霖突然想起什麼似的，帶著歉意開口道：「啊，不好意思，我摸錯口袋了，剛才那張紙是給貓擦過鼻子的。」

女人：「……」

怔了兩秒鐘後，她趕忙拿起桌上的茶杯喝了一口漱口。

趁這個空檔，侯彥霖伸手去拿化妝包，一邊故作奇怪道：「咦，怎麼感覺這包裡有什麼在反光？」

女人睜大了眼睛，下意識的想大喊住手，卻忘了自己嘴裡正含著一口茶水，於是就這樣猛地嚥下了自己的漱口水，還嗆得直咳嗽，根本阻止不了他。

侯彥霖拿起化妝包，毫不客氣的打開來看，挑了挑眉，「哇，原來這不是化妝包，是相機包啊，真新潮，哪裡買的？」

男人已經站了起來，拉著臉道：「先生，你這樣擅自動客人的私人物品，恐怕不太好吧？」

侯彥霖抬眼迎上他的目光，徐徐道：「李梅梅、韓雷，你們逮著機會抓我的料，恐怕也不太好吧？」

不僅被點破身分，連名字都被指了出來，兩人頓時神情一僵。

他們倆其實從早上一開業就在外面關注這家店了，但一直沒有拿到什麼料，又不甘心像其他同行那樣無功而返，於是堅守到了晚上，裝扮成來光顧的小情侶溜了進來。

哪想到這位侯二少竟真的是在正常經營，一沒聚眾幹一些不可告人只可被舉報的事情，二沒對員工客人動手動腳惹是生非，三沒態度惡劣欺騙顧客，一天下來就只結結帳、摸摸貓，點著零錢都還一絲不苟，一點都不像是動輒揮霍十百千萬的紈褲子弟。

——褲……哦不，鏡頭蓋都摘了，你就讓我看這個？

以上就是剛才李梅梅以塗口紅為掩飾翻看相機裡這一天拍的照片時的最大想法。

然後，她就被抓了個現行。

相較起李梅梅，韓雷還是要沉穩些的，他推了推眼鏡，開口道：「侯少，可能之前您在什麼場合見過我們，知道我們是記者，但今天真的是巧合，我和梅梅只是聽說這裡有新店開張，所以下了班過來看看，您不要太多心。」

「那我也想去你們雜誌社工作。」侯彥霖按下手上還沒來得及關機的相機的功能鍵，隨便翻了一張照片轉過來給他們看，「上午十點就下班了，真是爽。」

顯示螢幕上調出來的照片是奇遇坊剛開業的時候拍的，捕捉到慕錦歌將大門打開的瞬間，一張戴了衛生口罩的臉出現在照片上，冷淡的神情和現在的季節十分相配。

李梅梅試圖尋找另外一種開脫方法，道：「侯少，我們真沒別的意思，就是想報導一下您投身餐飲行業，離開華盛自己開店的事情。」

侯彥霖懶懶的笑道：「我連你們的個人資料都查到了，難道還查不到你們出外勤的任務嗎？」

兩人盯著他臉上的這抹笑容，在暖氣之下竟有種冷汗涔涔的錯覺。

「安安靜靜當客人就好，不要老想著搞事情。」說著，侯彥霖把相機的記憶體卡取了出來，裝進了自己的口袋裡。

接著，他抬起頭看向兩人，臉上還是那透著幾分散漫的笑容，但眼底卻不見絲毫笑意。他低著嗓音，緩緩道：「不然下回黏在牙齒上的紅色，可就不是口紅了喲。」

匆匆吃完了上來的菜，韓雷和李梅梅幾乎是倉皇而逃。

侯彥霖回到了原來的位置，結完帳後把燒酒抱在懷裡，然後一邊摸著貓背，一邊笑咪咪的送客：「謝謝惠顧，歡迎下次光臨。」

這語氣和神態，哪裡有半分大少爺的樣子，分明就是個市儈狡詐的小老闆。

燒酒十分嫌棄道：「走開，別用你那沾滿庸俗銅臭的髒手玷汙本喵大王高貴純潔的毛！」

侯彥霖低頭看牠，虛聲道：「告訴你一個秘密。」

燒酒：「啥？」

侯彥霖斂去笑意，一本正經道：「其實我是下凡的神仙，可以淨化身上的汙濁之氣。」
燒酒睜大眼睛，「你騙傻子呢你？」
侯彥霖空出一隻手，湊到它面前，正色道：「不信你聞。」
看他說得這麼認真，燒酒遲疑了幾秒，最後還是湊上去。可牠的鼻子剛碰到對方的指尖，那人就突然展開大手，整個手掌覆在了牠那張愁苦的扁臉上，像是給牠戴上了一面人肉嘴罩。
侯彥霖沒心沒肺的嘲笑道：「哈哈，蠢貓。」
「……」燒酒怒而炸起，揮舞著兩隻前爪撈著空氣，「喵了個嘰的！今天貓大爺不把你抓個稀巴爛，我就不姓燒！」
就在一貓一人鬥得正開心的時候，店裡又來了新的客人。
「應該就是這裡了。」
聽這聲音有點耳熟，侯彥霖抬頭望去——只見來客是兩人，為首的是一個氣質溫潤的中年男子，穿著件駝色大衣和黑色毛衣，脖子上圈著暗色方格的羊毛圍巾，舉止投足都透著幾分儒雅之氣。
看著對方那雙蘸了墨似的眼眸，侯彥霖心中一動，一個想法飛快的在他心頭閃過。
但那只是轉瞬即逝的驚詫，還不待人察覺，他的臉上便浮現出與平日無異的微笑，一雙桃花眼眼角微微上揚，煞是養眼。他客氣的問：「歡迎光臨。請問就只有兩位嗎？」
因為室內有暖氣，所以孫眷朝將圍巾解下，搭在手上。他語氣溫和的開口道：「嗯，來的有些遲了，現在還能點餐嗎？」
「當然可以。」侯彥霖把離得最近的服務生喚了過來：「小山，帶客人進去。」
等孫眷朝往裡邁了幾步後，他才看清跟在孫眷朝後面的人。

那是一個約莫二十五、六歲的年輕男子，身高一百八十公分左右，比他矮一點，穿著一件軍綠色的短羽絨，身形瘦削，走路時背部稍稍前傾，像是有點駝背，但不是特別注意的話看不出來。也許是凍的，他的臉色有點蒼白，五官周正，長得還算英俊。

孫眷朝掃了眼店內的布局，指了指不遠處的一個二人座，對身後跟著他的那個人道：「周琰，我們坐那裡吧。」

身後的男子態度尊敬道：「孫老師決定吧，我坐哪兒都可以，只要暖和就行。」

聽到這個名字和這個聲音，原本專注於啃侯彥霖手指頭的燒酒突然整隻貓都僵住了，然後圓滾滾的貓腦袋就像是上了發條似的，動作機械式的偏過頭，緩緩的看了過去。

侯彥霖幾乎是立即察覺到了牠的異樣，低聲問道：「蠢貓，怎麼了？」

可是燒酒並沒有像之前那樣急著反嘲回去，而是繼續保持著僵硬的姿勢，睜大了茶色的眼睛，愣愣的盯著那個名叫「周琰」的男人的背影。

許是感受到了這兩道灼熱的視線，周琰也回過頭來，目光往下移，看向一臉震驚的加菲。

目光交會的那一刻，燒酒全身的毛都炸起來了，緊張的用尾巴勾著後腿，然後像是怕被看出什麼似的趕緊匆匆別開目光，然後掩飾般的叫了一聲：「喵——」

糟糕，太過緊張，牠連貓叫都沒控制好，聲音抖得都能彈出棉花了。

但周琰對此並沒有太在意，他看著縮在店員懷裡的這團灰藍色活物，咧出一個笑容，隨口問道：「這貓長得真可愛，是什麼品種？」

侯彥霖道：「異國短毛貓，俗稱加菲。」

「冬天抱在手裡一定很暖和吧。」周琰怕冷，戴著手套插口袋裡都覺得冷，於是看侯彥霖抱貓抱得那

麼舒服，就有點躍躍欲試，「我可以摸一摸牠嗎？」

喜歡小動物的客人並不稀奇，以前還在Capriccio的時候，也有好些常客在等餐或是吃完後逗一會兒燒酒。

侯彥霖不好拒絕，於是看似爽快的答應道：「可以。」

然而就在周琰伸出的手即將要碰到貓腦袋的時候，燒酒感覺得到侯彥霖抱著牠的手臂故意鬆了一下，於是牠來不及想那麼多，抓住機會便從侯彥霖懷裡跳了下來，一溜煙跑到廚房找安全感去了。

周琰有些尷尬的收回手，「看來牠不喜歡我。」

侯彥霖的笑容帶著明顯的歉意，彷彿剛才鬆開手的不是他，「真不好意思，我們家的貓有點怕生。」

本來就是隨興之舉，周琰就此作罷：「那真是太遺憾了。」

等兩人找到座位坐下後，侯彥霖才掏出手機，發了一條訊息給高揚：「幫我查一個叫孫……」

訊息輸到一半，他手指一頓，突然想起之前向慕錦歌保證過的事，於是按下刪除鍵，把剛才打下的那個姓氏刪了，想了想，憑著讀音輸下另一個名字。

「幫我查一個叫周演的人，同音不同字的都查，和美食評論家孫眷朝有聯繫，估計也是美食圈的。」

的確，他向靖哥哥保證以後都不會調查她，但……

並沒有說過不能調查燒酒呀！

慕錦歌完成最新的訂單，按一下鈴，示意外場服務生過來取餐。

來的人是小丙，她在窗口輕聲說道：「錦歌，這單妳要不要親自送一下？」

慕錦歌看了她一眼，「嗯？」

「我聽顧小姐說，這一桌來的兩人都很不簡單。」小丙的語氣有點神秘兮兮的，「一個是大神廚師，我在電視上見過他好幾次，姓周；另一個要老一點，顧小姐說是個很有名望的美食評論家，叫孫什麼的，聽說是妳決賽那時的評審，有印象嗎？」

慕錦歌立即反應了過來：「孫眷朝？」

小丙：「啊，對對對，就是這個名字。」

沉默了幾秒，慕錦歌沉聲道：「行，我送過去。」說罷，她取下口罩，端著菜走出了廚房。

這時她才發現燒酒正蜷在廚房門口，不住的伸長脖子往一個方向望著，畏畏縮縮的。

慕錦歌收回差點踩到那條貓尾巴的腳，看著牠問道：「你怎麼蹲這裡來了？」

「喵。」燒酒回過神來，站了起來，沒說什麼，只是在她的腿邊蹭了蹭。

慕錦歌問：「又被侯彥霖欺負了？」

燒酒一言不發，只是不停的蹭著她。

慕錦歌很快就自我糾正道：「不對，你應該都習慣了才是，反應不可能這麼大。」

燒酒：「……」

想了想，慕錦歌又問：「難道是看到心儀的母貓了嗎？」

「……」這又是另一樁傷心事了，燒酒把扁臉埋在前爪上，幽幽道：「妳還是去送菜吧，別理我。」

慕錦歌看了牠一眼，如同一位家長突然發現自己那正值青春期的兒子開始了「我們是糖甜到憂傷」的無謂哀嘆，隱隱有些擔心，想著等打烊後再好好的聽牠傾訴一下成長的煩惱，現在先把菜送了再說。

孫眷朝那桌離廚房不遠，她一抬頭就看到了。

慕錦歌將手中的盤子端到兩人之間，道：「請慢用。」

這道菜名為「地獄排骨」（注十二），準備工作從早上就開始了，慕錦歌在開店前便將混合均勻的薑粉、孜然、鹽、李派林烏斯特醬、蜂糖漿、辣椒粉、煙熏辣醬和蘋果醋塗抹在肋排上，再將肋排切成長條狀，放入冰箱醃製——為了保證醃製時間，晚餐時段才會出現這道菜。

除此之外，她還事先熬好了加有洋蔥、蒜末、蘭姆酒、辣醬、蠔油、番茄醬和黑糖的調料，並專門密封好備用。

此時，只見豬肋排終於從冷宮被釋放，在盤中散發著絲絲熱氣，色澤暗沉，表面淋上一層猩紅色的配料，厚重黏稠，看起來如同鋪著一層凝血，有點駭人。

周琰心想：七月半或萬聖節吃這個，一定很應景。

孫眷朝並沒有吐槽這道菜的外觀，態度就像比賽點評時一樣正常。他臉上掛著淡淡的笑意，問：「慕小姐，不知道妳是否還記得我？」

「當然記得。」慕錦歌點了點頭，「孫老師。」

孫眷朝指了指旁邊的座位，親和道：「如果不忙的話，可以坐下來說會兒話嗎？」

慕錦歌的語氣有些疏遠：「可以，我也很想聽聽孫老師的評價。」

孫眷朝笑了笑，然後自然的拿起筷子，夾了一塊排骨——

在經過半天的醃製後，連帶骨頭都浸著那股甜辣帶酸的味道，咬下肋排肉的瞬間如同打開一個閥門，充滿衝擊力的口味在口腔中橫衝直撞，鬧醒了剛才在室外被冷得差點也想冬眠的唇舌。

烘烤和塗醬的時間掌握精準，使得肋排鮮嫩多汁的同時又富有嚼勁，骨頭和肉很容易在撕咬下分離，嚥下肉後，在嘴中慢慢清晰的空虛感讓人忍不住把剝離出去的骨頭含在嘴裡，繼續吮吸那股重口又酸爽的味道。

經過一番細細品味後，孫眷朝發表感想道：「這種痛快感足以讓人忘卻一切煩惱，專注於享受到美味之中，獲得無限的快樂……我覺得這道菜叫『地獄排骨』不太妥當，可以改成『極樂排骨』看看。」

對面的周琰笑道：「孫老師總是喜歡將別人的菜改名字。」

「年輕時養成的習慣了，每回都忍不住。」孫眷朝看向慕錦歌，微笑道：「慕小姐，剛剛只是我的建議而已，妳不一定要採納。」

慕錦歌應了一聲，也沒說到底是改還是不改。

聽了孫眷朝的評價，周琰也夾了一塊。但在張嘴前他先是把排骨湊在鼻尖聞了聞，隨後皺起了眉頭，莫名其妙的抬頭看了慕錦歌一眼。

孫眷朝問：「周琰，怎麼了？」

「沒什麼，就是覺得這氣味有點獨特。」周琰緩緩道，「聞起來的確很誘惑，但總感覺這個味道……有點不合常理。」

聽了這話，慕錦歌不由得看向他。

接著他又笑著說：「慕小姐不用太在意，我是在誇妳做的料理很奇妙。」

在周琰吃排骨的時候，孫眷朝向慕錦歌介紹道：「對了，剛才忘記介紹了，這位是周琰，現在最年輕的特級廚師，妳可能之前在雜誌或電視上見過。」

慕錦歌只是有所耳聞，但還是客氣了一把：「久仰大名。」

這時周琰已經啃完了一塊排骨，用紙巾擦了擦嘴，回道：「我才是，上次新人廚藝大賽後，孫老師總在我面前提起妳，對妳的料理讚不絕口。我已經很久沒有聽過孫老師這麼欣賞一位新人了。」

「上一個這麼看好的新人，就是多年前的你。」孫眷朝回憶道，「現在想想也是挺感慨的，誰能想到

當初在夜市吆喝的少年竟能一步步走到今天這個位置呢？能見證這一過程，真的是我的榮幸。」

周琰笑道：「當時很多人都不看好我，只有孫老師您慧眼識英雄。回顧我這奮鬥的七年，真是覺得自己挺幸福的，一路遇上貴人相助。」

孫眷朝問：「聽說有導演要以你的奮鬥史為原型拍電影了？」

周琰道：「嗯，說是現在美食元素在年輕族群裡挺流行的。」

聽著兩人的對話，慕錦歌的耳邊卻迴響起初賽結束那天，她回到Capriccio的時候，宋瑛嘀咕的一句話——

「……剛剛打毛線的時候還聽著好像是正說到要以一位勵志人物為原型拍一部電影來著。」

七年，從夜市小販到特級廚師，貴人相助，拍電影，電視換臺……

零碎的關鍵字在她腦海中停留，拼出一條斷斷續續的線，最後將它們連接在一塊兒的是剛才燒酒那張透著緊張與不安的臉。

——原來如此。

再次看向周琰的時候，慕錦歌仔細的將他打量一遍。

與此同時，周琰也在不動聲色的觀察著慕錦歌，一邊嘴上嚼著肋排，一邊在心裡悄悄的與某個物體進行著對話——

「這個慕錦歌做的菜有古怪，氣味不同尋常，感覺有點像我剛從夜市走出來那段時間，『它』為了提高我的自信而耍的把戲。」

話音剛落，心底便有個聲音回應他，和燒酒的聲音一樣聽不出性別，但是更細一些：**「但是經過我剛才開啟的掃描功能驗證，並沒有發現她的身上寄宿著任何系統。」**

周琰在心中有些不耐道：「你的那個破功能不可以二十四小時都開著嗎？說不定在你開啟的時候，她體內的系統躲起來了呢？」

「親愛的宿主，您說的這種情況不成立。」那個聲音畢恭畢敬道，**「而且我的這項掃描功能本就是違反規定的，一天只能開啟一次，一次只能針對一個對象，如果被組織發現的話，不僅我會被毀滅，連帶你也會受到懲罰。」**

周琰嗤道：「當初你把『它』排擠掉，不也違反規定了嗎？」

那個聲音短暫沉默了幾秒，問：**「親愛的宿主，您難道是在後悔了嗎？」**

「後悔？」周琰不屑道，「我被那個蠢貨擺布了七年，已經受夠了，效率低，廢話多，管得也寬，煩得不行。」

那個聲音語氣生硬道：**「現在『它』已經不在了，煩擾不到宿主您了。」**

——是啊，它已經不在了，煙消雲散，不存在於世上。

想到這裡，周琰悄然的勾起唇角，在旁人看來還以為他是因為滿意口中品嘗的料理而流露出的笑意。

「喵——」不遠處的燒酒仍蜷縮在廚房門口角落，毫不知情的舔了舔自己的爪子。

突然，一片陰影籠罩下來，侯彥霖拿著手機走了過來，然後蹲下身揉了揉牠的頭，壓低聲音問了牠一句話：「你當初說你是被前宿主扔下樓的——你前宿主是住幾樓呢？」

注十三：地獄排骨，引用黑暗料理界首領。（http://www.xiachufang.com/recipe/101753430/）

12. 單身壽司

宋瑛要離開B市了。

梧桐巷一帶要都更，最快明年年後就要動工了，正好這時年末慕錦歌的店開張，人員遷了過去，於是她不日就把Capriccio關了，後期處理的時候拜託給了慕錦歌。

這一關，就不會再開了。

她自認不是個擅長經營的人，丈夫在時靠丈夫打理，後來丈夫去世，店裡的決策管理都是那些孩子幫著她一起做的。作為一個管理者，她缺乏主見；作為一個老闆，她太過親和感性，沒什麼野心。這樣下去Capriccio遲早會倒在她手裡，所以不如把一切終止在尚且美滿的時候，見好就收，日後也不會愧疚。

慕錦歌邀請她加入奇遇坊，她考慮了兩天，還是決定離開這裡，回老家生活。

這間餐廳是她父母開的，交到她手上後，父母就雙雙回故鄉去了，現在她也要跟隨長輩們的軌跡，如同一隻返巢的歸鳥。

她身體一直不大好，如今漸漸上了年紀，既然手頭有算是豐厚的積蓄，就不打算再做起早貪黑的餐飲業了。B市氣候不好，物價又高，實在不太適合養老，所以思忖再三後，她決定回到老家S市，或許會開

一家縫紉店，悠悠閒閒的過日子，然後天氣冷了就去暖和的地方待待，天氣熱了就去涼快的地方玩玩，自由自在，大半輩子都局限在一室之內實在是有點委屈。

人生且長，總該到處走走看看。

瞭解了她的想法後，慕錦歌沒有強求，只是問她機票買的是哪天的，到時關店過來送她。

她也沒有推辭，交代了時間，並且說自己應該是從Capriccio出發，想要最後再看這裡一眼。只是沒有想到，這天清晨當她拖著行李往外推開餐廳的大門，看到的會是一群人。

外面剛下過一場小雪，溫度很低，門外等著的人一個兩個都早有防備的穿得老厚。

大熊一看到她，眼睛刷地一下就紅了，哽咽著噴出一團白氣：「宋姨……」

鄭明用手肘捅了他一下，「說好不哭的，你這存心讓宋姨難受呢？」

小賈鼻子被凍得通紅，「宋姨，您怎麼把要走的事情只告訴錦歌一個人呀，要不是錦歌再通知我們，等哪天想回來看看的時候，都見不到您了。」

小丙則關切的問道：「以後都不會回B市來了嗎？」

宋瑛愣了一下：「你們……」

與那四人相比，慕錦歌顯得十分冷靜，她道：「宋姨，我知道您是不想讓大家難過，但我覺得今天來送行的不能只有我一個。」

「試營業那天沒看到您，我就覺得有點奇怪了。」侯彥霖站在慕錦歌的身後，他的懷裡還抱著為了保暖而被厚實的羊絨圍巾裹成貓粽子的燒酒，他微微一笑，「竟然想著一個人悄悄走掉，宋姨您是有多嫌棄我們啊。」

某隻睡眼惺忪的貓粽子：「喵——」**不管怎麼樣，還是謝謝妳當初願意把我留在餐廳裡。**

凜冬的寒風呼嘯冰冷，很快吹乾宋瑛眼中流下的液體，但那種滾燙的觸覺卻如烙印一般，永久的記在了心上，儲存為內心最深處的感動。

她抹了抹臉，吸了吸鼻子，嘆道：「唉，你們這群孩子……本來是想讓錦歌幫我轉交的，既然你們都來了，那就親手送給你們吧。」

眾人：「？」

「給你們一人打了雙手套，算是個心意吧。」

除了身上的背包和地上的行李箱外，宋瑛還有好幾個手提袋。她打開顏色最深的那一個，先從裡面摸出一雙黑色的手套，看了一下上面勾著的字母「M」，確認道：「這是小明的。」

「這雙桃色的是小丙的。」

「這雙黑色上勾了X的是大熊的，J的是小賈的。」

「雖然不算很熟，但我還是用其他線給肖悅打了一雙淺咖色的，小丙幫我轉交一下吧。」

拿到宋瑛特製的手套，每個人都立刻取下原來的，把新的戴在了手上。

因為是偷偷準備的緣故，所以宋瑛沒有量每個人具體的尺寸，不過還好，都是往大了做，所以沒有出現戴不上的情況。

發完手套，宋瑛把紙袋子折了折，塞進了包裡，然後道：「錦歌和小侯的在另外一個袋子裡放著，稍等一下……我有點記不清是哪個袋子了。」

慕錦歌開口道：「宋姨，侯彥霖會開車送我們去機場，所以我們倆的不用急著給，到了再說吧。外面冷，先上車。」

侯彥霖一聽「我們倆」這詞，頓時就興奮了，眼中笑意加深，他勾著唇角道：「是啊，其他人接下來

都沒空，就我們倆帶隻貓送您，到時再給一樣的。」

鄭明帶著歉意道：「宋姨，我和大熊等一下還要考試，就不能送您了，到了後記得在我們的群組裡發條訊息報平安，小紅讓我代她祝您一路平安。」

這時，一旁的小丙弱弱出聲道：「其實，我等一下沒有事做，可以……」

侯彥霖看向她，語重心長道：「丙丙，妳有事做。」

小丙一臉懵然。

侯彥霖緩緩道：「妳忘了？妳要和小賈去採購。」

小丙疑惑道：「什麼時候的事情啊，我怎麼……唔！」

小賈一把捂住她的嘴，笑道：「這傢伙就是記性不好，還要怪老闆沒說。」

小丙十分無辜：「……」可是老闆真的沒說嘛！

這次侯彥霖開的是一輛銀灰色的休旅車，與他之前開過的車相比十分低調，後車箱很大，放下宋瑛的行李完全沒問題。

看著慕錦歌抱著貓正要跟著宋瑛坐到後排，侯彥霖抱著試一試的心態，舔了一下嘴皮，開口道：「師父，妳坐副駕駛座吧。」

「為什麼？」

有那麼一刻侯彥霖很想答「因為要兩個人一起才能開車呀」，但他深知慕錦歌不是那種會接他黃段子笑話的人，於是這個念頭只出現兩秒就自動消散了。

富強、民主、文明、和諧……之後的記不到了。

默唸了下自己僅記得的四個詞，侯彥霖露出正直好青年似的陽光笑容，眨了一下電量十足的桃花眼，

又開始一本正經的胡說八道：「如果副駕駛座空著的話我會覺得很不安，開不好車。」

「哦，這樣啊。」

看著慕錦歌說完後竟真的拉開了副駕駛座的車門，侯彥霖臉上浮現出勝利的笑容。

然而下一秒，他的笑容就被寒冬殘酷的冷風凍在了嘴角。

只見慕錦歌僅是傾身進去把燒酒放在了副駕駛座上，替牠解除貓粽子狀態後，就拿著圍巾出來了，她不緊不慢的說：「有燒酒陪你，不安的時候還可以唱歌給你聽。」

燒酒：「……」

侯彥霖：「……」

接著她逕自坐到了宋瑛那一排，「砰」的一聲關上了車門。

……這種給人一簇希望又親手掐滅的感覺，真的比冬天的風還殘酷！

侯彥霖無奈的嘆了口氣，說實話還是不太能習慣撩妹失敗吃癟的感受，只有沉默著鑽進了車裡。

他一坐好，就看見燒酒愣愣的坐在副駕駛座上——沒錯，是「坐」，屁股著座，貓背倚著真皮座椅，後腿在椅墊上搭著，兩條毛茸茸的前爪無措的垂在身前，配上那張透著迷茫的愁苦臉，有種說不上來的滑稽可愛。

「我需要繫安全帶嗎？」牠抬起大餅臉看向他，一臉懵然。

侯彥霖忍俊不禁：「不用，我怕勒死你。」

燒酒：「……」

後座的宋瑛輕聲問慕錦歌：「小侯在和誰講話呀？」

慕錦歌淡淡道：「最近壓力有點大吧，他一有壓力就會自言自語。」

侯彥霖：「……」

於是前往機場的一路上，後排相談甚歡，而駕駛座和副駕駛座則陷入謎一樣的沉默。

車內暖氣開得很足，但一人一貓此時內心都有一坨暖不化的冰霜。

唉，人（貓）生啊……

到了機場，宋瑛換好了登機證並且托運完行李，身上就剩一個背包和手提袋。

她將手提袋朝兩人打開，溫聲道：「這是為你們準備的。」

慕錦歌單手抱著燒酒，另一隻手伸進袋子裡把東西拿了出來——袋子裡裝的並不是手套，而是折好的大紅色的圍巾，從這折疊的厚度來看，應該有兩條。

宋瑛解釋道：「這紅圍巾你們一人一條，現在是你們倆搭夥開店，所以給你們的禮物和別人不同，宋姨藉這兩條圍巾祝你們的生意紅紅火火……錦歌啊，有句話其實我早就想說了，像妳這樣的年輕女孩兒，長得又漂亮，不要沒事就戴著口罩藏著臉，多好的資本啊，得亮出去不是？妳平時穿得太素了，收了宋姨這條圍巾後可不能放著不戴，這大紅色襯得氣色多好呀。」

似是想到了什麼，慕錦歌怔了怔，悄然握緊了手中的紅圍巾，答應道：「我一定會戴的。」

侯彥霖看了她一眼，想起那天在慕錦歌家裡看到的那張照片，照片裡的小錦歌就是圍了條大紅色的圍巾，十分可愛。

——靖哥哥，應該是想到去世的母親了吧？

想到這裡，侯彥霖用右手從左側的慕錦歌手中分走另一條圍巾的時候，那隻離身邊人最近的左手也偷偷抬了起來，在大塊圍巾的遮擋下，飛快的用溫熱的掌心覆上了對方抱著燒酒的手背幾秒。

還不等慕錦歌反應過來，他就已經連帶圍巾一起抽回了手，還不小心蹭了燒酒一下。但他一臉若無其

事，笑著問宋瑛道：「我們能現在試一試嗎？」

宋瑛點頭，「當然，我也很想看看你們戴上去的效果好不好。」

「好咧。」說著，侯彥霖十分嫻熟的將毛線圍巾在脖子上不鬆不緊的圍好。

注意到了來自身旁的視線，他笑咪咪的偏頭，對上那雙幽黑的杏眸，「師父是在等我幫妳嗎？」

出乎他意料的是，慕錦歌居然應了一聲：「嗯。」

「！」

「我在等你幫忙抱著燒酒。」慕錦歌面無表情道，「我不習慣單手圍圍巾。」

「……」那妳可以讓我幫妳圍嘛！

「真好看！」看著兩人都圍上了自己的愛心圍巾，宋瑛十分滿意的點點頭，然後突然想起什麼似的，從紙袋裡又摸出了一樣東西，「對了，我用剩下的線，還給貓打了件小毛衣。」

「喵？」燒酒有些驚喜，然後才想起的確有段時間宋瑛沒事老在牠身上比劃。

宋瑛把那件大紅色的貓毛衣展開，只見頭尾還加了白線打了花紋出來，很用心。她有點擔心的看了燒酒一眼，「當時特意做大了點，但今天看到牠，似乎又胖了點，恐怕穿不下去了。」

「……」燒酒急於證明自己，「胡說！沒有的事！靖哥哥妳拿過來！我穿給你們看！」

慕錦歌道：「做都做了，就拿給牠試試吧。」

於是在三人的合力下，終於把這件「當時特意做大了點」的毛衣幫燒酒穿上了。

合身是合身，只不過燒酒是灰藍色的毛，腦袋、尾巴和四隻小腿都露在外頭，和這大紅的顏色搭配起來有點奇怪，詭異程度不亞於一個小胖子只穿著一件保暖內衣就出門了。

「喵！」**靖哥哥幫我翻一下後面的領口，毛被壓住啦！**

聽到這聲叫喚，侯彥霖毫不留情的笑出了聲，抱著一臉鬱悶的燒酒，讓那張扁平的貓臉面朝身旁的慕錦歌，而慕錦歌也忍不住翹起嘴角，往這邊靠近了些，稍稍彎下腰，伸手幫侯彥霖懷裡的燒酒調整毛衣。

看到這副其樂融融的場景，宋瑛悄悄拿出了手機，拍了一張合照。

「喀嚓——」

她拍了後才發現忘記關音效了，這個聲音使鏡頭中的三隻生物一下子同時都抬起頭望了過來。

「喀嚓——」

宋瑛索性再來一張，然後才放下手機，笑道：「哈哈，抱歉，我是覺得你們這樣突然很像一家三口，非常有意思，就忍不住給你們拍張照。」

燒酒率先不滿的揮著爪子叫了起來：「一家三口？！他們倆就是本喵大王的僕人好嗎！」

靖哥哥和霖妹妹難得異口同聲一次：「我們還沒嫌棄你呢。」

燒酒：「……」**寶寶委屈**。

宋瑛露出欣慰的笑容，趁他們不注意，低頭將兩張照片發送給一個沒有保存的陌生號碼——從記錄上來看，兩人聯繫的不多，基本是一問一答，第一次聯繫是十月底，那時候離新人廚藝大賽結束差不多過去半個月了。

末了，她輸入一句簡短的文字：「毛線用上了，她很好，有小侯照顧著，就算我走了也可以放心。」

等告別慕錦歌和侯彥霖，隻身過完安檢後，宋瑛才收到回覆：「謝謝。祝平安。」

宋瑛走後，B市又下了幾場雪，整個城市就這樣在季節性的風雪霜寒和非季節性的繁華喧鬧中，迎來了這一年的最後一天。

三十一日一大早，天川街就已是銀裝素裹一片，街上出動了專業人士掃雪鏟冰確保出行，奇遇坊的屋簷上也落上了一層雪，肖悅和小丙還在門口堆了個小雪人。

燒酒趴在桌子上，一副百無聊賴的樣子，抬起厚厚的肉墊抹掉玻璃窗上因室內溫差而產生的霧氣，尋思道：「今天凌晨的那一場雪，是這個冬天目前最大的一場了吧。」

侯彥霖一邊對著進貨單，一邊應道：「唔，是吧。」

燒酒突然道：「好想出去玩！」

侯彥霖瞥了他一眼，「去哪裡？」

「故宮！」燒酒一雙玻璃珠似的眼睛裡閃爍著嚮往的光芒，「我在離線資料裡看過故宮雪景的照片，好漂亮！」

「今天就想去？」

燒酒點了點腦袋，但隨即又幽幽的嘆道：「唉，但只有想一想了，靖哥哥肯定走不開。」

侯彥霖悠悠道：「要真這麼想去的話，我倒是可以幫你。」

燒酒眼中原本黯下去的光瞬間又亮了起來，牠站了起來，看向身旁那人，「你有辦法？」

侯彥霖拿著筆在單子上勾勾畫畫，「我可以讓高揚帶你去。」

燒酒喜出望外：「真的？！大魔頭……哦不，霖妹妹，我就知道你最好了！」

侯彥霖停下筆，看向牠，皮笑肉不笑道：「這個稱呼也是你能叫的？」

「啊啊啊霖哥哥，霖哥哥！」燒酒趕快做小伏低，但很快就覺得有些不對勁，「不對，你怎麼突然這

麼好心了？說，打的什麼主意？」

侯彥霖揚了一下眉，「告訴你也無妨，今天是跨年你知道吧？」

燒酒道：「當然，本系統內設有日曆和時間提示。」

侯彥霖不緊不慢的說道：「我可以讓高揚帶你去故宮，但是在這之後你要繼續跟著他，晚上等我和錦歌去接你。」

燒酒轉了轉圓溜溜的眼睛，很快反應過來，「我知道了，你是想和靖哥哥單獨約會！」

侯彥霖輕笑一聲，「厲害了我的貓。」

「那當然，我可是聰明絕頂的智慧系統！」燒酒頗有幾分得意道，「看在你追靖哥哥追得這麼可憐的分上，我就勉為其難的答應你吧。」

侯彥霖勾著嘴角，「勉為其難？那還是算了吧，我還不想給高揚加班費呢。」

「啊啊啊別啊！」燒酒討好般的蹭了蹭他，可憐兮兮的哀求道：「霖哥，霖爺！你就看在我這麼可憐的分上，勉為其難的答應我吧！」

「真乖。」侯彥霖對完單子，伸手揉了把牠圓滾滾的腦袋，「那你等著，我去跟錦歌說一聲就打電話給高揚。」

十分鐘後，因為自家老闆撂擔子走人而一下子清閒不少的高揚同學便聽見手機響了起來。這是他自訂的鈴聲，通訊錄裡只有某個人打電話過來時會是這個鈴聲——

「你好毒你好毒你好毒嗚嗚嗚每次都被欺侮小心我一定報復……」

高揚訓練有素的接起電話，道：「喂，少爺，有何吩咐？」

電話那頭傳來好些日子沒聽到的聲音：「你今天有空嗎？」

高揚有種不好的預感：「……有。」

果然，那個懶洋洋的聲音說道：「那現在過來我店一趟。」

聽了這話，高揚腦海裡迅速閃過幾十種可能，嚴肅又謹慎的問道：「少爺，我需要準備些什麼嗎？」

「穿厚一點，帶一瓶容量大點的溫水，穿一雙好走路的鞋。」

「少爺……」高揚百思不得其解，「您是要我過去做什麼啊？」

「帶貓遊一趟故宮。」

高揚愣住了，還以為自己聽錯了：「啊？」

侯彥霖笑道：「大冬天別老待在暖氣房裡，多出去走走，逛逛景區也挺好的。」

「……」

雖然這個要求十分古怪，但高揚已經見怪不怪了。

跟著侯家二少做事的這兩、三年，啥妖魔鬼怪沒見過，啥鍋沒揹過，啥奇葩事沒做過，去故宮溜貓什麼的簡直小 case，起碼比去白金漢宮溜貓簡單得多。

臨出門前他謹記之前和燒酒相處的教訓，順便塞了幾個ＯＫ繃放進外套口袋裡。

講真，最近閒下來的這段日子裡，他思索著寫一本《全能助理是怎樣煉成的》投給出版社，說不定也能被貼個勵志人生的 TAG 激勵一代人。

於是半個小時後，燒酒滿懷著期待與興奮，穿著宋瑛織給她的大紅毛衣，外表一臉愁苦內心欣喜若狂的被外表保持微笑內心十分無語的高特助抱走了。

午休的時候，慕錦歌看著正在看電視的侯彥霖問道：「燒酒怎麼樣了，你有打電話給高助理嗎？」

侯彥霖如實彙報道：「打了，高揚說在故宮裡湊合著吃了點，餵了燒酒貓餅乾。」

慕錦歌端著杯熱茶坐了下來，「嗯，叫他抱好燒酒，別讓牠走丟了。」

侯彥霖笑了笑，「我囑咐過高揚了，他會好好照顧著的。」

坐在不遠處休息的員工們：「……」

——是我們的錯覺嗎？怎麼感覺兩位老闆就跟一對擔心孩子出行安全的家長似的？

而遠在紫禁城景區的高助理只覺得耳朵突然有點熱，像是有誰在念叨他似的。

還以為侯二少只是一時興起讓他來故宮溜貓，但現在怎麼想怎麼覺得他此時更像個帶領遠足的小學老師，而懷裡的這隻肥貓就像少爺的寶貝兒子。

「喵！」像是在抗議他走得太快讓自己錯失美麗的風景，燒酒頗為不滿的拍了拍他的手。

「……」得，還真是個祖宗。

就在「高老師」頂著寒風帶著「孩子」逛景區的時候，兩位「家長」正在溫暖的室內悠閒的看電視。

慕錦歌挨個挨個換臺，當換到一檔美食節目的時候，螢幕上出現一張熟悉的臉。

小丙指道：「啊，這個周先生上次有來我們店裡！」

聽到小丙這麼說，正在和葉秋嵐互傳訊息的肖悅也抬起了頭，掃了一眼，不甚在意的又低下頭，一邊道：「周琰的菜的確做得不錯，奮鬥史也挺勵志的，現在也算是萬千小廚師的偶像吧……嘛，不過我對他的感覺挺路人的。」

慕錦歌盯著螢幕上那張謙和的笑臉，眼色漸漸沉了下來。

就在這時，侯彥霖用著只有他們兩個人能聽到的聲音開口道：「這個周琰，就是燒酒的前宿主吧。」

慕錦歌看向他，「你怎麼知道？」

侯彥霖笑咪咪道：「妳親我一下，我就告訴妳。」

慕錦歌沒有理他的玩笑話，心裡猜想他多半是從當晚燒酒的反應瞧出了端倪，想了想，說：「你是為了讓燒酒恢復心情，才讓高助理帶牠出去玩的吧。」

侯彥霖眨了眨眼，「這只是一半。」

慕錦歌看著他，等著他說出另一半理由。

侯彥霖難得沒賣關子，坦白交代道：「今晚打烊後，我想帶妳去一個地方。」

慕錦歌問：「去哪裡？」

侯彥霖緩緩道：「希望能夠恢復妳心情的地方。」

慕錦歌：「……」

說實話，換作平常，她可能早就果斷的拒絕掉了。但不知道為什麼，此時看著那雙閃爍著期待目光的眼睛，她卻說不出一句冷淡拒絕的話語，沉默半晌後竟是淡淡應下了。

也不能總是打擊人家積極性不是？

然而慕錦歌怎麼都想不到，侯彥霖說的「地方」，竟然是A大校園。

下了車，侯彥霖遞給她一個黑色的口罩，說道：「夜風颳臉，這個比妳那薄口罩保暖。」

慕錦歌接過，翻過來藉著學校的路燈一看，上面寫著「貌美如花」四個大字。她皺了一下眉，「怎麼還有字？」

侯彥霖笑嘻嘻的從口袋裡掏出另外一副展開，「我的也有。」

慕錦歌看過去，只見上面用同樣瀟灑飛舞的白色字體寫著「賺錢養家」四個大字。

其實拿出來時，侯彥霖還有點緊張。畢竟這很明顯是成對的情侶口罩，加上他們現在都圍著宋瑛送的紅圍巾，再這樣一戴，看到他們的人肯定以為又是一對跨年出來虐狗的。

他想看看眼前這個人會對此做出怎麼樣的反應。

然而，不知道慕錦歌是真的不懂這些玩法還是故意沒有拆穿，一臉淡定的指了指他手上的那個口罩，說道：「我要戴那個，『貌美如花』給你更合適，畢竟你是霖妹妹。」

「……」

本來都打算藉此抒情一番的侯二少硬生生把事先準備的一堆情話嚥了下去。

——算了，願意戴就行，反正交換一下感覺……也沒什麼毛病。

戴好口罩走在校道上，慕錦歌問：「你帶我來A大幹什麼？」

侯彥霖道：「我特地查過了，A大的跨年歌舞會每年都搞得很盛大，有節目也有舞會，很有意思的，不需要門票，外校人士也可以參加。」

慕錦歌：「外校人士？」

「師父，妳現在的年齡對應到這裡的大學生，差不多才大二、大三吧。」侯彥霖十分不要臉道：「我是老了幾歲，可是我長得嫩呀。」

慕錦歌有些不解：「為什麼來這裡？跨年晚會不該是電視臺辦的最好嗎？」

「追星的才去，在我看來大學裡的跨年晚會比外頭那些商辦的要有趣多了。」侯彥霖不緊不慢的道出自己的獨特見解，「雖然學生們搞的活動比那些專業人士粗糙得多，但氛圍很好，大家的熱情也很單純。在這裡不需要顧忌有沒有鏡頭拍到自己，不需要注意自己的言行舉止，非常自由。校園裡的這種青春張揚

是出自大染缸的藝人們堆疊不出來的特殊效果，所以我覺得在這裡能夠玩得更加開心、更享受……嗯？師父妳怎麼這樣看著我？」

慕錦歌淡定的回答道：「就是發現你挺好看的，多看兩眼。」

被撩得措不及防的霖妹妹老臉一紅：「……」

——不得了了，靖哥哥什麼時候撩人撩得這麼熟練了？！這很危險啊！

最後透過地圖導航和舞會的嘈雜聲，兩人找到了舉辦跨年歌舞會的體育館。

現在已經快十一點了，換作別的活動可能已經接近尾聲，但今天是跨年，重頭戲自然是十二點倒數，所以此刻正是高潮，體育館裡站滿了人。學生會請了燈光音響公司來搭建舞臺和負責打燈，舞臺上掛著巨大的背景板，看上去像是手繪，五彩斑斕，細緻精巧，不知道是多少學生投入多少時間的偉大成果。

音響正播放著一首富有節奏感的 hip-hop，學校的街舞社團在臺上表演，此時節目已經進行到一半，一個帥氣的男孩子站在舞臺中央 solo，引發臺下一陣又一陣的尖叫與掌聲。

因為觀眾實在是太多了，有些擁擠，侯彥霖用手十分紳士的虛虛護在慕錦歌的肩旁，道：「我們就站這裡看吧。」

街舞之後是一個合唱節目，再之後又穿插了遊戲和抽獎環節。

離零點還剩十分鐘的時候，穿著禮服的主持人在臺上宣布道：「接下來就是每年的慣例——全場一起狂嗨的兔子舞環節！在場的各位請先收好你們的手機鑰匙錢包，然後用雙手搭著你前面人的肩，排成長長的隊伍在場內跟著節奏開起火車，一起來迎接零點的到來吧！」

話音剛落，兔子舞必備的《Penguin´s game》便播放了起來——

「left left right right go turn around go go go……」

發現了身邊的人潮湧動，慕錦歌有點茫然，「這是要幹什麼？」

侯彥霖把兩隻手搭在她肩上笑道：「就是開火車呀……啊，靖哥哥，妳前面有個火車尾，快追上！」

十分神奇的是，明明一分鐘前還是亂成一團的人群，在音樂響起後竟然漸漸有序起來，沒一會兒就真形成了一條隊伍，蜿蜒盤旋，如同一條貪吃蛇，移動過程中合併落單的小尾巴，變得越來越長。隊伍移動的速度時快時慢，慢的時候大家就在原地跟著節奏跳動，快的時候伴隨著幾聲開心的尖叫，大家都跑動起來，十分刺激，生怕自己被甩掉了。

慕錦歌從來沒有參加過這種活動，剛開始時還一頭霧水，但很快就明白了該怎麼做，在喧鬧之中竟一點都不覺得吵，反而覺得大家高興的吶喊和活潑的音樂帶動得自己也激動起來，等回過神來的時候已經融入其中，開懷的笑了起來。

對她而言，真的是十分新鮮奇妙的體驗。

不知繞著體育館跑了多少圈，循環播放的音樂聲漸漸弱了下去，舞臺上的投影幕布上出現一個醒目的電子計時器，每一秒過去都會響起一個「滴」聲，在整個體育館內迴響。

「十、九、八、七……」

約定俗成似的，大家都停下了腳步，十分默契的一起倒數起來，聲音整齊。

被全場的氣氛感染，侯彥霖和慕錦歌也跟著大聲倒數起來：「六、五、四……」

「三——二——一——！」

倒數一結束，音響放出一陣鐘樓敲鐘的聲音，一時間室內一片排山倒海的歡呼。

因為周圍太吵，侯彥霖說話不得不抬高聲音，他大聲道：「師父，我們一起跨年了！」

大概是跳熱了，慕錦歌摘下了口罩，白皙的臉頰泛著柔和的紅色，一雙黑眸彎彎，亮若晨星，嘴角久

久的上揚，露出一個明豔的笑容。

她偏過頭來，笑著道：「謝謝你，真的很有趣。」

侯彥霖整個人都呆住了。

——是先搶救小心臟還是先炸成煙花上天，這是個問題！！

◎◆※◆※◆◎

夜幕之下，全城各處都充斥著倒數的聲音——商業區巨大的ＬＥＤ螢幕上即時轉播著當地電視臺跨年晚會的現場，不少還沒睡的人家也把電視頻道換到各地的跨年節目，廣場街道上群聚著商業或自行組織的倒數……

「五——四——三——二——一——！」

雖然大家都知道過了除夕才是真正的新年，但這並不影響人們此時沉浸在辭舊迎新的興奮與喜悅中。

在最後倒數的十秒裡，葉秋嵐正在手把手的教肖悅做一道甜點，鄭明正和蔣藝紅通電話聊天，小賈算準時間點在遊戲裡炸煙花送給小丙，已經平安回國的巢聞輕輕的在梁熙額頭上印下一記溫柔的吻……

然而，在這遍地撒狗糧的世界，總還會存在那麼一股清流——

高揚坐在公園裡的長凳上，正與腿上的燒酒四眼瞪大眼。

「喵！」燒酒用著毛茸茸的爪子霸氣一指：**我要吃這個！**

高揚一手端著一盒打包好的壽司，一手拿著一雙筷子，有些無語道：「你剛剛不是已經把帶鮭魚的都吃了嗎？」

「喵！」**是啊，那又怎麼樣？**

「鮭魚的是你的，你已經吃完了。」高揚試圖在和一隻貓講道理，「蟹肉的是我的。」

「喵！」**什麼你的我的？你的就是我的，我的還是我的，這點道理都不懂？**

高揚當然聽不懂燒酒說的話，但他猜都猜得到這隻貪吃的小祖宗在打什麼算盤，肯定就是吃完牠自己的那份後又盯上了他的這份。

——嘖，瞧這小任性，都是少爺和慕小姐把牠慣的！

於是他乾脆不再理牠，逕自用筷子夾起盒中的魚籽壽司就要吃下去。

然而壽司就在快到嘴邊的時候，穿著大紅毛衣的燒酒卯足力氣，突然踩著他的大腿往上一躍，伸出貓舌以迅雷不及掩耳之勢——

舔了那塊壽司一下。

重新落回柔軟的人體「沙發」上後，燒酒抬起那張大扁臉，朝著他懶懶的喵了一聲，如同發出一發優雅的挑釁。

茶色眼眸深處的得意深色被天生的一張苦瓜臉掩飾得很好，看起來還有那麼點小無辜。

高揚：「……」

真是貓至賤則無敵！

知道跳起來完整的吃到壽司的機率不大，所以索性只是舔了一下，這樣的話他會顧忌上面沾了貓的口水，不會再吃了，而是心甘情願的讓給牠！

雖然知道一隻貓不可能有這麼縝密的思維，但歷經這一整天的相處後，高揚覺得自己這樣揣度這貓一舉一動的目的並沒有什麼毛病。

難怪一直有句話說寵物像主人，有什麼樣的主人就有什麼樣的寵物。

侯二少狡詐套路深，連他的貓都這麼會算計！

高揚欲哭無淚，但還是推了推眼鏡，努力在一隻貓的面前維持屬於高級靈長動物的尊嚴，他把原本要餵到自己嘴邊的筷子轉了個方向，湊到燒酒的嘴邊，大發慈悲般道：「好吧，那就讓給你吧。」

「喵嗚！」燒酒發出一聲得逞的歡呼，張著小巧的貓嘴咬了上去。

看牠吃得這麼香，高揚心裡十分不平衡，半晌，他突然道：「不過想一想，你也挺可憐的。」

燒酒抬眼看他，「喵？」**你在說啥傻話？**

「每年倒數我起碼還能許願說來年脫單有個女朋友。」高揚透過鏡片，注視著牠的雙眼，「像你這樣英年早閹的只有許願說來世可以脫單了。」

燒酒：「……」

說完後，高揚更加戚戚然了，覺得自己才是最可憐的那個——不僅跨年要和老闆的貓一起過，還卑劣到要透過嘲諷一隻貓來顯得自己幸福一點。

「喵。」燒酒把一隻肉爪搭在他手背上。

——**呵，敢嘲笑本喵大王，你是不是活膩了？信不信本喵大王撓死你？**

然而高揚卻會錯了意，露出有些驚訝的神色，然後聲音溫柔下來：「乖，我沒事。」

「……喵！」**誰問你這個了？我是在威脅你好嗎！快看我充滿殺氣的眼神！**

高揚摸了摸牠的腦袋，「真的沒事，你不用這麼擔心的看著我，讓我有點受寵若驚。」

「喵？」**少自作多情了，誰擔心你啊！我明明是如同豺狼虎豹般凶狠的瞪著你好不好！**

高揚把壽司和筷子都放到一邊，騰出手把牠抱在了懷裡，感嘆道：「沒想到你狡猾歸狡猾，還是挺可

愛的嘛。」

「喵喵喵！」**啊啊啊啊愚蠢的人類你還不快把你喵爺爺放下去！**

高揚看牠拚命掙扎的樣子，忍俊不禁道：「沒什麼好難為情的，你不要害羞嘛。」

「……」燒酒十分無語，乾脆低頭咬了一下高揚的手指，以宣洩自己的氣憤。

這對曾經兩次被牠抓受傷的高助理來說並不算什麼，他反而覺得這是一種親近的表現，對這隻貓好感倍增，「我倒從沒見過像你一樣這麼通人性的貓，感覺你要表達什麼我都能猜個大概……哎，你別再討好我了，啃得我滿手口水。」

——**能猜個大概？！**

——**我是通人性，但你一點都不通貓性！**

燒酒累了不想再愛了，乾脆不動了，直接往後一倒，窩在身後人的懷裡無力的仰頭望天，看星……好吧今天沒有星星，更別說月亮了。

——**唉，靖哥哥啊，妳什麼時候才來接我啊……**

高揚看著牠突然溫順下來的樣子，心裡登時湧現一陣暖意：都說善良的人招小動物喜歡，果然沒錯。你看，少爺家這麼難對付的貓都對我戀戀不捨起來，可不就充分證明了這點嗎？

如果燒酒能讀心的話，此時大概會大罵一句這人腦袋有洞。

◎◆※◆※◆◎

跨年一過，就是元旦。

因為是國定假日，所以大多數人都閒了下來，但與之相反的是，這類假日恰恰是餐飲業忙碌的高峰。而忙過元旦沒幾天，侯彥霖就因為華盛年會的事情被他哥叫走了，說要去某地待好幾天，臨走前各種變著花樣黏慕錦歌，說要把之後幾天的先預支，整一個狗皮膏藥。

他最後幾乎是被慕錦歌拿著掃把趕出去的。

元旦一過，各地就陷入了一段節後蕭條期，工作的上班族加班加點趕年終，就學的學生們加課加點衝複習，一向繁華熱鬧的天川街也出現了明顯的人流量減少，這是不可避免的事情。

奇遇坊的工作也隨之輕鬆了不少，考慮到天氣的確寒冷，慕錦歌替剩下的六人排了班，不用每個人天天都來，一天保證廚房有兩個、外場有兩個就可以了。

午休後，慕錦歌還是像從前在Capriccio那樣開設了下午茶時間，一切茶點她都是在外面的吧檯做的，偶爾會和坐在吧檯這排的客人簡單的說上幾句話。

她也是透過這種形式，在去年認識了隔壁書店的店員阮彤彤。

「慕小姐。」幾次來往後，阮彤彤還是這樣稱呼慕錦歌，只見她羽絨外套裡面還穿著書店的工作服，一臉猶豫著從外面推開了餐廳的門，半個身子探了進來，「我可以拜託妳一件事嗎？」

燒酒懶洋洋的趴在吧檯的地板上，像是攤開的一團貓餅，聽到聲音只是耳朵動了動，連頭都沒有抬。

這時正好慕錦歌手頭也沒事做，於是走了過來，扶著門框問：「什麼事？」

阮彤彤細聲細氣道：「是這樣的，有一位鍾先生是我們書店的常客，每天都會帶著他家的狗在我們的茶點區坐著看書寫稿，一個小時前他被出版社的人叫出去了，託我幫他看著狗，但是沒想到剛剛總店來消息，讓我們等一下關門去總店開全員大會。」頓了頓，她有些不好意思的低下頭，「我看慕小姐妳在自己的店裡特地留了帶寵物客人的專區，所以就想問一下……」

慕錦歌直接道：「妳想把狗寄放到我這裡？」

阮彤彤點了點頭，「真的很不好意思。不過鍾先生的狗真的非常聽話，不鬧不叫，也不會到處亂跑和隨地大小便，不然我們書店也不會容忍他每天都帶著狗過來。相反的，我和我同事還有其他常客都特別喜歡逗那條狗，所以我想……應該不會對慕小姐造成太大的困擾。」

慕錦歌淡淡道：「行，妳把狗牽過來吧。」

阮彤彤沒想到她答應得這麼爽快，愣了一下，隨即終於抬起了頭，欣喜道：「謝謝慕小姐！真的太感謝了！我現在就回去把牠帶過來！」

於是兩分鐘後，燒酒靈敏的鼻子聞到一股陌生的味道。

許是這具身體的生理本能作怪，牠猛地一下從地上彈了起來，下意識的用帶著幾分敵意的目光看向了門口——

只見那個在隔壁書店工作的靦腆女孩此時牽了一條成年的薩摩耶進來，那狗快有半人高，一身雪白的毛漂亮極了，身姿優雅高貴，嘴巴微張，使得略呈三角形的臉上如同浮現出一抹美麗又溫和的微笑，讓人不單不會因為牠的身形而感到恐懼，還會第一眼就生出幾分親切與喜愛。

牠倒也不怕生，溫順的蹭了蹭慕錦歌的腿，捲起的大尾巴搖了起來。

阮彤彤笑著道：「看來牠很喜歡慕小姐妳呢。」

慕錦歌蹲了下來，摸了摸薩摩耶的腦袋，問：「這狗長得真好看，知道叫什麼名字嗎？」

阮彤彤道：「聽鍾先生說過，是個挺長的外文名，沒怎麼記住，我們書店的人私下給牠另取了名字，叫阿雪，牠也知道是在叫牠……也不知鍾先生怎麼教的，這隻薩摩耶乖得很，不像其他狗會亂咬東西。」

慕錦歌看著那雙烏黑的眼睛，試著叫了一聲：「阿雪？」

薩摩耶銜她友好的笑著，熱情的舔了舔她的掌心。

慕錦歌微微笑了一下，「有點癢。」

「！！！」燒酒心中頓時警鈴大作！

看到此情此景，內設程式已經自動運行起來，為牠檢索到去年剛認識慕錦歌時的一段錄音，並且在牠內部自動播放起來——

「妳是不是不喜歡貓？」

「是的，我喜歡狗。」

……哦豁。

《極品の黑暗料理女神01》完

敬請期待《極品の黑暗料理女神02》精采完結篇！

飛小說系列174

極品の黑暗料理女神 01

出版者■典藏閣
作　者■天川　繪　者■蒼和
企劃編輯■夏荷艾　美術設計■Aloya
總編輯■歐綾纖
製作團隊■不思議工作室
郵撥帳號■50017206 采舍國際有限公司（郵撥購買，請另付一成郵資）
台灣出版中心■新北市中和區中山路2段366巷10號10樓
電　話■(02)2248-7896　傳　真■(02)2248-7758
物流中心■新北市中和區中山路2段366巷10號3樓
電　話■(02)8245-8786　傳　真■(02)8245-8718
ISBN■978-986-271-819-3
出版日期■2018年4月

全球華文國際市場總代理／采舍國際
地　址■新北市中和區中山路2段366巷10號3樓
電　話■(02)8245-8786　傳　真■(02)8245-8718

新絲路網路書店
地　址■新北市中和區中山路2段366巷10號10樓
網　址■www.silkbook.com
電　話■(02)8245-9896
傳　真■(02)8245-8819

☞您在什麼地方購買本書？☜

1.便利商店（______市／縣）：☐7-11　☐全家　☐萊爾富　☐其他______________

2.網路書店：☐新絲路　☐博客來　☐金石堂　☐其他__________

3.書店（______市／縣）：☐金石堂　☐蛙蛙書店　☐安利美特animate　☐其他____

姓名：__________地址：____

聯絡電話：__________電子郵箱：____________________________________

您的性別：☐男　☐女　　　您的生日：__________年__________月__________日

（請務必填妥基本資料，以利贈品寄送）

您的職業：☐上班族　☐學生　☐服務業　☐軍警公教　☐資訊業　☐娛樂相關產業

☐自由業　☐其他____________

您的學歷：☐高中（含高中以下）　☐專科、大學　☐研究所以上

☞購買前☜

您從何處得知本書：☐逛書店　☐網路廣告（網站：______________）　☐親友介紹

（可複選）　☐出版書訊　☐銷售人員推薦　☐其他____________________

本書吸引您的原因：☐書名很好　☐封面精美　☐書腰文字　☐封底文字　☐欣賞作家

（可複選）　☐喜歡畫家　☐價格合理　☐題材有趣　☐廣告印象深刻

☐其他____________________

☞購買後☜

您滿意的部份：☐書名　☐封面　☐故事內容　☐版面編排　☐價格　☐贈品

（可複選）　☐其他

不滿意的部份：☐書名　☐封面　☐故事內容　☐版面編排　☐價格　☐贈品

（可複選）　☐其他

您對本書以及典藏閣的建議____

____

____

未來您是否願意收到相關書訊？☐是　☐否

感謝您寶貴的意見

印刷品

$3.5
請貼
3.5元
郵票

235 新北市中和區中山路二段366巷10號10樓

華文網出版集團　收

（典藏閣－不思議工作室）